Au bout de mes rêves

MARIE MEYER

Au bout de mes rêves

Déliées

Pour mes amours, ma vie, J, mon mari.
C et K, mes enfants.
Parce que malgré les obstacles,
la vie est belle et vaut la peine d'être vécue…

PROLOGUE

Quand on a 10 ans et qu'on est une petite fille, la seule chose qui nous importe est d'aimer et d'être aimée.

Le monde qui nous entoure est fait de contes de fées, de paillettes, parfois de boue, de vers de terre et de grimpettes dans les arbres pour les plus téméraires.

Qu'on soit « petite princesse » ou « garçon manqué », ce qui marque cette période de notre vie, pour les plus chanceux, est : l'insouciance, les jeux et les rires.

Notre père est pour beaucoup d'entre nous notre « héros », celui avec qui on veut rester pour toujours, car il est le plus gentil, le plus beau, le plus fort…

Quand on a 20 ans, tout nous semble possible, tout nous semble simple.

On voit la vie avec des yeux de « grands enfants ». On ne se soucie que de cette « liberté » enfin accessible.

On pense que l'amour est une chose à portée de main, éternelle.

On rêve, on imagine, on espère…

Il y a toujours cette petite partie de nous qui reste enfantine et qui pense que le prince charmant et les histoires d'amour romantiques existent pour tout le monde.

À 20 ans, on est lâché dans un monde « d'adultes responsables », et tout nous paraît idéal.

On continue ses études ou on trouve un job.

On tombe amoureux, on est insouciant... Encore et toujours...

On est bourré d'idéaux, d'envie, d'espoirs.

Une vie « parfaite » semble nous ouvrir les bras et ça nous suffit.

Quand on a 30 ans, on réalise que les rêves, les contes de fées, les envies, les espoirs ne sont souvent qu'illusions.

On prend conscience que cette vie qui nous faisait tant rêver à 20 ans n'est pas forcément aussi rose qu'elle en avait l'air.

On peut douter.

On peut subir.

On peut aimer.

On peut souffrir.

Malgré tous les obstacles, on espère encore et on continue d'avancer... Toujours...

Parce que l'on n'a pas le choix.

Parce que c'est la vie.

Parce que l'on a des responsabilités.

Parce que l'on n'est plus seul.

Parce que l'on n'est pas égoïste.

Puis on se dit finalement qu'avoir 10 ans, ce n'était tout compte fait pas si mal...

1

« La vie n'est pas un long fleuve tranquille,
c'est une montagne à gravir. »
Charles Regimbeau

– Les enfants !!!!! Debout vous allez être en retard à l'école, le bus ne vous attendra pas !!!!

– C'est bon maman, pas la peine de crier, j'arrive.

Ça, c'est ma fille Emma, bientôt 16 ans, toujours de bonne humeur.

Je ne vous précise pas qu'il s'agit d'ironie ! Un pitbull serait de meilleure humeur le matin… Enfin, je crois… Bref, elle est mon petit rayon de soleil à moi, même si ce soleil est une vraie marmotte qui adore son lit, et qu'il faut la secouer régulièrement !

Elle sort de sa chambre et arrive vers son frère en grognant. C'est le langage matinal dans cette maison. Je m'y suis faite avec le temps.

– Pousse-toi, Théo, j'ai pas toute la journée !

Voilà ce qui se passe quand une ado, pas vraiment réveillée, décide de prendre la place de son frère dans la salle de bains.

– C’est bon, arrête de pousser, t’as qu’à te lever plus tôt aussi !

Ça, c’est mon fils, Théo, 13 ans, un ange, ou devrais-je dire, un mini-démon déguisé en ange à ses heures perdues ! Non je plaisante, il est adorable et a son caractère, comme tous les ados, mais je n’ai pas à me plaindre, non vraiment pas, mes enfants sont adorables (quand ils veulent et qu’ils ont décidé de ne pas s’entre-tuer, mais ça, c’est une autre histoire).

Comme souvent, je décide de faire le tampon avant que ça ne dégénère.

– Stop, vous deux, c’est bon, on se calme ! Si on pouvait éviter de se chamailler ce matin ce serait top ! Merci !

– Mais maman, elle va encore passer deux heures dans la salle de bains, et je dois me coiffer. J’en ai ras le bol, c’est toujours pareil, se met à bougonner Théo.

Ahhh ces nouvelles coupes d’ados qui demandent cire, gel et sèche-cheveux à gogo tous les matins. Un pur bonheur !

Bon, comme avec une bonne organisation, on arrive toujours à tout faire, ce que je suis bien placée pour savoir, je décide de prendre les choses en main, comme chaque matin ces derniers temps.

– Écoute, Théo, tu n’as qu’à descendre prendre ton petit-déjeuner pendant que ta sœur se prépare et après vous échangez, comme ça tout le monde est content, d’accord ? Oui ? Non ?

– Mmmmm…

– OK ! On est d’accord ! Allez, hop-hop-hop, du nerf ! On se secoue, aujourd’hui est une belle journée, on va avoir du soleil, et ce n’est pas tous les jours, donc, je persiste, aujourd’hui est une belle journée !

– Maman !

– Moi aussi, je t'aime, mon cœur. Allez file pendant que je fais les lits. Tout est prêt sur la table.

Théo descend en grognant des petites choses que je ne comprends pas, ce qui me fait lever les yeux au ciel en souriant.

Comment ai-je pu faire des enfants aussi grognons ? Mystère...

Ils ont au moins un point commun, c'est déjà ça.

OK, donc, comme tous les matins, je suis la seule à être apte à parler, sourire et bouger en même temps.

Ah ! j'allais oublier, je me présente, moi c'est Samantha, mais tout le monde m'appelle Sam. J'ai 39 ans et comme vous l'avez compris, j'ai deux adorables enfants qui sont la prunelle de mes yeux.

Ma vie a l'air ordinaire en la voyant comme ça, et elle l'est. La routine quotidienne, quoi. Non, pas vraiment en fait. Mais ça, vous le découvrirez plus tard.

Bref, je suis une femme active, comme il en existe des milliers. Je ne m'arrête jamais, ça m'évite de trop penser. Toujours levée tôt le matin, toujours couchée tard le soir et toujours un truc à faire !

En attendant, j'ai deux ados qui me donnent le sourire tous les jours, surtout ce matin, quand je les entends se taquiner encore et encore.

Ma fille nous rejoint dans la cuisine avec un air radieux, environ vingt minutes plus tard. J'ai eu le temps de m'attaquer à mon deuxième café, et Théo, qui a déjà terminé son petit-déjeuner, marmonne dans son coin.

– C'est bon, la salle de bains est libre Théo, tu peux y

aller pour tenter de te faire beau, et t'as du boulot si tu veux mon avis !

Je regarde ma fille, qui est morte de rire, et je souris, le nez dans ma tasse, en secouant la tête. Elle le taquine, il va en faire de même et ça n'ira pas plus loin, comme d'habitude. Ils sont proches malgré les apparences, oui, je vous assure !

Mon fils souffle exagérément et fusille sa sœur du regard.

– Ah ah ah, très drôle, tu t'es regardée ?

Ma fille hausse les sourcils, un sourire malicieux collé aux lèvres.

– Oh oui, plus que toi le nain !

Voilà mon monde, c'est comme ça presque tous les matins et même s'ils me fatiguent un peu, oui juste un peu, je n'échangerai ça pour rien au monde.

Maso, moi ? Non ! Un matin plein de vie comme je les aime.

Une fois la porte fermée derrière mes enfants, qui sont partis pour une journée studieuse, je lâche un long soupir en secouant la tête, le cœur débordant d'amour. Ils ont beau être des adolescents qui se chamaillent, quand ils ne sont pas là, ils me manquent, du moins leurs prises de bec me manquent.

Un autre café, une douche et un essai de mise en beauté plus tard – oui je suis une femme assez simple niveau vêtements et maquillage, me voilà partie pour une nouvelle journée de travail.

Je bosse à mi-temps comme agent d'accueil administratif dans une petite entreprise de transports, ce qui signifie que je m'occupe d'à peu près tout, en fait.

OK, rien de bien folichon en soi, il faut l'avouer, pas le job de mes rêves non plus, mais il faut bien payer les factures, et quand on élève seule deux enfants, on ne pense qu'à l'essentiel, croyez-moi.

Et puis, répondre au téléphone, préparer des plannings et des fiches de paye, ça reste dans mes cordes.

J'arrive au bureau vingt minutes plus tard, m'installe et allume mon PC.

Mon patron, un homme du milieu de la soixantaine, arrive juste après moi, et je remarque d'emblée son regard anxieux, signe que la journée risque d'être compliquée.

Il ne m'offre qu'un rictus forcé ainsi qu'un hochement de tête au lieu de son éternel « Bonjour, madame Rivera, bien dormi ? Prête pour une nouvelle journée de travail ? ». J'essaie de lui retourner un sourire franc, mais je sens comme un malaise dans la pièce.

En effet, en ce moment rien n'est simple. Avec la concurrence, la crise économique et les restrictions budgétaires, les temps sont durs pour les petites entreprises comme ici.

Je me lève de ma chaise les bras chargés des documents pour la journée et me rends dans son bureau.

– Bonjour, monsieur Cartier, les feuilles de route de John et Henri sont faites. J'ai contacté les fournisseurs hier soir avant de partir et certaines livraisons devront se faire dans la matinée, pour que les chauffeurs puissent repartir dans la foulée sur le site d'Orca se faire charger. Ah oui, j'ai aussi la société Renaca qui m'a laissé un mail avec les modalités des derniers contrats qui attendent votre validation.

Mon patron a les yeux dans le vague, il n'a pas l'air vraiment présent, mais m'offre un autre timide sourire.

– Bonjour, madame Rivera, merci, c'est parfait comme toujours. Laissez-moi vos notes, je vais regarder ça.

Sur un signe de tête, il me fait comprendre qu'il n'a plus rien à me dire. Ça ne fait pas partie de ses habitudes et ce n'est pas pour me rassurer.

Je me frotte l'arête du nez, consciente que cette tension qui émane de lui ne présage rien de bon.

Normalement il est plus avenant, mais il est vrai que ces derniers temps, il a passé beaucoup plus d'heures que d'habitude enfermé dans son bureau et n'en est sorti que pour me transmettre des dossiers à classer ou me donner les directives face aux clients et employés.

***

La journée se passe comme toutes les autres, téléphone, mails, préparation des feuilles de route, paperasse et j'en passe.

Je viens de finir de classer et de ranger les dossiers du jour, mon ordinateur est déjà éteint, et je m'apprête enfin à rentrer chez moi, quand mon patron ouvre la porte de son bureau.

– Vous avez un instant, madame Rivera ?

Il semble encore tendu, il l'a été trop souvent ces derniers temps, mais là il semble l'être encore plus que ce matin. Je ne sais pas vraiment à quoi m'attendre, mais je me doute que ça n'augure rien de bon. Les contrats se font plus rares, la concurrence des grandes boîtes étant féroce.

Monsieur Cartier se tourne vers moi et tend la main vers la chaise qui se trouve devant son bureau.

– Veuillez vous asseoir, s'il vous plaît, j'ai à vous parler…

Il s'arrête avant d'atteindre son siège et me regarde avec une moue triste et désolée, ce qui ne fait que m'angoisser un peu plus.

Non, non, non, non, c'est pas le moment de penser négatif, respire Sam, respire, tout va bien.

– Samantha… Je peux vous appeler Samantha ? Vous travaillez pour moi depuis maintenant quatre ans. Vous avez toujours fait un travail hors pair, vous m'êtes d'une aide précieuse et sans vous, j'aurais sombré depuis bien longtemps, vous vous en doutez…

Ses paroles me font certes plaisir, mais ce coup-ci, c'est sûr, j'ai la trouille, et je sais que j'ai raison d'avoir peur. Je fronce les sourcils, le regarde fixement pour chercher à comprendre ce qu'il tente de me dire, même si au fond de moi je le sais déjà…

Il s'assoit enfin, se frotte sa légère barbe grisonnante, reprend sa respiration et continue sur sa lancée.

– Vous avez su négocier des contrats à merveille. Vous arrivez toujours, par je ne sais quel tour de force, à convaincre les plus récalcitrants de nos clients pour leur faire signer de nouveaux contrats encore et encore. Et je vous suis reconnaissant pour tout ce que vous avez réussi à accomplir au sein de mon entreprise.

Il fait une longue pause, se racle la gorge et se passe nerveusement la main dans ses cheveux courts méchés de blanc.

Il lâche une longue expiration et reprend d'une voix tremblante.

– Malheureusement, tout ça n'est plus suffisant. Les charges sont devenues de plus en plus énormes, l'argent sort plus vite qu'il ne rentre, les contrats se font plus rares, les clients partent les uns après les autres. Je suis serré à la gorge par les créanciers, nous avons bien encore quelques contrats en cours, mais ce n'est malheureusement plus suffisant.

Il s'arrête, me regarde, mais moi je reste stoïque. Je suis muette, je n'arrive pas à sortir un mot, j'attends… J'attends le coup de grâce que je vois venir en tentant de rester calme et professionnelle. Je respire lentement et m'acharne à triturer mon alliance en espérant avoir tort. J'espère vraiment me tromper sur le motif réel de cette conversation.

Mais franchement, je sais déjà ce qu'il va me dire, c'est tellement évident que si je n'étais pas si stressée, je me mettrais à rire de dépit. Alors je patiente calmement en attendant la suite de ses explications ainsi que le motif de ma présence dans son bureau.

Il soupire, se frotte la nuque en se raclant la gorge, mal à l'aise, puis reprend la parole.

– Je vais être forcé de vendre ou bien de déposer le bilan si je veux pouvoir sauver les meubles, Samantha. Je sais que j'aurais dû vous en parler bien avant, mais j'ai tenté de trouver des solutions. La concurrence nous écrase avec des prix compétitifs. Mais ça, vous le savez déjà, je ne vous apprends rien. Je ne peux plus m'aligner, nous sommes trop petits pour y arriver à présent. J'ai tout essayé… Et à mon âge, je n'ai pas envie, mais je n'ai surtout plus la force de me lancer dans une nouvelle entreprise.

Je le coupe, ayant soudainement retrouvé l'usage de la parole. J'ai très bien compris la situation, j'ai juste besoin de précisions quant à mon avenir.

– Qu'essayez-vous concrètement de me dire, monsieur Cartier ? Que je suis licenciée, que je suis reclassée ? Quoi au juste, dites-moi, s'il vous plaît, car vous savez que je ne peux pas me permettre d'être dans le flou.

Il me regarde longuement et lâche la bombe que j'espérais ne jamais entendre.

– Je suis désolé, Samantha, mais il va falloir vous trouver un autre emploi. Vous pouvez compter sur moi pour vous faire toutes les recommandations possibles.

Mes mains sont moites, je les essuie sur mon pantalon en expirant doucement afin de tenter de contenir le tremblement qui commence à s'emparer de moi.

– Combien de temps avant… ?

– Je dois voir avec la banque, prévenir les chauffeurs et les clients, régler les papiers nécessaires. Je vais tenter de tenir trois mois.

Trois mois…

Se retrouver sans travail pour commencer l'été ?

À la seule période de l'année où il est difficile de trouver un emploi ?

Sans diplômes, mais avec en poche une seule et unique lettre de recommandation ?

Et moi qui pensais que les mauvais jours étaient derrière moi…

Comment n'ai-je pu rien voir venir ?

De toute façon qu'est-ce que ça aurait bien pu changer ?

J'ai juste l'impression que ma vie est une succession d'erreurs et d'échecs…

Heureusement que j'ai mes enfants.

Grâce à eux, je m'en sors toujours.

Grâce à eux, je positive et c'est ce que je vais continuer de faire, pas le choix…

Voilà comment ma journée, belle ce matin, a viré au cauchemar en un clin d'œil…

2

« Je pardonne au passé en faveur de l'avenir puisqu'il est éclairé par l'espérance. »
Madame de Sévigné

Nous sommes presque fin avril et ça fait trois semaines. Trois semaines que je tente de garder la tête haute, mais le moral n'y est pas vraiment.

Je suis perdue en fait, car ce job, même si ce n'est pas celui dont j'avais rêvé, j'y tiens.

C'est ma bouée, mon oxygène en dehors de chez moi, car ici, à part mes enfants, je n'ai rien d'autre.

On vit dans une maison à la campagne, simple, fonctionnelle, loin du bruit, de l'agitation. Je m'y sens bien, les enfants y ont leurs repères et c'est mon refuge quand je ne travaille pas. On l'avait trouvé avec Marc, mon mari, dix ans avant sa mort.

Oh Marc, si seulement tu étais là, tu saurais quoi me dire, tu trouverais les mots comme tu les trouvais toujours.

Je suis perdue et j'ai peur. Ce job m'a aidée à ne pas devenir folle. Sans ça, je sais que je n'aurais pas tenu.

J'ai si peu confiance en moi et les enfants comptent sur moi, ils n'ont plus que moi...

Mais tu n'es plus là, ça fait trois ans que je survis sans toi, trois ans que je vis comme un robot, pour tenter de faire un pas après l'autre, sans penser à autre chose que nos enfants et ce fichu boulot, ce boulot qui m'est retiré, comme toi.

Ce n'est pas dans mes habitudes de baisser les bras, je ne peux pas me le permettre, je ne peux pas craquer maintenant. Seulement, mes pensées s'égarent ces derniers temps et j'en reviens à douter de mes capacités à faire tourner toute seule cette famille.

Je dois tout faire pour trouver un autre emploi et vite.

J'ai déjà parcouru les petites annonces, mais malheureusement, à chaque fois c'est pareil, soit je manque d'expérience, soit je manque cruellement de diplômes.

Quand Marc et moi nous sommes rencontrés, j'avais eu mon bac l'année précédente, il était mécanicien dans le petit garage d'un village, non loin de chez moi. Je l'avais déjà croisé à quelques reprises, mais sans plus.

Je m'étais rendue là où il travaillait, car mes parents m'y avaient trouvé une belle voiture d'occasion à un prix avantageux et je devais aller voir à quoi elle ressemblait.

J'étais employée depuis quelques mois dans la petite bibliothèque municipale du village et ça me convenait, je gagnais mon argent et je pouvais m'adonner à mon passe-temps favori, la lecture.

Je n'avais pas souhaité continuer mes études, au grand désespoir de mes parents, chose que je regrette amèrement aujourd'hui. Mais ils avaient accepté que je reste vivre chez eux, tant que je ne restais pas à rien faire. Donc, j'ai trouvé ce petit job sympa, j'ai mis de l'argent de côté, me suis payé mon permis et j'ai eu le droit de faire mon premier crédit. Ce qui m'a amenée à ce garage. À Marc.

Au premier coup d'œil, je n'ai pas été subjuguée, non, il était… quelconque.

Par contre, il avait des yeux d'un bleu gris exceptionnel, un regard qui vous transperce et semble lire à travers votre âme. Il était tout simplement perturbant.

Il m'avait fixée quelques minutes, puis avait hoché le visage en guise de salut, avant de remettre sa tête sous le capot du véhicule dont il s'occupait.

J'avais vu ma future voiture, signé les papiers de réservation et étais revenue la semaine suivante la chercher.

Après cela, je n'avais pas recroisé Marc pendant de longs mois. On avait chacun notre boulot, et je n'étais pas du genre à sortir en boîte tous les week-ends. J'étais une fille assez solitaire, bien plus du genre à passer mes soirées avec un bon livre plutôt qu'avec le peu d'amis que j'avais, mais ça me convenait.

Je me souviendrai toujours de la fois où je l'ai revu. Il était habillé d'un jean qui avait connu des jours meilleurs et d'un tee-shirt noir qui mettait ses yeux bleus et ses cheveux dorés en valeur. Je ne sais pas pourquoi, ce jour-là précisément, j'ai fait attention à lui.

Peut-être parce qu'il riait et qu'il dégageait quelque chose de… plus.

C'était en juillet, il faisait beau et c'était la fête à Saint-Pierre, village voisin de celui de mes parents. Ma meilleure amie de l'époque, Laura – que je n'avais pas vue depuis le lycée et qui, elle, avait poursuivi ses études en fac de psycho –, était venue me voir pour le week-end et j'avais décidé d'une sortie sympa, fête foraine puis bal. C'était à la mode, à l'époque.

Et il était là, avec deux amis, à boire une bière, accoudé au bar de fortune monté pour l'occasion.

Il ne m'avait pas remarquée de suite, mais moi j'avais eu beaucoup de mal à détacher mes yeux de lui.

Appelez ça comme vous voulez, un coup de cœur, un coup de foudre je n'en sais rien, mais j'avais 22 ans et à cet âge-là, quand le cœur s'emballe, on y croit.

J'avais donc passé l'après-midi avec Laura à jouer à des jeux aussi stupides les uns que les autres, à faire des auto-scooters à s'en péter le dos, à tirer à la carabine pour tenter de gagner une peluche qui ne vint jamais. On avait vraiment passé un super moment et bien ri. C'est quand on avait décidé de s'installer sous la tonnelle du bar improvisé pour boire un coup que ma vie avait basculé…

***

Je me souviens de ses premières paroles comme si c'était hier…

En pleine conversation avec Laura sur sa vie trépidante à la fac, je ne l'avais pas vu arriver. C'est le regard de mon amie, par-dessus mon épaule, qui m'avait aiguillée sur le fait qu'on n'était plus seules.

– Samantha, c'est ça ?

J'avais tourné la tête vers lui, stoïque, alors qu'il arborait un sourire qui soulignait ses fossettes. J'en étais restée sans voix.

– Euuuh, oui c'est ça…

– Salut, moi c'est Marc. Tu te souviens ? Au garage, l'année dernière, quand tu as acheté ta voiture ?

Décontenancée, j'avais regardé un instant mon amie, qui retenait le plus grand sourire du siècle, avant de revenir vers lui.

– Oui, je me rappelle. Salut, Marc. Je te présente Laura.

Il s'était tourné vers mon amie, avec un léger sourire.

– Salut, Laura.

– Bonjour.

Puis, reportant son regard sur le mien, il avait continué.

– Ça va avec ta voiture ? Pas de soucis ? C'est moi qui te l'avais préparée et je pensais te revoir pour la révision au bout d'un an.

– Mince, avais-je marmonné, j'ai zappé ça. Je prendrai rendez-vous dans la semaine, si c'est possible. J'avais complètement oublié, vu que cette petite merveille ne me cause aucun souci.

– OK, c'est cool, pas de problème, tu passes prendre rendez-vous et je m'en occuperai.

Puis, il avait ajouté, me tendant un énorme Titi en peluche avec un sourire de dingue.

Oui, Titi de Titi et Grosminet !!!

– Tiens, ça, c'est pour toi, je t'ai vue galérer au tir à la carabine pour avoir une peluche et comme j'en ai gagné une, alors c'est cadeau.

Sur un signe de la main il était reparti aussi vite qu'il était arrivé.

Il avait une façon de marcher… Une taille fine, des épaules larges…

Laura m'avait stoppée net dans ma séance de voyeurisme, excitée comme une puce.

– C'était quoi ça ? Raconte poulette, ça fait un bail qu'on ne s'est pas vues, mais je vois que les choses ont évolué de ton côté, alors je veux que tu me dises tout dans les moindres détails, et tout de suite maintenant !

Rougissante, complètement ébahie par cette apparition imprévue, je lui avais répondu.

– Que veux-tu que je te dise ? Tu as entendu toute l'histoire ! Je l'ai rencontré l'année dernière, quand j'ai acheté ma voiture. Il bosse au garage de Saint-Pierre. J'avais dû le croiser une ou deux fois avant ça et depuis, rien jusqu'à aujourd'hui. Je suis toute aussi surprise que toi là !

– Tu es toute rouge Sam, respire. Ce n'est pas la première fois qu'un garçon t'adresse la parole ma belle, alors relax, tout va bien.

– Tout va bien ? Oui tout va bien, un mec avec des yeux à tomber par terre et un cul à se damner vient de m'offrir un Titi géant. C'est la première conversation qu'on a et il m'offre un TITI GÉANT !!! Oui, ça va, ça va, je vais super bien ! Mince, c'était quoi ça ? Bordel, j'ai 22 ans !! D'où ça sort qu'on offre des Titis géants aux dames ?

D'un coup, nous nous étions mises à rire, le genre de fou rire qu'on n'arrête plus, à vous en faire mal au ventre. Celui qui fait du bien.

Ce soir-là, nous nous étions préparées pour aller danser, et déjà dans la voiture, en chemin pour Saint-Pierre, nous nous étions mises dans l'ambiance, chantant à tue-tête comme des folles sur le célèbre et indémodable tube « Je te donne » de Jean-Jacques Goldman, et nous avions enchaîné avec « Nuit de Folie » de Début de soirée.

Pour tout vous dire, on était en forme, et l'apparition de Marc cet après-midi-là n'y était pas étrangère pour ma part.

Laura avait un peu cassé l'ambiance en me questionnant sur lui dans la voiture, d'autant plus qu'elle criait comme une folle, pour couvrir le son de l'autoradio.

– Sam ?

– Oui ?

– Tu vas faire quoi, si tu le vois ce soir ?

– Rien Laura, je ne vais rien faire. Tu me connais, jamais je n'oserais faire le premier pas. Et de toute façon, qui te dit qu'il a envie qu'il se passe quoi que ce soit ?

– Tu rigoles, j'espère ? Il avait les yeux rivés sur toi cet après-midi, je n'existais même pas. Il a juste été poli en me disant bonjour, mais franchement je n'aurais pas été là, ça aurait été pareil !

– N'importe quoi, arrête. Il m'a parlé parce qu'il me connaît et que j'ai oublié la date de la vidange, c'est tout.

– Mais bien sûr ! Qu'est-ce qu'il est consciencieux dans son travail, c'est dingue ça !

– Arrête avec ton ironie, il s'est juste montré gentil et aimable.

– Et le Titi ?

– Quoi, le Titi ? lui avais-je répondu en sentant une chaleur envahir mes joues.

– Quoi, le Titi ? Tu déconnes ? Le mec, il t'offre un Titi de la taille de l'Afrique et toi, tu dis « Quoi, le Titi ? », s'était-elle mise à me répondre en montant légèrement dans les aigus.

En haussant les épaules en guise de réponse, s'ensuivit le

plus long soupir de mon existence.

Ben oui, que voulez-vous que je réponde à ça, je n'y comprenais déjà rien moi-même...

Cette soirée-là, nous nous étions amusées comme des folles.

Je n'avais pas revu Marc et je dois dire que je ne savais pas si je devais en être soulagée ou triste, peut-être un peu des deux en fait. Oui, j'étais un peu déçue mais je n'aurais jamais su quoi lui dire s'il était venu me voir, donc, c'était vraiment mieux ainsi.

L'été suivant pourtant, nous nous mariions...

3

« Ce que nous pensons, ce que nous savons
ou ce que nous croyons,
a, à la fin, peu de conséquences.
La seule chose qui compte c'est ce que nous faisons. »
John Ruskin

Je me sors de mes souvenirs pour retourner à mes soucis du présent.

Je me replonge souvent dans le passé ces derniers temps et je n'ai pas envie que les enfants se rendent compte à quel point j'en suis toujours affectée.

Paraître forte, pour eux.

Être forte, pour eux.

Avancer, pour eux.

S'en sortir, pour eux.

Toutes les petites annonces que j'ai épluchées n'ont rien donné jusqu'à présent, car je ne suis pas assez qualifiée. C'est ça mon plus gros problème.

J'avais arrêté l'école après avoir obtenu mon bac, avec deux ans de retard je tiens à le préciser, non que j'avais de mauvais résultats, mais j'étais une rêveuse, une idéaliste et les cours n'étaient pas ma tasse de thé. Je rêvais de concret.

Je n'ai fait que des petits boulots jusqu'à l'accident de Marc. J'ai toujours privilégié ma vie de famille et je ne le regrette pas le moins du monde. J'aimais ma vie telle qu'elle était ou presque, et on me l'a arrachée du jour au lendemain.

Après l'accident, j'étais désemparée. Il a bien fallu que je trouve vite quelque chose, et heureusement que M. Cartier m'a donné ma chance, sinon je ne sais pas où nous en serions les enfants et moi. Il m'a donné la chance d'un « plus ». Il a vu que j'étais rigoureuse, obstinée, sérieuse. Il a compris ma détresse et m'a aidée à ne pas sombrer. Le manque de qualifications ne le dérangeait pas plus que ça, pour lui tout s'apprend et il n'a pas vraiment tort.

Malheureusement, la plupart des employeurs, voire quasiment la totalité, ne veulent même pas entendre parler de personnel non diplômé.

Et voilà donc qu'aujourd'hui, je me retrouve à la case départ, avec en tout et pour tout, neuf semaines devant moi avant de pointer au chômage.

Il ne me reste plus qu'à réactualiser mon CV, en espérant que mon expérience chez CT Transports me soit profitable. Je sais que M. Cartier va me donner des lettres de recommandation. J'espère juste que ça va m'aider. Tout ce que je sais, je l'ai appris avec lui, dans son entreprise, grâce à son entreprise. Je suis autodidacte, le reste, c'est lui qui me l'a transmis. Dans la vie de tous les jours, on apprend à gérer divers papiers, comme tout à chacun, j'ai juste dû me faire aux lois et aux législations en vigueur.

Rien n'est impossible, je peux y arriver.

Repartir à zéro, tu connais et tu vas le faire !

En attendant, il est bientôt dix-huit heures trente, les enfants ne vont pas tarder à rentrer et moi, je n'ai même pas préparé le repas. Heureusement nous sommes vendredi, tout ça m'épuise, j'ai vraiment besoin de respirer.

– Maman ? On est rentrés !

– C'est bon, gueule pas, on n'est pas sourd !

– Lâche-moi, la crevette. Quand on te demandera de la ramener, on te fera signe !

Je sors la tête de la cuisine en leur lançant un regard d'avertissement.

– Premièrement, on dit bonsoir. Et oui, j'ai passé une magnifique journée, merci de le demander. Et vous ? Des notes ? Pas de punitions ? Des devoirs ? Oui ? Non ? C'est parfait !! Alors pitié, on est en week-end, je veux une trêve. Pas de crise, pas de cris, OK ? Merci, mes amours.

– Pardon, maman, c'est juste que je suis tout excitée. J'ai un truc hyper important à te dire. C'est genre hyper urgent ! J'ai ma copine Lisa qui part avec ses parents à côté de Cabourg, dans leur maison de campagne pour deux jours et elle m'a demandé si je pouvais venir avec elle. Allez, dis oui s'te plaît. Dis oui maman chérie ! En même temps, vois le bon côté des choses, si je ne suis pas ici avec le nain, t'auras la paix !!!

– Le nain va t'en coller…

– Houlaaaaa, stop ! C'est bon, Théo, on a compris. Emma, lâche ton frère, OK ? Tu vas redescendre en pression et reprendre calmement, s'il te plaît, car tu m'as débité ça d'un coup et j'ai cru que tu allais t'étouffer. Donc tu respires et tu recommences lentement sans sauter ni crier.

– Maman ! se met à râler ma fille, impatiente.

– Elle n'est jamais calme, marmonne mon fils en secouant la tête, dépité. Je monte dans ma chambre faire mes devoirs, m'man.

– OK, poussin…

– M'appelle pas « poussin » !!!!

J'adore le taquiner !

– D'accord, MON GRAND, je t'appelle quand le repas est prêt.

– On mange quoi ? J'ai faim !

– Bonne question, va faire tes devoirs pendant que je prépare le repas avec ta sœur, d'accord ?

– Chouette, on va tomber malade !

– Théo ! Allez monte, JE m'occupe du repas, pendant que ta sœur va m'expliquer CALMEMENT son super projet, ça te va ?

– Oui, m'man. Emma, si tu touches à une seule casserole, je te fais bouffer ton maquillage.

– Oh hé! C'est bon, pas la peine de la ramener monsieur je-sais-déjà-me-servir-d'une-gazinière-car-je-veux-devenir-cuisto !

Je ne peux m'empêcher de sourire en les regardant se chamailler et se singer. Ça ne va jamais plus loin fort heureusement, alors pourvu que ça dure. J'ouvre le frigo, histoire de me donner des idées de repas…

– Allez Emma, raconte.

Je sors une pâte à tarte, lardons, jambon de dinde, emmental, œufs, crème lait. Une quiche, ça fera l'affaire avec une salade.

– Donc, comme je t'ai dit, les parents de Lisa partent dans leur maison qui est sur la côte, pour le week-end. On s'est avancées dans nos devoirs exprès !

– Et ? je lui demande, tout en coupant le jambon en morceaux.

– Maman ! Allez, s'il te plaît, Lisa m'a invitée. Ses parents sont d'accord, je suis à jour dans mes devoirs et mes leçons, j'ai super bien bossé ce trimestre… Maman ?

– Bon, OK, OK, où ? Quand ? Comment ? Je veux tous les détails, tu te doutes bien. Donc, tu appelles ta copine et elle me passe ses parents, ça te va ?

Ma fille se jette littéralement à mon cou et me couvre de bisous.

– Oh maman t'es géniale, je t'adore, t'es trop top ! Ça va être géniaaaal ! Je file l'appeler, qu'elle te passe ses parents !

Que j'aime la voir comme ça…

***

Le repas se passe dans le calme.

Le week-end d'Emma est bien planifié, Lisa et ses parents viennent la chercher demain à l'aube.

– Emma, va faire ton sac, charge ton téléphone et n'oublie pas de mettre ton chargeur dans tes affaires après. OK ?

Elle s'approche de moi et me serre dans ses bras.

– Oui, maman, t'inquiète pas, j'oublierai rien.

Elle monte dans sa chambre après m'avoir embrassée sur la joue. Je me tourne vers mon fils.

– Bon, eh bien il semblerait qu'on se prépare deux jours en tête-à-tête. Tu veux qu'on fasse quelque chose de spécial ? Ils annoncent du beau temps. On pourrait aller se balader à pied ou à vélo. Ça te dit ?

Il ne me répond pas et se contente de hausser les épaules.

– Ou bien on pourrait aller faire le tour du lac, puis voir papy et mamie si tu préfères ?

J'aperçois une lueur triste dans son regard au moment où il baisse les yeux. Je m'approche de lui, me mets à sa hauteur en lui caressant légèrement l'avant-bras avec mon pouce, et lui demande d'une voix douce.

– Qu'est-ce qu'il se passe, Théo ? Tu as des problèmes au collège ? On t'embête ? Dis-moi… Si quelque chose te…

– Non non, me coupe-t-il, c'est que…

Je le regarde en fronçant les sourcils, tâchant de deviner ce qui le tracasse.

– Eh bien, en fait, voilà. Tu te souviens quand papa était là et qu'on avait parlé de prendre un chien, mais que tu ne voulais pas parce que ça laisse des poils partout et qu'il faut le promener souvent ?

Un coup de poing en plein ventre ne m'aurait pas autant coupé le souffle…

La dernière fois que Théo a vu son père, il avait 10 ans… 9 ans la dernière fois qu'ils ont joué et parlé ensemble.

Ils étaient aussi proches qu'un père et son fils puissent l'être. Mais il a la mémoire sélective. Heureusement, sur certains points, mais parfois je me sens si impuissante face à sa détresse.

Le scotch, mis à la va-vite sur mon cœur pour le consolider, est tout doucement en train de se décoller à la vue de ses grands yeux bleu-gris si tristes qui me fixent, si semblables à ceux de son père…

Je tente de garder ma contenance et retarder les larmes qui menacent de couler d'un moment à l'autre. Ce n'est pas vraiment moi qui ne voulais pas d'un chien à l'intérieur…

mais je préfère laisser couler.

– Oui mon cœur, je me rappelle.

– Maman, je sais que tu disais que ce n'était pas le moment, mais… Mais je ne te demande pas d'adopter un chien, non, je voudrais juste qu'on aille au Refuge pour les voir. Les balader. Tu sais, ils sont seuls eux aussi et…

Seuls eux aussi…

Je regarde mon fils, je suis au bord des larmes.

C'est sûrement dû à tout ce stress accumulé ces dernières semaines car jamais je ne craque devant mes enfants, jamais, et je ne veux pas commencer maintenant. Mais le voir si ouvert, si abattu alors qu'il montre une tout autre image de lui en permanence…

Il est comme son père Sam… Et toi aussi…

Alors je fais quelque chose de rare, mais qui est d'autant plus précieux car Théo n'est pas démonstratif. Encore une chose qu'il tient de son père.

Je le prends dans mes bras, pour ne pas craquer devant lui.

Je le prends dans mes bras, pour lui donner un peu de la force qu'il me reste.

Je le prends dans mes bras, parce qu'il en a besoin et moi aussi.

Je le prends dans mes bras, parce que je l'aime plus que ma vie.

Et enfin, je lui donne la seule réponse possible.

– Bien sûr, mon cœur, tout ce que tu voudras.

4

« On peut aussi bâtir quelque chose de beau avec les pierres qui entravent le chemin. »
Johann Wolfgang Von Goethe

Sur la route menant au Refuge, le lendemain, seul le son de la radio couvre le bruit du moteur de la voiture. Théo reste là, visage tourné vers le paysage qui défile. Il est silencieux depuis son réveil.

Avant de partir pour son week-end avec son amie Lisa et ses parents, sa sœur l'a asticoté comme à son habitude. Mais il n'a même pas répondu, il a juste haussé les épaules à chaque fois et s'est enfermé un peu plus dans sa coquille.

Dieu que je voudrais pouvoir y entrer à tout moment…

Il réfléchit beaucoup, c'est normal à son âge. Il se pose des questions auxquelles même moi je n'ai pas toutes les réponses. En même temps, comment expliquer à un garçon de 13 ans pourquoi la vie est si cruelle, injuste et compliquée ? Il n'y a pas d'explication et c'est ce qui est le plus dur à accepter. J'essaie par tous les moyens de lui prouver que malgré tout, la vie continue, qu'elle regorge de mystères et de belles choses à découvrir. Je sais cependant que ce n'est pas suffisant. Son père lui manque, c'est tout.

Il mûrit beaucoup trop vite et par la force des choses, il commence à vouloir prendre une place à la maison qui n'est pas la sienne. Je sais qu'il croit bien faire en voulant m'aider, mais je veux juste qu'il soit un adolescent comme tous les autres, ou presque, du moins.

Je me racle la gorge et décide de briser ce silence pesant en prenant un ton que j'espère enjoué.

– Alors mon cœur, comme je t'ai vu regarder le site assidûment hier soir, tu connais déjà les lieux mieux que moi. Donc par quoi veux-tu commencer ?

Je lui adresse un sourire engageant, afin qu'il comprenne que je ne lui en veux pas, et que je comprends le pourquoi de son mutisme.

Il se tourne vers moi, et me dit en haussant les épaules.

– Je voudrais voir si c'est possible de donner un coup de main ce matin pour donner à manger et nettoyer les box des chiens.

– Très belle initiative, mon cœur, même si je ne pense pas que ce soit possible, tu sais. On verra bien, mais la sécurité est très importante, la tienne comme celle des animaux.

Je me tourne vers lui plus longuement, quand je l'entends soupirer légèrement.

– Ne t'inquiète pas, d'accord ? Je vais voir ce que je peux faire, mais je ne te promets rien.

Je lui fais un clin d'œil avec un grand sourire, ce qui déclenche le sien en retour. Il ne m'en faut pas plus pour que ma journée redevienne ensoleillée.

Le temps est particulièrement chaud, en cette fin avril,

cette année. J'ai toujours aimé la campagne, ce calme, l'odeur des champs, le bruit des feuilles dans les arbres quand le vent s'y infiltre, le chant des différents oiseaux selon les saisons…

C'est reposant... et ça me ferait tellement de mal de devoir abandonner tout ça...

Mais s'il le faut.

M'arrachant à ces pensées négatives, je trouve une place à l'ombre et me gare.

Le Refuge Saint-Roch se trouve à une soixantaine de kilomètres de la maison, il est vraiment isolé de tout, le cadre est verdoyant. Les collines, la forêt en arrière-plan, tout est tout simplement magnifique. Il y a des pelouses bien entretenues, toutes clôturées et les chiens semblent vivre en semi-liberté.

Tout en observant les lieux, mon fils à mes côtés, nous nous dirigeons vers l'accueil.

Théo me ramène à la réalité en attirant mon attention sur les horaires d'ouverture, affichés sur la porte.

– Maman ? Je crois qu'on a oublié de faire un truc avant de partir de la maison.

Avec une grimace et un hochement de tête, je ne peux qu'être d'accord.

– Ce n'est pas grave mon cœur. Il est déjà onze heures, on va aller se balader, visiter les alentours et manger un morceau. On reviendra pour quatorze heures, ça te va ?

Mon portable se met à vibrer dans la poche de mon jean. Le sourire aux lèvres, je décroche.

– Allô, ma puce !

– Bonjour, maman, ça va ? Je voulais juste te prévenir

qu'on vient d'arriver. C'est trop beau, maman, la maison est juste géniale ! On voit la mer depuis ma chambre !

J'imagine d'ici la tornade Emma courant dans tous les sens, en sautillant comme une hystérique qui aurait vu Black M.

En même temps, c'est une hystérique quand elle voit Black M. !

Un mouvement sur ma droite attire mon attention et me fait lever les yeux. Un homme se tient de l'autre côté des grilles, il passe le jet dans les box des chiens. Comme s'il avait senti mon regard sur lui, il se retourne et se met à me fixer également. Sans le quitter des yeux, une sensation de gêne adolescente brouillant mon esprit, je réponds à ma fille.

– C'est bien, ma puce, prends des photos surtout. Euuumm… Je suis contente pour toi ma chérie. Écoute, ma puce, je suis désolée, mais avec ton frère on est devant le Refuge et figure-toi que ta mère, si bien organisée d'habitude, a zappé de regarder les horaires d'ouverture sur le Net. Du coup, on se retrouve devant une porte fermée, mais c'est pas grave on va en profiter avec ton frère pour aller jouer les explorateurs.

– Whaouhhhh, super maman a bugué ? me répond-elle en gloussant.

– Oui, ma fille, c'est ça, moque-toi ! Allez, file plutôt retrouver Lisa, au lieu de dire des bêtises. Je te rappelle plus tard d'accord ? Et s'il y a quoi que ce soit, tu me bipes. OK ?

– Oui maman, t'inquiète pas.

– Je ne m'inquiète pas.

Je m'inquiéterai toujours…

– Je t'aime, ma puce.

– Moi aussi, je t'aime maman, passe le bonjour au nain !

– Je le fais tout de suite. Théo, ta sœur t'embrasse.

Il se met à souffler, comme à son habitude quand elle l'embête, et le voir redevenir normal me donne encore plus envie de profiter de cette belle journée.

– C'est bien ! Elle n'a qu'à rester là-bas, ça nous fera des vacances !

– Je t'ai entendu, le nain ! T'inquiète pas, moi aussi je suis bien sans toi dans mes pattes !

Je coupe court à cette discussion follement intéressante, avant que ça ne dégénère.

– Allez, Emma, je te laisse. Passe le bonjour à Lisa et à ses parents. Bisous, ma puce.

– Bisouuuuuuuus !

Je raccroche, le sourire aux lèvres. Ils m'éclatent, ces gamins, mais s'ils passaient autant de temps à user de leur énergie « chahutesque » qu'à bosser leur cours, ils deviendraient de vrais Einstein !! Non, j'exagère, ils font de leur mieux et je suis très fière d'eux.

À peine ai-je le temps de me tourner vers mon fils, pour lui dire qu'on s'en va, que je vois apparaître l'homme au jet d'eau.

Et quelle apparition…

Il nous regarde, mon fils et moi chacun notre tour, se met à sourire en voyant mon air béat, et là, une chose incroyable se produit… Il parle !!

Oui, ô surprise, il parle !!

Non, mais ça va pas bien chez moi ?

Et sa voix…

– Bonjour, je peux vous aider ?

Voilà c'est officiel, j'ai régressé ! J'ai perdu vingt ans d'un coup, ma langue et ma repartie.

Et là, à rester comme un chien devant un os, tu te ridiculises ma belle !

Continuant de le fixer, je prends une grande inspiration, me redresse et dit d'une voix que je viens d'éclaircir d'un raclement de gorge très féminin.

– Bonjour, nous sommes venus, mon fils et moi, pour voir les animaux. Mais il semblerait que vous soyez fermé le matin. C'est vrai, j'aurais dû m'assurer que vous étiez ouvert avant qu'on ne fasse toute cette route, mais ce n'est pas grave, on va aller se balader avec Théo en attendant que ça ouvre. Hein, Théo ?

Voilà, c'est officiel, je perds la boule. Je parle trop, trop vite et je meurs d'envie de me cacher au fond d'un trou.

Je dois être rouge, je sens que je suis rouge !

Du calme Sam, tu as juste en face de toi un homme séduisant à souhait, avec un sourire craquant... Ohhh il va finir par se moquer de moi si je continue.

Avec un hochement de tête, il me salue.

– Bonjour madame, bonjour jeune homme, dit-il à mon fils, en lui tendant la main.

– Bonjour monsieur, lui répond fièrement Théo, souriant.

L'homme lui retourne son sourire et continue.

– Moi, c'est Ben. Normalement, nous ne sommes pas ouverts le matin, mais vu que tout ça, c'est à moi, je peux sans doute faire une exception. Personne ne m'en tiendra rigueur, sûrement pas les chiens en tout cas ! Ils ne demandent que ça qu'on vienne les chouchouter. Alors ça te dit ?

– Oui ! C'est génial ! Merci ! s'extasie mon fils.

– Oh ! mais nous ne voudrions pas vous déranger dans votre travail, vous semblez être très occupé et…

– Pas de problème, je vous assure, et quatre mains de plus ne seront pas de trop, croyez-moi.

Et sur ces belles paroles, il m'offre un des plus beaux sourires qu'il m'ait été donné de voir.

5

« Il possède la beauté sans la vanité,
la force sans l'insolence,
le courage sans la férocité
et toutes les vertus de l'homme sans ses vices... »
Lord Byron

Ayant envoyé un Théo aux anges s'occuper des box des tout-petits et vieux chiens inoffensifs, Ben me fait visiter les lieux.

Devant un bureau où règnent désordre et chaos, il tend la main solennellement vers moi, avec un sourire.

– Je me présente, Benjamin Beckett, responsable de ce magnifique lieu, mais aussi chef d'équipe, gardien-animalier, conseiller, gestionnaire administratif, gestionnaire des troubles du comportement, technicien de maintenance... Bref, je fais pratiquement tout ici, mais je suis surtout et avant tout vétérinaire.

– Impressionnant...

Un chien arrive tranquillement vers moi, me renifle et cherche une caresse en me poussant la main de sa truffe humide et fraîche.

– Voici Booth, n'ayez pas peur, il est gentil. C'est mon chien et ça fait des années qu'il me supporte ! Donc, je vous assure qu'il est vraiment sympa !

Je lui grattouille la tête, en profitant de la douceur de ses longs poils sous mes doigts.

– C'est un magnifique golden retriever que vous avez.

– Merci. Vous connaissez cette race ? Vous en avez un, peut-être ?

– Oh non, nous n'avons pas de chien, j'aurais bien voulu, mais mon mari… Enfin, bref. Donc, c'est vous qui gérez le site tout seul ? Mais vous n'avez pas des employés, des associés ou des bénévoles pour vous aider ?

Je le vois regarder ma main gauche, celle où ma bague se trouve toujours autour de mon annulaire. Je me mets instinctivement à la triturer.

– Si. J'ai des employés. J'ai Martha, qui se charge de l'accueil et de la paperasse depuis l'ouverture. J'ai Pierre, qui s'occupe du gardiennage de nuit. Il y a aussi Thierry, l'éducateur comportementaliste, qui vient faire en sorte que tous les chiens ici présents puissent être adoptables, et qui aide les futurs maîtres à mieux comprendre leur futur compagnon. Il y a aussi les bénévoles, sans qui je ne pourrais faire tourner le site.

Déposant sa main dans le creux de mes reins, il me fait avancer vers la sortie.

C'est un geste amical, Sam, rien de plus, ne panique pas… un geste purement poli… qui te perturbe plus qu'il ne le devrait…

– Venez, je vais vous montrer.

Il me dirige vers l'endroit où sont alignés tous les box,

les aires de jeu au loin, un parc de baignade et un parcours d'agility.

– Le Refuge Saint-Roch est une association reconnue d'utilité publique, de par son affiliation à la confédération nationale des SPA. Nous sommes donc habilités à recevoir des dons et des legs. Les sommes recueillies servent au bon fonctionnement du site. On en a besoin en priorité pour nourrir les animaux, payer le personnel salarié, et l'entretien. En ce qui concerne l'assistance et le suivi vétérinaire, c'est toujours ça d'économisé, puisque c'est moi qui m'occupe de ces détails. À ce jour, le Refuge abrite quatre-vingts chiens abandonnés ou récupérés, car maltraités ou trop vieux. S'ils le peuvent, nous les proposons à l'adoption dans des conditions très surveillées. Sinon, ils terminent leurs jours tranquillement au Refuge.

– Vous êtes donc un Zorro des temps modernes pour chiens ? dis-je sur le ton de plaisanterie. Non, plus sérieusement, bravo, je suis impressionnée par la charge de travail que vous devez accomplir chaque jour, ainsi que par l'amour évident que vous portez à ces bêtes. On ressent tout de suite ce lien particulier qui vous lie à eux.

Il s'arrête de marcher et laisse son regard partir au loin.

– Les chiens sont fidèles, ils ne vous lâcheront jamais jusqu'à leur dernier souffle. Vous pouvez les briser, les humilier, les blesser, ils vous craindront, mais resteront toujours à vos côtés. Par contre, si vous les aimez du plus profond de vos entrailles, si vous leur donnez tout, cette fidélité sera remplacée par un amour partagé profond et véritable, une complicité exacerbée.

Il se tourne vers moi.

– Pardon, veuillez m'excuser mais dès que je commence

à parler sur le sujet, je suis incapable de m'arrêter.

– Ne vous excusez pas, c'est tout à votre honneur de réagir comme vous le faites. Vous avez cette chance exceptionnelle de faire un métier qui vous passionne, et ce n'est pas donné à tout le monde, croyez-moi.

Repartant en direction des box, d'où l'on voit Théo se débrouiller comme un chef avec ses petits protégés, il me demande.

– Vous travaillez ?

– Oui, je suis agent d'accueil administratif chez CT Transports.

– Vous aimez ce que vous faites ?

– Que j'aime ou non n'était pas une priorité quand j'ai dû trouver cet emploi. Mais de toute façon, ce n'est plus vraiment un problème maintenant…

Il me regarde, étonné, cherchant à comprendre le sens de ma phrase.

– Pardon ? Veuillez excuser ma curiosité, mais pourquoi dites-vous cela ?

Je fixe mon fils au loin, mets les mains dans mes poches et hausse les épaules. Après tout, il y a bien pire dans la vie que de perdre un job…

– Oh ! Ce n'est pas un secret d'État, ne vous inquiétez pas. L'entreprise pour laquelle je travaille dépose le bilan, et je suis remerciée après quatre ans de bons et loyaux services. Je retourne à la case départ. Ça fait un mois que je cherche un nouveau travail, et dans très exactement huit semaines, je serai dans la mouise.

Avec un nouveau haussement d'épaules résigné et un léger sourire je reprends.

– Mais ce n'est pas grave vous savez, il y a bien pire dans la vie. Et puis Rebondir est devenu mon second prénom. Rien n'est impossible, si on s'en donne les moyens. Tout est relatif et tout est surmontable. À présent, j'ai un objectif, je suis motivée, et les barrières ne m'effraient pas.

Il me fixe intensément de ses beaux yeux verts.

Quoi ? J'ai dit beaux yeux verts ? OK j'avoue il a un regard magnifique.

– J'ai peut-être quelque chose qui pourrait vous intéresser.

Sa phrase me sort de ma rêverie et je le fixe en fronçant les sourcils.

– Pardon ?

Il me regarde avec un tel sérieux, que j'essaie de remettre les choses dans l'ordre dans mon petit cerveau. On parlait boulot, oui, on parlait boulot. Quoi d'autre, après tout ? Il n'allait tout de même pas me faire une autre proposition ?

N'importe quoi ma fille, tu divagues aujourd'hui, tu devrais sortir plus souvent, il est temps.

– J'ai dit, je suis susceptible d'avoir quelque chose qui pourrait vous intéresser. Rien de bien exceptionnel, mais vous me semblez être parfaite pour ce poste.

– Pardon ?

Encore ? La honte. Ça y est, là, on m'a perdue.

Je me racle la gorge, *décidément ça devient une habitude devant lui,* je prends une grande inspiration et me décide à lui répondre.

– Pardon. Veuillez m'excuser, c'est que je ne m'attendais pas en venant ici à me retrouver avec une proposition d'emploi. Emploi dont je ne sais toujours rien, soit dit en passant. Mais enfin, bon, bref, pas de soucis, je vous écoute.

Ce que je lui dis, ou alors la façon dont je lui dis, a l'air de l'amuser, car le sourire qu'il arbore est légèrement, voire carrément trop visible, même s'il tente de le cacher derrière son point.

– Quoi ? Ne rigolez pas, ce n'est pas drôle, enfin si, mais non pas vraiment en fait ! Houlaaaa, je suis en train de me ridiculiser à parler sans m'arrêter. Mais pour ma défense, je parle beaucoup quand je suis stressée, et là, pour le moment, je dois avouer que je suis un chouïa tendue…

– Il ne faut pas, me coupe-t-il, et je m'excuse si je vous ai paru grossier en souriant, mais en aucun cas je me moquais de vous, bien au contraire. Vous me faites penser à Martha. Voilà pourquoi vous seriez parfaite pour ce poste.

– OK, donc il s'agit du poste d'employée d'accueil, si ma mémoire est bonne, c'est ça ?

– Oui, tout à fait. Elle part bientôt à la retraite et je n'avais pas encore commencé à chercher à la remplacer. Il me faut une personne qui sache répondre au téléphone, accueillir, classer des dossiers, pour le plus gros.

– C'est dans mes cordes, je pense, dis-je avec un véritable sourire sur mon visage.

– Peut-être souhaitez-vous d'abord réfléchir et en parler à votre mari, ce que je comprends tout à fait, ne vous inquiétez pas. D'ailleurs je vais vous préparer un dossier avec tous les détails du poste, les horaires, la paye…

Il se dirige droit vers l'accueil et le bureau adjacent, Booth sur les talons.

– Vous n'habitez pas trop loin au moins ? Je n'ai même pas pensé à vous le demander avant.

– Pas vraiment. J'ai mis un peu plus d'une heure pour

venir ce matin. Mais nous étions en mode balade avec Théo, donc je pense qu'en quarante-cinq minutes, le trajet peut se faire. D'ailleurs, avec un paysage pareil, la route fut un régal.

– Nous sommes en limite du parc naturel régional, donc oui, le paysage est exceptionnel. Donc, une heure de trajet vous dites ?

Il semble réfléchir et reprend.

– Ça pourrait coller. Je vous explique. Il me faudrait une personne à plein temps.

– À plein temps ? je l'interromps. Parfait, je signe ! Oh, veuillez m'excuser de vous avoir coupé. Mais je n'avais qu'un mi-temps chez CT, et tant que les enfants étaient plus jeunes ça m'allait très bien. Mais là, ils grandissent et ont besoin de moi d'une tout autre façon et je recherche vraiment plus d'heures, donc c'est juste parfait !

Si un sourire pouvait fournir l'électricité de tout un village, le sien le ferait sans hésiter. Je dois être en mode comique aujourd'hui, il n'a pas arrêté de sourire depuis… je regarde ma montre, douze heures trente !

Douze heures trente ? Je n'ai pas vu le temps passer c'est dingue !

Je pousse un soupir de soulagement, mon ciel s'éclaircit.

On se sent en paix ici, tout respire le bonheur, la nature, les animaux.

Malgré les aboiements, c'est relativement calme et c'est vraiment ce dont j'ai besoin.

Il reprend, l'air ravi par mon enthousiasme, mais intrigué par mon froncement de sourcil.

– Tout va bien ? Vous aviez l'air heureuse, et vous avez eu l'air contrarié l'espace d'un instant.

Secouant la main, je lui réponds.

– Non, aucun souci. Je me disais juste que ça fait déjà une heure trente que nous discutons et nous baladons. Je vous ai sûrement empêché de travailler et mon fils doit être mort de faim à l'heure qu'il est.

– Vous m'avez offert une pause bien rafraîchissante et je vous en remercie. Quant à Théo…

Il tourne la tête dans sa direction. Mon fils joue avec un petit bichon, qui semble aussi ravi que lui.

– Il a l'air bien occupé. Il est vraiment très calme, votre fils, c'est parfait pour un endroit comme celui-ci. Si ça lui plaît, il pourra venir quand il le souhaitera. Les chiens seront bien en sa compagnie, je n'en ai aucun doute.

Je lui adresse un sourire reconnaissant.

– Merci, c'est très gentil à vous.

– Il n'y a pas de quoi. Bon. On a juste un léger problème ; Vous connaissez mon nom, mais avec tout ça je ne connais que celui de votre fils et si nous sommes amenés à travailler ensemble, il serait préférable que je sache au moins comment je devrais vous appeler, me dit-il avec un sourire avenant.

– Samantha Rivera, mais tout le monde m'appelle Sam.

Vous venez faire visiter un Refuge à votre fils pour lui changer les idées.

Vous vous retrouvez à discuter avec un homme que vous connaissez depuis quoi ? À peine deux heures ?

Et vous finissez avec une proposition d'emploi…

– Madame Rivera, voudriez-vous vous joindre à moi, votre fils et vous, pour le déjeuner ? Comme ça, nous pourrons discuter des modalités et des termes du contrat, si ça vous convient.

– Vous êtes sûr ? Vous n'êtes pas obligé vous savez. J'avais prévu des sandwichs, tout est dans la glacière d'ailleurs.

– Je vous coupe, pardonnez-moi, mais nous avons une cuisine derrière les bureaux. Nous ne manquons de rien. Martha s'arrange toujours pour remplir le réfrigérateur de bons petits plats. Elle pense, à tort, qu'un célibataire de 35 ans ne sait toujours pas s'occuper de lui, que voulez-vous !

Il se met à rire en soulevant nonchalamment les épaules.

Décidément cet homme est perturbant, il passe son temps à sourire, c'est très communicatif. Je suis déjà une personne enjouée de nature, mais là, il me met en même temps à l'aise et mal à l'aise. C'est sûrement dû à ce regard. Il a les yeux verts les plus expressifs qu'il m'ait été donné de voir dans ma vie. En tout cas, je sais déjà que travailler ici va me plaire.

Il reprend, plus sérieux.

– Allez chercher votre fils, pendant que je regarde ce que nous avons de bons à nous mettre sous la dent.

Il regarde l'horloge murale, il est déjà midi quarante-cinq.

– Martha arrive dans une heure, et j'ai encore pas mal de choses à vous expliquer.

– Bien sûr pas de problème, je reviens.

Oui je crois vraiment que la lumière n'est plus si loin à présent.

6

« Dans la vie, le plus sûr des amis,
Le premier à vous accueillir, le premier à vous défendre,
Celui dont le cœur honnête appartient pour toujours à son maître,
Qui travaille, se bat, vit et respire pour lui seul »
Lord Byron

L'après-midi se passe sans encombre.

Je rencontre Martha et Thierry et fais la connaissance de quelques-uns des bénévoles.

Benjamin, parce qu'il veut que je l'appelle par son prénom comme ils le font tous ici, m'a laissée avec elle après m'avoir donné un dossier concernant mon futur emploi, que je prendrai le temps de lire à tête reposée à la maison. Martha se charge donc du reste.

C'est un petit bout de femme plein de vie, souriante, avec qui je m'entends aussitôt, sûrement parce qu'elle me rappelle ma mère. Elle adore son métier, mais elle est tout de même pressée de pouvoir enfin profiter du calme et d'une retraite bien méritée, auprès de son mari. Elle quittera son poste au début du mois de juillet, coïncidence encore extraordinaire, car je ne me retrouverai pas un seul jour sans travailler !

Elle m'explique sa façon de classer ceux concernant les adoptions, les dossiers d'abandons, *oui, il existe certaines personnes qui laissent leur animal devenu trop vieux ou trop « encombrant », certains les abandonnent même devant la grille sans laisser leurs coordonnées…*, les dossiers de retrait pour maltraitance… Bref j'en apprends plus en trois heures avec elle sur les chiens, que je n'en ai su en trente-neuf ans.

Nous échangeons tout de même nos numéros de téléphone au cas où j'aurais des questions à lui poser, ou si un détail qu'elle aurait oublié de me spécifier lui revenait.

Théo, lui, est ravi. Il prend son rôle très au sérieux et fait tout ce qu'on lui propose avec entrain. Après avoir aidé à finir le nettoyage des box, il s'est chargé de la nourriture avec Benjamin.

Quand je me suis éclipsée, en milieu d'après-midi, pour aller voir comment il s'en sortait, je l'ai trouvé en grande conversation avec Thierry, l'éducateur comportementaliste, qui lui montrait comment approcher un chien craintif sans lui faire plus peur.

Je le regarde, il a un sourire qui ne le quitte plus, et je me dis que je prends la bonne décision en acceptant ce travail, puisque Benjamin lui a proposé en même temps de venir au Refuge dès qu'il le souhaitera.

Cette journée « visite », transformée en journée « découverte d'un nouveau job », se termine idéalement. Mon fils est épanoui et mon cœur plus léger.

***

Le trajet retour jusqu'à la maison se passe beaucoup plus joyeusement que l'aller. J'explique à mon fils que, pendant qu'il travaillait, eh bien moi je trouvais un nouvel emploi. J'ai droit au « Yes » gestuel le plus enthousiaste que j'ai jamais entendu ! Théo me parle durant toute la route de toutes les races qu'il a vues, de l'âge des chiens, de Booth, à qui il a fait énormément de câlins. Bref on ne l'arrête plus, il est intarissable sur sa journée et il souhaite recommencer régulièrement car c'est, je cite, *« hyper important »* d'aider les animaux. Je ne l'ai pas vu aussi heureux depuis si longtemps que j'en ai les larmes aux yeux. J'étais tellement à fleur de peau ces derniers temps que cette lumière au bout de ce chemin sinueux est vraiment la bienvenue.

Une fois rentrés chez nous, je file à la cuisine préparer un repas rapide, pendant que Théo monte se doucher. Mon téléphone posé sur le bar se met à biper. Un SMS de ma fille…

[Cc maman, tu as passé
une bonne journée ?]

[Cc mon ange, géniale et toi ?]

[Oui c'était top, on a été à la plage.]

[Tu t'es baignée ? ;)]

[Très drôle maman,
ça caille j'te rappelle lol.]

[:D]

[:p]

[Tu as mangé ?]

[La mère de Lisa est en train
de préparer le repas.]

[OK, moi aussi.
On vient de rentrer avec ton frère.
J'aurai un truc à t'annoncer d'ailleurs
demain quand tu rentreras.]

[Quoi ?]

[Tu verras !!]

[Allez, maman !!!]

[C'est trop long à expliquer
par SMS ma puce.]

[Appelle-moi stp,
je veux garder mon crédit.]

Je fixe mon téléphone en secouant la tête, et c'est avec un sourire collé aux lèvres que je l'appelle.

– Maman ?

– Oui, Emma… Grande curieuse va. Tu ne peux pas attendre ? C'est dingue, ça ! Je me demande de qui tu peux bien tenir.

– De toi maman, de toi ! Allez, raconte, c'est quoi cette nouvelle ? Elle est bonne au moins, hein ?

– Oui ma puce ne t'inquiète pas, c'est même une excellente nouvelle.

– Ben vas-y, dépêche !

– J'ai trouvé du travail !

– C'est ça, ta grande annonce ? C'est cool hein, j'ai pas dit le contraire, mais je ne m'attendais pas à ça.

– Et tu t'attendais à quoi exactement, mademoiselle la râleuse ?

– Je ne râle pas ! D'ailleurs, je ne râle jamais !

– Mais bien sûr ! Et la marmotte…

– Arrête avec ta pub de vieux !

J'entends le sourire dans sa voix malgré le soupir exagéré. Et je ne peux pas m'empêcher de la taquiner.

– Pub de vieux ? Tu traites ta mère de vieille maintenant ? Tu vas voir quand tu vas revenir, ce qu'elle va te faire, la vieille !

Elle éclate de rire car je lui ai fait une voix tellement aiguë, que même moi j'ai du mal à garder mon sérieux.

– Bon, plus sérieusement, notre sortie visite au Refuge s'est tellement bien passée que, par un hasard de dingue, je me suis retrouvée à parler de tout et de rien avec le grand patron et il m'a proposé un boulot. Un poste se libère bientôt et vu que c'est du bureau, comme ce que je fais déjà chez CT, je corresponds au profil. C'est pas génial ?

– Si, c'est top maman. Mais ça ne fait pas trop loin de la maison ? Tu vas travailler plus qu'avant ? Tu seras là le soir, au moins ?

– Oui, oui et oui ! Écoute, on en reparlera quand tu

rentreras, d'accord ? Ton frère va bientôt avoir fini de se doucher et je n'ai pas terminé le repas.

– OK maman je te laisse, bisous, je t'aime.

– Moi aussi je t'aime mon ange. Fais attention à toi.

– Oui maman, t'inquiète. Bisous.

Je m'inquiéterai toujours...

***

Le dimanche se passe tout aussi bien que le samedi, mais tout de même plus calmement.

Il fait un temps magnifique.

Théo part faire du vélo avec ses amis, puis va jouer au foot.

Quant à moi, c'est détente au soleil sur une chaise longue en lisant *Bliss* d'Emma Green.

Je suis une grande lectrice, et dès qu'un moment se présente, généralement le soir après le dîner et les week-ends, je me plonge dans une histoire romantique à souhait, car j'adore ça. Si en plus, l'humour est au rendez-vous, c'est encore mieux.

Ça me fait du bien, ça me détend, mais surtout, ça m'aide à ne pas trop penser. J'ai repris la lecture quelque temps après la mort de Marc. Je me sentais seule et j'avais besoin d'une échappatoire.

Marc...

Nous aurions fêté nos dix-sept ans de mariage cette année...

Je me souviendrai toujours du jour où il m'a demandé de l'épouser, enfin, « demandé »...

Cela faisait près de six mois que nous nous fréquentions,

c'était la Saint-Valentin et il avait prévu un week-end sur la côte. Tout s'était passé très vite entre nous après l'épisode du Titi géant. Je l'avais revu le week-end suivant lors d'une sortie à un motocross avec des amis. Il s'avère qu'il était l'un des participants. Il m'a invité à boire un verre, puis à manger. S'ensuivirent un premier baiser, puis l'incapacité de se séparer. Je vivais toujours chez mes parents, lui, louait une petite maison non loin de son travail. On se voyait le week-end, c'était idyllique. Pour notre première Saint-Valentin, il avait réservé dans un hôtel à Luc-sur-Mer. Vue sur les vagues, balade sur la plage, dîner aux chandelles.

Puis une phrase à la fin du repas qui changea mon monde…

– Épouse-moi.

Il était comme ça Marc, il ne demandait pas.

J'ai dit oui et six mois plus tard, nous étions mariés…

7

« La vie est une aventure audacieuse ou rien du tout. Faire face au changement et se comporter comme un esprit libre en présence du destin est une force invincible. »
Helen Keller

Les semaines suivantes se passent relativement bien.

Je n'ai jamais été une grande fan des changements. Alors je dois prendre sur moi pour que la dose de stress qui s'est logée bien au chaud dans ma gorge ne gonfle pas plus, au point de m'étouffer ! Je ne suis plus tendue par le fait de perdre un emploi. Maintenant, je suis stressée par le fait d'en avoir un autre ! Ça avait déjà été très dur pour moi de trouver du travail en urgence après l'accident de Marc. Mais même perdue et chamboulée, je n'avais pas eu d'autres choix que de penser à l'avenir des miens.

J'étais passée en mode survie. Ça faisait tellement longtemps que je n'avais pas travaillé, que je ne savais pas trop comment m'y prendre. J'avais dû refaire mon CV, chose qui fut très rapide étant donné que le seul véritable emploi que j'avais eu dans ma vie était le poste à la bibliothèque municipale, pendant quatre ans.

Je l'avais abandonné à contrecœur à la fin de ma première grossesse. Marc avait pensé qu'il serait mieux que je reste à la maison pour élever Emma. Ce que j'ai fait…

Et tout doucement une routine s'était installée. Elle me convenait, me rassurait…

Même si, le plus souvent, elle t'oppressait Sam.

Mais ces dernières années j'ai appris que tout peut s'envoler d'un simple souffle, et que tout ce à quoi vous croyez peut n'être qu'illusion ou feu de paille. Un clignement d'œil, un battement de cœur, et hop, d'un coup, la vie est bouleversée à jamais.

Monsieur Cartier, avec qui j'ai tout de suite partagé la grande nouvelle du nouvel emploi dès que je suis retournée travailler le lendemain de ce week-end, est ravi pour moi. Cette situation l'avait mis mal à l'aise et il s'en voulait de me lâcher dans la nature, après tout ce qui m'était arrivé. Mais finalement, malgré tous ses efforts, c'est pour lui que les choses ne se sont pas arrangées. Il a dû déposer le bilan plus tôt que prévu.

Cependant, il a pris la chose avec le positif qui l'a toujours caractérisé, prétendant qu'il était à l'âge de prendre enfin une retraite bien méritée.

Voilà pourquoi, une semaine avant le grand changement, je suis déjà chez moi à attendre impatiemment que cette nouvelle aventure commence. Je ne tiens pas en place, je tourne en rond.

Les vacances d'été ne commencent que la semaine prochaine, les enfants sont donc en cours et je suis seule en ce lundi matin. N'arrivant pas à me concentrer sur ma dernière lecture, je décide de prendre mon PC pour faire quelques recherches sur le milieu canin. Je ne m'y connais pas plus que ça, autant qu'une personne puisse l'être, du moins.

Depuis ce samedi passé au Refuge, il y a maintenant plus d'un mois et demi, Martha et moi sommes restées en contact. Après ma journée « visite, découverte, vous avez un nouveau job », j'ai eu des moments de doute quant à mes capacités à assumer un tel poste. À force de persuasion, et je dois avouer qu'elle est très douée pour ça, elle m'a assuré que j'étais faite pour ce boulot et que ça ne changerait pas vraiment des responsabilités que j'avais chez mon ancien employeur.

De toute façon, dès que j'aurai pris mes fonctions, elle viendra me rendre quelques visites afin de voir comment je gère la relève. Mais elle ne doute pas que je vais m'en « sortir comme un chef » comme elle dit, vu ma motivation et mon expérience.

En attendant je suis donc devant mon PC, à regarder toutes les races de chiens que je suis susceptible de voir défiler devant moi. Oui, autant avoir un minimum de connaissances, histoire de ne pas trop se ridiculiser devant le patron, les employés et les futurs adoptants.

« T'es ridicule et trop stupide pour pouvoir faire quelque chose de ta vie, ma pauvre ! Tu crois que t'en serais où sans moi ? Toujours dans ta petite bibliothèque à vendre et prêter des histoires débiles toute la journée ?

Non, personne ne t'aurait gardée tellement t'es feignante à rester assise avec tes bouquins en faisant tes sourires idiots à longueur de journée.

Non, sérieusement, regarde-toi et dis-moi merci !

Heureusement que j'étais là pour leur ouvrir les yeux ! Et les tiens par la même occasion !

Réagis, ma pauvre, regarde autour de toi ! Sans moi, tu n'aurais pas tout ça ! Sans moi, tu vivrais sous les ponts ou encore chez papa, maman ! Sans moi, t'es rien, Sam, ne l'oublie pas. »

Je secoue la tête, me passe les mains sur les tempes et le front en frottant ma peau tendue.

Et voilà, ça recommence, je suis perdue…

Non ! Ce n'est vraiment pas le moment de te remettre à douter, Sam !

Tu sais que tu peux y arriver si tu le veux vraiment.

Mais quand même…

Ses paroles résonnent en moi comme un avertissement.

Et s'il avait toujours eu raison ?

Et si j'étais incapable d'y arriver toute seule ?

Et si le fait de ne pas avoir de diplômes supérieurs faisait de moi une idiote ?

Et si je foirais tout cette fois et que je passais pour une incapable ?

Oh Marc, tout ça, c'est de ta faute !

Pourquoi ?

Pourquoi tu as fait de moi cette personne avec si peu d'estime de soi ? Pourquoi depuis ta mort, je me bats pour comprendre comment on a pu en arriver là ?

Comment j'ai pu te laisser faire surtout.

Je ressasse sans arrêt, ça tourne en boucle dans mon esprit et ça m'épuise.

Je t'aimais, le voilà, le pourquoi.

Je t'aimais plus que de raison, je t'ai tout donné et même plus encore.

Et toi, tu as profité de cet amour pour resserrer ton emprise sur moi petit à petit.

Je n'ai rien vu venir.

Après tout, l'amour rend aveugle, c'est bien connu.

Mais tu te trompes Marc ! Ça fait plus de trois ans que je te prouve que tu te trompes !

J'ai déjà réussi une fois, depuis que tu n'es plus là, et j'y arriverai encore.

Mais pourquoi ces souvenirs me collent-ils sans cesse comme ça ?

Sérieusement, pourquoi maintenant ? J'ai appris à construire une vie sans lui, j'ai appris à survivre sans lui, j'ai appris à voir le monde autrement sans lui. Non, ma vie n'est plus la même ! Je suis forte ! Je suis indépendante ! Je vais y arriver ! Je dois y arriver ! Ce n'est pas une option, ça ne l'a jamais été.

Et ce ne sont sûrement pas des souvenirs morts et enterrés qui vont m'empêcher d'avancer, ça non. J'en ai assez bavé pour les mettre de côté, pour accepter le fait qu'il n'avait pas raison ! J'ai travaillé sur ça et je remonte la pente doucement. Il est hors de question que je perde toute l'avance que j'ai reprise ces trois dernières années.

Non, hors de question.

C'est mon téléphone qui me sauve de ces pensées perturbantes. Je ne prends même pas la peine de regarder de qui vient l'appel, mais la voix qui me répond me surprend, tellement je ne m'y attendais pas.

– Allô ?

– Madame Rivera ? C'est Benjamin Beckett, je ne vous dérange pas ?

– Oh… non, je… Bonjour, monsieur Beckett, non, vous ne me dérangez pas. J'étais en pleines recherches canines.

– Vous cherchez un chien ?

– Non, je fais quelques recherches afin d'être au niveau lundi prochain et pour ne pas vous faire perdre de temps en étant idiote au point de ne pas connaître certaines races.

– Ne pas connaître certaines races ne fait de personne un idiot. Je ne doute pas que vous serez parfaite. Ne vous inquiétez pas autant, ça va aller.

– Sûrement…

– Absolument, oui ! Martha ne fait que des éloges sur vous, et je m'en remets à son jugement, même si j'avais pu déceler votre potentiel seul au départ.

J'entends le sourire dans sa voix, ce qui me perturbe plus que ça ne le devrait. Je m'éclaircis la gorge et poursuis.

– Vous vouliez quelque chose, monsieur Beckett ?

– Benjamin, s'il vous plaît. Ben, ce serait encore mieux, mais j'ai comme dans l'idée qu'avec vous, les conventions ont la vie dure. Je me trompe ?

– Je suis désolée. Benjamin. Appelez-moi Samantha dès maintenant alors, sinon je serai terriblement mal à l'aise. C'est juste que j'ai rarement eu à appeler mon patron par son prénom. Jamais en réalité, alors c'est une grande première et vous devrez me laisser un peu de temps pour m'y habituer. Je ne vous garantis rien quant à l'efficacité immédiate de cette démarche, cela dit.

Il éclate de rire, il doit aimer ma maladresse, ou alors il se fiche de moi…

Oh mon Dieu sortez-moi de là !

– Excusez-moi, Samantha, mais votre repartie, aussi timide et hésitante soit-elle, est vraiment rafraîchissante. Bon, reprenons. Je vous appelais pour savoir si ça vous intéresserait de passer un peu de temps au Refuge cette semaine, pour vous familiariser avec le travail ? J'ai entendu parler de la fermeture anticipée de CT Transports, et j'ai pensé que ce serait une bonne occasion pour vous de voir ce qui vous attend la semaine prochaine.

Moi qui tournais comme un lion en cage, voilà l'opportunité qu'il me fallait pour me vider la tête. C'est donc sans hésitation que je lui réponds.

– En début d'après-midi, ça vous convient ?

8

« La vie passe tellement vite. Si tu ne t'arrêtes pas pour regarder autour de toi de temps en temps, tu pourrais la manquer. »
Ferris Bueller

J'arrive au Refuge un peu avant quatorze heures.

Martha m'accueille avec un grand sourire.

– Bonjour Sam, comment vas-tu ? Je ne m'attendais pas à te voir aujourd'hui. Un problème ?

– Bonjour Martha. Non, pas du tout. C'est M. Beckett… enfin, Benjamin, qui m'a téléphoné ce matin, pour voir si ça m'intéresserait de faire une immersion en milieu hostile, avant que je ne commence lundi !

Je la regarde, penche la tête, lui souris et hausse une épaule avant de reprendre.

– Non, plus sérieusement, il a appris la fermeture anticipée de l'entreprise pour laquelle je travaillais et m'a proposé de me familiariser avec le poste et les lieux, pour être plus à l'aise la semaine prochaine.

Elle me regarde, les yeux pétillants, un grand sourire

éclairant soudain son visage.

– Non, Martha, je t'arrête tout de suite, tu fais fausse route.

– Humm, humm.

– Quoi ?

– Oh ! rien du tout, Sam, rien du tout, me répond-elle en secouant la tête et en gloussant. Tu trouveras Ben dans les box du fond. Il fait des soins à une femelle bouvier qui nous a été déposée en piteux état, il y a quinze jours.

Sur ce, elle me fait un clin d'œil et retourne à son écran, en sifflotant, ce qui me fait pouffer et secouer la tête. Martha est une grande romantique dans l'âme. Nous avons eu l'occasion de beaucoup parler ces dernières semaines et nous avons créé un réel lien.

Au début, les coups de téléphone que nous échangions étaient strictement professionnels. Mais nous avons rapidement accroché, et petit à petit, tout naturellement, nous avons créé des rapports plus personnels.

Elle sait pour Marc. Elle avait vu l'alliance que je garde toujours à mon annulaire gauche. On parlait de son mari, de ses passe-temps, du fait qu'elle préférait lire et lui jardiner, et la question que je redoutais tant est arrivée…

« Et votre mari et vous ? Vous avez des passions communes ou vous vous chamaillez comme mon Pierrot et moi ? »

Je lui ai donc tout expliqué, l'accident, le coma pendant un an à continuer d'espérer, ma recherche d'emploi précipitée, le décès, ma perte d'emploi récente, et pour finir, mon incroyable arrivée au Refuge par un concours de circonstances hasardeuses. Elle s'est confondue en excuses, m'a présenté ses condoléances, et a tout fait pour me changer les idées. À partir de ce moment-là, nous nous sommes tutoyées.

Mais depuis peu, elle ne cesse de me vanter les qualités indéniables de son patron !

D'abord il y a eu *« Sam, Ben est adorable et sérieux. Il a 35 ans et ne sort jamais. Il consacre sa vie à cet endroit. J'ai beau lui répéter que ce n'est pas sain pour un homme de son âge de ne pas avoir de vie sociale plus humaine, il ne m'écoute pas. Mais peut-être qu'avec ton arrivée, certaines choses vont enfin changer ! »*

J'ai eu aussi droit à des petites allusions et des petites questions, histoire de voir si nous serions « compatibles ».

J'ai beau régulièrement lui dire que dans ma situation actuelle, seul le travail m'intéresse, c'est comme parler à un mur. Certes, un mur très sympathique et souriant, mais un mur tout de même. Alors, à chaque coup de fil, je la laisse parler, me raconter les péripéties de celui qu'elle connaît depuis l'enfance, vu que c'était son « petit voisin ».

Je dois avouer que c'est agréable et très divertissant à écouter. J'ai eu droit à l'histoire de la première cascade à vélo alors qu'il poursuivait un chat. Mais aussi au premier sauvetage d'un hérisson blessé trouvé dans le jardin de Martha et qu'il avait rapporté dans sa chambre au grand désespoir de ses parents. Puis, il y a eu les premières sorties nocturnes par la fenêtre de sa chambre pour aller étudier les lucioles au bord de l'étang, qui se trouvait derrière chez eux.

D'aussi loin qu'elle se souvienne, il a toujours été fasciné par la faune.

Il y a bien eu quelques filles, mais au bout du compte elles ont quasiment toutes fini par être plus intéressées par son frère aîné, un intrépide toujours prêt à se faire remarquer.

Bref, Martha la pipelette entremetteuse me change les idées depuis que j'ai fait sa connaissance et ça me fait un bien fou.

Secouant la tête et riant aux souvenirs de ses histoires, je me dirige enfin vers les box du fond. Je n'ai aucun mal à trouver Benjamin. Il en impose avec son physique de brun ténébreux.

Eh bien oui, je ne vais pas vous mentir, je suis une femme et je sais reconnaître un bel homme quand j'en vois un.

Et Benjamin Beckett est un très beau spécimen, grand, fin, avec des yeux d'un vert captivant.

Je ne sais pas trop ce que je dois penser de ma réaction. Il me perturbe, ça, c'est certain. Je voudrais avoir la force de ne pas y prêter attention, me dire qu'il s'agit d'une attitude normale, face au plus bel homme qu'il m'ait été donné de voir, mais il y a quelque chose en lui d'irrémédiablement attirant qui m'empêche de détourner le regard.

Je l'observe refaire un bandage sur le flanc de l'animal. Les chairs semblent encore à vif, mais la chienne, si craintive soit-elle, semble être en réelle confiance.

J'entends Benjamin lui souffler des mots à l'oreille pour qu'elle panique le moins possible et je suis impressionnée de voir cette bête remuer timidement la queue en réponse à ses paroles. Elle semble encore souffrir, mais lui fait totalement confiance.

Je le regarde, fascinée, et m'avance doucement vers eux. La chienne me remarque de suite, se met à trembler et tente de se libérer des soins de son sauveur pour aller se cacher dans un recoin éloigné de sa cage protectrice.

Benjamin se retourne immédiatement vers moi. J'en suis aussitôt troublée.

– Bonjour, je suis vraiment désolée, je ne voulais vraiment pas vous déranger. Je vais attendre que vous ayez terminé, je lui fais peur et c'est la dernière chose que je souhaite, dis-je d'une petite voix.

– Bonjour, Samantha. Ne vous inquiétez pas, ça va aller. Je vous demanderai juste de ne pas approcher plus pour le moment, pour ne pas qu'elle se sente agressée, me répond-il sur le même ton.

Il tend la main vers l'animal, afin qu'elle revienne d'elle-même vers lui, et lui dit d'une voix terriblement douce.

– Viens là ma belle. Doucement. C'est bien. Oui, c'est ça. Tu ne crains rien, on ne va pas te faire de mal. Oui, c'est bien, ma belle.

Elle frotte son museau contre la main tendue et se recouche docilement sur son côté non blessé.

Sans me regarder et tout en continuant à la caresser, Benjamin s'adresse à moi.

– Samantha, je vous présente mademoiselle Bonnie.

Avec son autre main il me fait signe d'approcher.

– Bonnie, je te présente Samantha. N'aie pas peur ma belle, chtttt… Tu vas la voir régulièrement. Elle ne te fera aucun mal. Personne ici ne te fera aucun mal, chttttt, voilà c'est ça, ma belle, tout doux.

Il m'attrape la main.

– Je peux ?

Je suis surprise, j'acquiesce et je fixe sa main qui tient la mienne. La sensation est tellement inattendue qu'elle me provoque des frissons, chose qu'il remarque immédiatement.

– N'ayez pas peur, je suis là. Vous ne craignez rien tant que vous ne faites aucun geste brusque.

Il plonge ses yeux hypnotiques dans les miens.

– Vous avez confiance en moi ?

Je lui réponds d'une voix légère.

– Oui.

– Parfait. Approchez doucement.

Il m'adresse un sourire qui me fait perdre tous mes moyens.

– Maintenant, venez faire la connaissance d'une future maman.

Je le regarde interloquée, la bouche et les yeux grands ouverts.

– Pardon ?

– Oui m'dame, cette jolie demoiselle attend des petites merveilles. C'est une battante et elle va mettre au monde des petits battants. Hein, ma belle ? dit-il, tout en se retournant vers Bonnie et en continuant de la caresser délicatement.

– Whouahhh. Elle est magnifique. Que lui est-il arrivé ?

Il approche doucement de l'animal ma main qu'il n'avait pas lâchée et qu'il ne lâche toujours pas. Il me fait la caresser, tout en gardant sa main accrochée à la mienne.

– C'est une miraculée. On ne sait pas exactement ce qu'elle a subi, mais elle nous a été amenée il y a deux semaines par une personne qui a déjà adopté un chien chez nous. Elle a été trouvée laissée pour morte sur le bord de la route qui mène à Corneuil. Aucune identification, ni puce ni tatouage. Juste un collier, avec son nom écrit dessus. On a prévenu les autorités mais les chances de retrouver ses anciens maîtres sont quasi nulles.

– Mon Dieu. Elle est tellement belle. Comment peut-on faire subir ça à un animal ?

Il quitte Bonnie des yeux pour me fixer d'un air grave.

– Malheureusement, c'est monnaie courante, Samantha. C'est même trop courant, et en travaillant ici, vous allez être confrontée à ça régulièrement, voire bien pire. Vous vous en sentez capable ?

Je déglutis mal à l'aise sous son regard persistant et ma main toujours prisonnière de la sienne.

– C'est pour ça que vous m'avez demandé de venir ? Vous avez peur que je ne tienne pas le choc ?

– Écoutez, Samantha. Ça n'a rien à voir, je veux juste que vous compreniez la réalité de ce travail. En aucun cas je ne veux vous dissuader de venir travailler ici, bien au contraire.

– Je comprends. Et ne vous inquiétez pas, je sais me tenir et ne pas m'écrouler devant certaines horreurs. Je sais…

Il se retourne vers l'animal, lâche ma main, que je retire aussitôt de Bonnie. Il lui dit quelques mots, se lève et me fait signe de le suivre. Il ferme le box, nous emmène nous nettoyer et reprend la parole. Il semble réfléchir et ne pas savoir par où commencer.

– À ce propos, je voulais vous présenter mes excuses.

Je fronce les sourcils, perplexe.

– Pardon ? Des excuses ? Pour quelle raison ?

– Venez avec moi, on va marcher un peu.

Je le suis, légèrement tendue et sur la défensive, car je ne comprends pas où il veut en venir. Il se racle la gorge, je le sens vraiment mal à l'aise.

– La première fois que nous nous sommes vus, j'ai été maladroit au moment où je vous ai parlé de votre mari.

J'avais vu votre alliance et j'ai supposé que…

Je regarde mon annulaire gauche et me mets à jouer nerveusement avec l'anneau qui devait me lier définitivement à l'homme que j'aimais. Je sens le regard perçant de Benjamin sur moi malgré tout, et je l'écoute poursuivre sans le regarder.

– Bref, toujours est-il que je tenais à ce que vous veniez aujourd'hui, principalement pour vous présenter mes excuses. Je n'avais pas fait le rapprochement quand vous m'avez dit votre nom de famille et…

Je redresse soudainement la tête et le coupe.

– Le rapprochement ? Qui vous a dit ?

J'accroche mon regard au sien et y trouve une profonde tendresse.

– J'ai su ce qui est arrivé à votre mari parce que Marc était l'un des meilleurs amis de mon frère William.

J'en reste sans voix. William. Bien sûr, même si je côtoyais très peu, voire quasiment pas son cercle d'amis motards, j'aurais quand même dû faire le rapprochement moi aussi. Après tout, Beckett n'est pas un nom si courant par ici. Je me demande comment j'ai pu passer à côté. Et de toute façon, cela ne change rien. Qu'il soit au courant n'est pas vraiment une surprise en soi. Ça n'a jamais été un secret. Ça a même fait la une des journaux locaux à deux reprises.

« Un enfant du pays, passionné de motocross et plusieurs fois récompensé, s'est blessé grièvement lors d'un entraînement et se trouve entre la vie et la mort. »

« Marc Rivera, notre champion local de motocross s'est éteint après une lutte acharnée d'un an dans le coma. »

Cette conversation m'a ramenée loin en arrière, y penser me fait toujours aussi mal.

Y penser me fera toujours aussi mal.

J'étais tellement perdue quand il m'a abandonnée.

Perdue et en colère.

J'ai craqué à l'hôpital.

J'ai craqué lors des obsèques.

Mais depuis ce jour, mes larmes sont solitaires, comme moi, et je ferai toujours en sorte que mes enfants aient une épaule solide sur laquelle se reposer.

Je continue de triturer mon alliance.

Dieu que je n'aime pas en parler...

Il poursuit, en marchant, les yeux fixés vers les champs.

– Ils avaient la moto comme passion commune. Mon frère l'a toujours, d'ailleurs. J'avais déjà rencontré votre mari à plusieurs reprises lors de compétitions ou quand il venait chercher William pour les entraînements. Bref, j'ai su immédiatement ce qui lui était arrivé et je tenais à vous présenter mes condoléances, et à nouveau mes excuses pour ma maladresse.

Il se tourne vers moi et m'adresse un léger sourire que je ne peux que rendre, même si mes yeux sont malheureux.

– Merci.

Merci, Marc. Partout où je vais, tu as toujours ton emprise sur moi.

9

« La vie, c'est comme une bicyclette, il faut avancer pour ne pas perdre l'équilibre. »
Albert Einstein

Mes trois premières semaines au Refuge se passent finalement bien.

Nous sommes en pleine saison estivale, et, qui dit été, dit malheureusement plus d'abandons. Je ne comprendrai jamais comment on peut avoir un compagnon par intermittence... Comment est-il humainement possible de pouvoir renier sans scrupule ni remords, un animal de compagnie, devenu tout à coup trop encombrant ?

Mercredi dernier, j'ai vécu cette horreur pour la première fois. Une femme d'une cinquantaine d'années est venue tranquillement « *déposer* » son labrador de 7 ans *« devenu trop vieux »* selon elle, pour la suivre en vacances.

Ce jour-là, j'ai dû me mordre l'intérieur de la lèvre plus fort que d'habitude pour retenir le flot d'injures qui tentait de sortir de ma bouche. Heureusement, Benjamin, qui passait par le bureau au même moment, a senti mon malaise et a pris le relais. Je l'ai entendu lui expliquer les modalités d'abandon, les formulaires à remplir et les frais que cela engendre.

Il a tenté habilement de lui faire entendre raison, mais cette personne, comme tant d'autres, n'a rien voulu savoir. Je bouillonnais littéralement de l'intérieur, regardant son beau labrador noir si calme, et j'avais envie de lui dire qu'il existe pourtant des tas de solutions de garde, quand on veut partir en vacances sans son compagnon.

Mais je suis restée là, à la fixer, interdite, signer le chèque et le contrat complété sans remords, puis partir sans se retourner.

Comprenant mon désarroi, Benjamin m'a fait comprendre qu'indirectement, il vaut mieux que le chien soit laissé dans un refuge, plutôt que perdu au milieu de nulle part. Il a entièrement raison, certaines personnes préfèrent être plus cruelles et vont au plus rapide.

Voilà comment, sur les deux dernières semaines, les structures, déjà saturées, ont accueilli dix chiens de plus, abandonnés directement sur place, ou trouvés par des riverains. En retour, seuls trois chiens sont partis à l'adoption. Autant dire qu'il y a du travail pour s'occuper de loger toutes ces boules de poils.

Nous sommes lundi, c'est la dernière semaine du mois de juillet. Les enfants sont en vacances depuis maintenant quinze jours.

Emma passe son temps entre ses amis, Internet et la préparation de son anniversaire. Elle aura 16 ans le 3 août et veut à tout prix fêter ça en organisant une soirée camping-musique autour d'un feu de camp dans le jardin. Je ne sais pas d'où lui vient cette idée, mais avec elle, plus rien ne m'étonne. Entre les séries américaines et les téléréalités, les ados en ont plein la tête, pour le plus grand « bonheur » des parents « qui ne comprennent rien », bien évidemment.

J'ai donc passé mon dimanche à l'écouter parler toiles de tente, guimauve grillée et guitare autour du feu. Le plus gros problème étant bien sûr, que personne ne sait en jouer.

Théo, lui, est ici, avec moi, au Refuge, depuis le début de ses vacances. Enfin, « avec moi » c'est une façon de parler puisqu'il a été recruté comme bénévole exceptionnel par Benjamin, qui l'a pris sous son aile. Il est heureux, se sent utile et ça me fait vraiment plaisir de le voir aussi investi dans quelque chose. Il est affecté à des tâches assez dures, mais nécessaires à l'équilibre et à l'hygiène des animaux. Le nettoyage des box, la distribution des gamelles ou encore l'organisation des promenades n'ont déjà plus aucun secret pour lui.

Benjamin lui apprend aussi comment effectuer certains soins vétérinaires basiques comme les désinfections et les bandages.

Vu la manière dont Théo nous parle et répète à longueur de temps à quel point il adore ça et à quel point il est important de venir en aide aux animaux, je ne doute pas qu'il ait trouvé sa vocation.

Ce qui me fait juste peur en revanche, c'est la façon dont il met Benjamin sur un piédestal. Il le prend comme figure masculine de référence. Je sais bien que je n'y peux rien et que ce n'est pas de ma faute s'il se retrouve sans père, mais j'ai peur qu'il s'attache trop, trop vite, et finisse par être déçu d'une manière ou d'une autre.

Je suis en pleine réflexion quand je vois soudain s'agiter une main devant mon visage. C'est Benjamin, un sourire en coin, qui tente d'attirer mon attention. Le problème est que je ne sais, ni depuis quand, ni ce qu'il a bien pu me dire.

– Vous étiez partie sur quelle planète, Samantha ?

C'est avec le rouge aux joues, embarrassée plus que jamais, que je lui réponds.

– Je vous demande pardon, Benjamin.

Je tourne la tête vers les box avant de poursuivre.

– Je pensais à Théo.

– Il est vraiment génial, ce gamin. J'ai rarement vu un garçon de cet âge être autant intéressé par tous les types de maladies dont les chiens peuvent être atteints. Il a une soif d'apprendre impressionnante, et plus important encore, il assimile vite !

Il poursuit avec un sourire malicieux en haussant les épaules.

– J'ai l'impression de me revoir au même âge.

Je ne sais pas trop pourquoi, mais cette réflexion me dérange légèrement, ce qui est complètement stupide, car il pourrait parler de n'importe quel enfant.

Oui, mais c'est de ton fils qu'il parle, Sam. Et ce qui te dérange en vrai, c'est que ces deux-là s'entendent plus que bien...

Je lui rends son sourire et décide de le taquiner.

– Oui, en effet, j'ai cru comprendre que vous étiez très porté sur la faune étant enfant. Côté luciole et hérisson, vous paraissez bien maîtriser votre affaire depuis longtemps.

Il éclate de rire.

– Touché ! Merci, Martha ! Je savais que vous vous entendiez bien toutes les deux, mais pas au point de parler de mon enfance de petit caïd des campagnes.

C'est à mon tour de rire.

– Caïd des campagnes ? Vous avez quoi, empêché une famille de rongeur de rentrer dans son terrier ? Vous avez kidnappé un écureuil ?

– Moquez-vous ! Le kidnapping n'est pas à prendre à la légère, m'dame !

Je continue de rire en secouant la tête de gauche à droite, d'un air de dire « c'est pas vrai, mais quel idiot ».

Il se tait quelques secondes, son regard rivé au mien.

– Votre rire est magnifique Samantha. Et votre sourire illumine votre visage.

Je me mords l'intérieur de la lèvre inférieure, tic nerveux que j'ai depuis toujours.

Quand je ne triture pas mon alliance.

– Vous devriez rire plus souvent, ça vous va à merveille.

Sa réflexion, encore une fois, a le don de me troubler. Cet homme me déstabilise plus que de raison et je ne sais pas si j'aime ça ou non.

J'essaie de reprendre, sur un ton qui se veut détaché.

– Oh, mais je ris très souvent, cher monsieur Beckett. Je suis même connue pour être un vrai clown hors de ces murs !

– Alors je demande à voir…

Ça, par contre, je ne m'y attendais pas, chose qui doit se voir à la taille de mes yeux, dont le diamètre a dû doubler en une fraction de seconde.

Il laisse sa phrase flotter dans l'air comme une promesse, mais voyant mon visage sur pause, change habilement de conversation pour revenir sur Théo.

– Votre fils est vraiment très efficace avec les animaux,

je ne plaisantais pas. Il a un don, c'est indéniable. Savez-vous si c'est un milieu vers lequel il souhaiterait se former pour y travailler plus tard ?

– C'est une bonne question, mais vu la vitesse à laquelle il nous soûle sa sœur et moi, tous les soirs de la semaine depuis qu'il travaille avec vous, je dirais que ça lui plaît, et que c'est pour moi une grande victoire.

– S'il souhaite faire son stage d'observation de troisième chez nous, la place est pour lui. Je tenais juste à vous le dire.

– C'est très gentil de votre part. Merci. Ce ne sera pas pour maintenant vu qu'il passe en quatrième à la rentrée, mais c'est gentil. Il vous a parlé de quelque chose en particulier ?

– Non, mais je sais reconnaître du potentiel quand j'en vois, et votre fils en a énormément.

Je suis touchée par ses paroles.

– Merci. Tout ça c'est grâce à vous. Vous ne m'auriez pas proposé ce poste, personne n'en serait là aujourd'hui, alors merci. Vraiment.

Il hausse les épaules comme si pour lui c'était normal.

– Ne me remerciez pas Samantha, vous êtes venue au Refuge au bon moment avec votre fils, c'est tout. C'est un joyeux concours de circonstances, qui me convient parfaitement, croyez-moi.

Il m'adresse son fameux sourire éclatant qui me fait soupirer intérieurement, et s'éloigne vers son bureau.

Dois-je voir un double sens à sa phrase ou bien je me fais des illusions ?

Je respire un grand coup, et me remets au travail. Je clôture un dernier dossier, mets à jour le site Internet et la page Facebook et je regarde l'heure. Il est déjà midi, je n'ai pas vu la matinée passer, comme toujours. En même temps, trois heures dans la paperasse et au téléphone, je fais ça depuis des années.

Je pars rejoindre Théo que j'aperçois auprès des box du fond. Booth, qui me voit arriver, vient à ma rencontre. Je me baisse pour le caresser derrière les oreilles. J'adore ce chien.

– Bonjour mon gros, tu veilles sur mon fils ?

– Il ne le lâche plus.

Je sursaute et hoquette en entendant derrière moi cette voix qui va finir par me rendre dingue.

– Booth m'a misérablement abandonné pour votre fils.

Je tourne la tête vers Benjamin qui me regarde avec sur le visage cet éternel sourire qui va avoir raison de moi un de ces jours.

– Veuillez m'excuser si je vous ai fait peur, ce n'était pas voulu.

– Mouais… Pourriez-vous éviter le mode furtif la prochaine fois ? Même votre chien ne vous a pas entendu venir !

– Ce traître de Booth a bien compris qu'il était plus intéressant de se faire caresser par vous…

Je rêve ou il flirte là ?

Je ne réponds rien, me relève, et avance jusqu'à mon fils, qui est assis devant le box de Bonnie. Je ne me retourne pas, mais je sens Benjamin me suivre jusqu'à lui. Théo parle à la chienne tout en lui caressant le museau à travers les barreaux.

– Coucou, mon cœur, ta matinée s'est bien passée ?

Il se retourne et m'adresse un grand sourire. Ses beaux yeux bleu-gris pétillent.

– C'était génial, maman ! Dis, tu savais que Bonnie allait bientôt avoir ses petits ?

– Déjà ?

Je me retourne vers Benjamin et l'interroge du regard.

– Oui, elle est quasiment à terme, je lui ai fait une échographie de gestation ce matin. Je n'ai pas pu l'effectuer plus tôt étant donné l'état de son flan, mais elle a bien récupéré et vu ce qui l'attend d'un jour à l'autre, elle va avoir besoin de force.

– C'est sûr…

Je me rapproche de Bonnie et lui tends ma main.

– Coucou, toi. Alors, comme ça, tu vas nous faire tes beaux petits bientôt ?

Je la caresse doucement et Booth me donne des petits coups de museau pour avoir sa part.

– Oui mon beau ! Eh bien, t'es jaloux ? Il ne faut pas, regarde, ta copine va avoir des jolis petits bébés !

J'entends Benjamin rire derrière moi et marmonner quelque chose que je ne comprends pas. Je me retourne en fronçant les sourcils, interrogative. Il reprend son sérieux en se raclant la gorge.

– On va la déplacer cet après-midi pour la mettre dans une pièce près des bureaux, avec tout le confort possible. Elle mérite d'être chouchoutée au calme, après ce qu'elle a vécu.

J'acquiesce de la tête.

– Je suis bien d'accord. Elle mérite le meilleur.

Tout le monde mérite le meilleur, après avoir connu le pire…

10

« Vous êtes décidés ? Alors, saisissez l'instant.
La hardiesse a du génie, de la puissance, de la magie.
Osez, et le reste viendra.
Commencez, et le travail se fera. »
Johann Wolfgang Von Goethe

L'après-midi est assez mouvementé, dix adolescents du camp de vacances d'Écouché sont là avec leurs moniteurs, pour aider aux promenades.

Ces jeunes bénévoles de masse sont prévus chaque année pendant la période estivale, le camp étant en relation avec le Refuge Saint-Roch pour des échanges de ce genre. Une fois par semaine, un nouveau groupe vient et les chiens sont heureux. Il s'agit d'une superbe initiative pour sensibiliser les jeunes aux problèmes liés à la maltraitance, l'abandon et l'adoption.

Martha m'avait prévenue que ces échanges avec le Refuge étaient bénéfiques, car depuis la mise en place de ce système il y a cinq ans, il a permis l'adoption de plusieurs chiens par les familles de certains de ces ados. Le seul hic, avec ces arrivées de masse, est que ces braves toutous sont surexcités, ce qui se comprend. Ils aiment avoir de la compagnie… mais le niveau sonore s'en ressent ! Un mal pour un bien.

Sous la supervision de Thierry, Benjamin étant occupé à déplacer Bonnie vers la nurserie, Théo profite de l'occasion pour jouer les petits professeurs et expliquer tout ce qu'il sait. Je dois dire qu'il se débrouille comme un chef. Benjamin a raison, il a ça dans le sang, et s'il veut poursuivre dans cette voie, je l'y encouragerai sans problème.

Je viens de terminer la dernière mise à jour de notre site Internet quand mon téléphone vibre dans la poche de mon jean style treillis. C'est Emma, je fronce les sourcils. Soit elle va me demander une énième faveur, soit… Je repousse les inquiétudes qui me viennent forcément à l'esprit à chaque fois que je reçois un appel, et regarde le SMS.

[Tu peux me rappeler maman stp ?]

Clair, net, pas très précis, du Emma tout craché.

[Ça ne peut pas attendre, ma puce ?
je suis occupée là.]

[Ça prendra deux secondes, allez !!!!! ;)]

[OK, je t'appelle.]

J'ai à peine composé le numéro qu'Emma décroche immédiatement.

– Maman, maman, maman, j'ai un truc genre hyper

important à te demander !

– Vas-y Emma, je t'écoute.

– Je peux aller au ciné ce soir avec Lisa et des potes ? On mangera en ville et je dors chez elle après.

– Emma !

Je dois avoir parlé plus fort que je ne le croyais, car je vois la tête de Benjamin passer l'encadrement de la porte, en fronçant les sourcils. J'articule silencieusement *« je suis désolée »* à son intention.

Je reprends plus doucement.

– Emma, on ne s'est quasiment pas vues depuis le début des vacances. Je rentre le soir, tu t'installes, tu manges et tu montes aussitôt t'enfermer dans ta chambre. Je sais qu'à ton âge, on préfère passer du temps avec ses amis plutôt qu'avec sa famille, mais ça ne te dit pas, pour une fois, de passer une soirée avec ton frère et moi ?

– Maman !!!

– Quoi ? Je ne te demande pas grand-chose, Emma ! Juste un peu de ton précieux temps avec nous ! Tu peux aller au cinéma n'importe quand dans la journée, quand ton frère et moi sommes au Refuge ! Mais non, tu préfères, en plus du reste, nous croiser le moins possible.

Je soupire à nouveau et tourne une nouvelle fois la tête vers la porte du bureau de Benjamin. Il n'est plus là mais je doute fort qu'il soit parti. Je reprends.

– Écoute Emma, ce n'est pas contre toi, je veux juste passer du temps avec ton frère et toi. Ensemble.

– Maman, c'est juste un ciné ! Juste ce soir, promis !

Je la sens impatiente et me frotte le front d'agacement et de résignation. Une bataille d'une heure au téléphone ne me dit vraiment rien et honnêtement, je n'en ai pas la force aujourd'hui.

– Bon… Qui vous emmènerait ? Qui vous ramènerait ?

– Oh ! merci maman, t'es géniale, je t'adore !!

– Stop, jeune fille ! Je ne t'ai pas encore dit oui, je veux d'abord savoir dans quelle voiture tu vas faire les vingt-cinq kilomètres qui te séparent du cinéma !

Je l'entends parler tout bas, Lisa doit être avec elle. Je ne sais pas ce qu'elles mijotent, mais j'ai été jeune et je sais que le mot « garçon » ne va pas tarder à être placé dans la conversation.

– Bin en fait, on a prévu d'y aller entre potes. Un copain du bahut vient d'avoir son permis et il veut fêter ça. On va donc aller manger en ville avant d'aller au ciné…

– Et ??

– Et bin ce serait lui qui viendrait nous chercher chez Lisa et nous ramener après.

– Les parents de Lisa sont au courant ? Et ils sont d'accord ?

Ma voix a grimpé d'une octave. Elle va finir par me rendre chèvre.

– Ses parents connaissent bien ceux de Valentin. Enfin son père surtout, car il travaille dans le même cabinet que le père de Valentin. Ils sont médecins tous les deux, quoi ! Tu m'as comprise ou je répète ?

Je lâche encore un soupir et me pince l'arête du nez.

– Non non, c'est bon j'ai compris. Écoute, je suis d'accord mais à…

Je suis coupée par le cri strident des deux filles.

– Ouiiiiiiii !!!!!

Je souffle, j'ai juste perdu un tympan mais à part ça tout va bien.

– Je disais je suis d'accord mais à une condition !!! Tu me téléphones quand tu arrives à Bernay et tu appelles quand tu rentres chez Lisa après la séance ! C'est non négociable. Oh, et autre chose, tu dors chez ta copine, on est bien d'accord ?

– Bin oui, tu veux qu'on dorme où ?

– J'ai été jeune, Emma. Tu sais qu'on peut parler de tout toi et moi. Alors ne me cache rien d'important s'il te plaît, d'accord ?

– Oui, maman ! Ne t'inquiète pas !

Je m'inquiéterai toujours...

– Bon, je dois te laisser ma puce. Oh ! Une dernière chose avant que tu ne raccroches. Ferme bien la maison en partant, fais attention à toi et tu m'appelles si tu as le moindre problème, d'accord ?

– Oui, maman, pas de soucis ! À demain maman, je t'aime.

– Je t'aime aussi, ma puce. À demain.

Je raccroche en expirant tout l'air de mes poumons.

Emma n'est pas une ado difficile, mais en ce moment elle change beaucoup, beaucoup trop vite.

– Pas si facile d'être une maman cool, hein ?

Je lève la tête que j'avais prise entre mes mains histoire de soulager la migraine qui approche. Benjamin m'observe, appuyé contre l'encadrement de la porte de son bureau, les mains dans les poches, un sourire amusé aux lèvres.

– Une maman cool ?

Je rigole doucement en secouant la tête et reprends d'une voix blasée.

– Merci mais je ne me considère pas comme une maman cool. Je fais de mon mieux et c'est déjà pas si mal, je trouve. Par contre, elle va finir par me rendre chèvre si elle continue.

Benjamin continue de me fixer de son regard amusé, il se pince les lèvres pour éviter de ne trop sourire. On dirait vraiment que le spectacle que je lui offre lui plaît.

– Veuillez m'excuser, je ne voulais pas être indiscret ni écouter votre conversation, mais je dois dire pour ma défense, que vous n'avez pas vraiment été très discrète.

Je plisse les yeux et fais semblant d'avoir l'air outrée.

– Pardon ? Impossible ! Discrétion est mon second prénom.

– Je croyais que c'était Rebondir ? J'ai hâte de connaître tous les autres alors…

Et sur ces mots et son sourire clinquant, il s'éloigne en me faisant un clin d'œil. Je reste là, bouche ouverte, ébahie par le fait qu'il se souvient de notre première conversation.

C'était quoi ça ???

11

« Il n'est jamais trop tard pour devenir
ce qu'on aurait dû être. »
George Eliot

La semaine file comme un éclair.

Je passe de plus en plus de temps auprès des chiens pour donner un coup de main et je dois avouer que j'adore ça. Benjamin ne m'a plus fait aucune allusion depuis lundi, mais reste toujours aussi souriant quand il me voit.

J'ai dû me faire des idées...

Quelle idiote !

Mais ça, ce n'est pas nouveau, on te l'a répété x fois, ma pauvre...

Booth est toujours aussi « collant », mais aujourd'hui est un jour exceptionnel et son maître me l'a confié pour quelques heures. Bonnie est en plein travail depuis très tôt ce matin et la présence de Booth, même s'il est adorable, la perturbait trop pour qu'il reste dans la même pièce qu'elle. C'est donc une semaine qui va se terminer sur une note positive, même si aucune adoption n'a été signée. Je profite du fait qu'il n'y ait personne à l'accueil pour aller prendre l'air, mon nouveau compagnon sur les talons.

– On va se promener mon gros ?

Je lui caresse son cou tout soyeux et lui fais signe de me suivre. Ce chien est non seulement gentil, mais aussi d'une intelligence rare. Il comprend tout sans qu'on lui dise. Un simple geste suffit. Benjamin a fait un travail exceptionnel avec lui.

Je sors prendre le chemin qui longe un des champs, non loin de l'entrée, pour que je puisse surveiller l'éventuelle arrivée d'un visiteur. Je respire un bon bol d'air et soupire longuement en expirant. Cette semaine n'a pas été plus difficile que les précédentes, loin de là. Le travail est agréable, j'arrive au terme de mon premier mois de travail et tout se passe au mieux. Théo n'a jamais semblé aussi bien dans sa peau et Emma… reste Emma ! Je m'en sors assez bien dans l'ensemble, c'est juste la période qui n'est pas la plus gaie de ma vie.

La date anniversaire de l'accident de Marc se rapproche. Et comme tous les ans à cette époque depuis maintenant quatre ans, la nostalgie, les souvenirs et surtout les regrets refont surface…

Je marche tranquillement sur le chemin caillouteux, Booth comme compagnon d'infortune lève régulièrement son regard vers moi, comme pour chercher à comprendre ce qui ne va pas. Je trouve une pierre sur laquelle je m'assois, et je reste là, les yeux dans le vague, la gueule du chien posée sur mes genoux attendant des caresses.

Je devrais peut-être songer finalement à prendre un chien…

Ils semblent toujours mieux nous comprendre que les adultes...

Une main jouant avec les longs poils soyeux, l'autre arrachant des herbes hautes, mon esprit s'égare le jour où tout a basculé...

Le jour de trop...

C'est arrivé deux jours après le douzième anniversaire d'Emma. Il était à peu près quinze heures trente quand l'accident s'est produit. Je m'en souviens comme si c'était hier. Trois coups à la porte, deux gendarmes, une phrase et mon monde a changé à jamais.

C'était un dimanche, Marc et moi nous étions à nouveau disputés.

Ce n'était pas vraiment nouveau, après tout, tous les couples se disputent à un moment ou à un autre. Mais ces derniers temps, les scènes revenaient en force, avec plus d'intensité, plus de mots blessants, plus de regrets, plus de larmes après. Et cette fois-ci avait été assez particulièrement virulente. J'étais arrivée au bout de ce que je pouvais supporter.

Malgré tout l'amour que je lui portais, j'en avais plus que marre qu'il me dicte sans arrêt ma conduite, me reproche tout et n'importe quoi et me rabaisse à la moindre occasion. Je ne comprenais pas comment l'homme que j'aimais plus que tout, que j'avais épousé depuis treize ans, pouvait autant me faire de mal pour son propre plaisir.

Et surtout, pourquoi ?

Notre dernière conversation, jamais je ne l'oublierai.

À peine son repas terminé, les enfants et moi n'en étions qu'au fromage, Marc s'était levé et dirigé vers son sac dans l'entrée contenant son équipement de moto.

– Je pars m'entraîner, m'attends pas, je serai avec les potes tout l'après-midi, t'auras qu'à faire du ménage et ranger les papiers qui traînent sur le meuble depuis quinze ans, ça t'occupera.

J'avais fermé les yeux, respiré doucement, envoyé les enfants dans leur chambre, sentant la crise arriver, et je lui avais répondu d'une voix calme.

– J'avais prévu une sortie. On aurait pu aller se balader avec les enfants jusqu'à l'étang pour une fois, Marc.

J'avais levé des yeux suppliants mais résignés vers lui et continué.

– Tu passes tous tes dimanches sur ta moto et…

– Heureusement que j'ai ma moto, madame J'ai-mes-enfants-j'ai-ma-télé-j'ai-mon-jardin, parce que vu comment tu t'occupes de moi... !!!

Il m'avait regardé avec un tel air de dédain que j'en avais eu le cœur définitivement brisé. C'était comme ça tout le temps, et ce, depuis quelques mois après la naissance de Théo, et je n'en pouvais plus. J'étais arrivée à bout de ce que je pouvais supporter.

Mes parents l'avaient cerné dès le départ. Ils m'avaient dit que je ne serai pas heureuse avec un homme aussi macho et possessif que Marc. Que j'avais besoin d'un partenaire avec qui je pourrais partager mes passions, et pas de quelqu'un qui s'en moque et les rejette. Mais je n'ai pas voulu les croire et ai laissé Marc m'éloigner d'eux petit à petit parce que je l'aimais.

Il avait poursuivi sa tirade assassine en me regardant de haut en bas avec écœurement.

– Ma pauvre fille, si j'avais besoin de toi à mes côtés, je t'aurais fait signe depuis bien longtemps ! Mais tu crois quoi ? Miss Parfaite, mon cul ! T'es bonne qu'à faire la bouffe et encore, si je te dis pas qu'il faut que tu la fasses, rien n'est fait ! C'est comme le reste ! Non mais tu t'es regardé un peu ? Et après, tu te demandes pourquoi je ne t'emmène nulle part avec moi ?

Là j'avais explosé d'une rage contenue depuis bien trop longtemps.

– Pardon ? T'es sérieux là ? Mais pour qui tu te prends, à la fin ? J'en ai marre là ! Rien de ce que je fais n'est jamais bien, jamais assez, trop peu de ceci, trop peu de cela ! Merde, à la fin ! Qu'est-ce que tu attends de moi ? J'ai tout quitté pour toi ! Ma famille, mes amis ! Mes parents, Marc ! Je me suis éloignée de mes parents pour toi !

Il s'était mis à cracher sa haine encore plus fort.

– Tes parents Sam ? Tes parents qui ne m'ont jamais aimé ? Tes parents qui m'ont toujours critiqué ? « Ohhhh mais il n'est pas assez bien pour notre gentille fifille ce Marc !! » Tu rigoles, j'espère ? Tu veux retourner chez eux mais vas-y ! Fais tes bagages et casse-toi, ça me fera des vacances, bordel !

– T'es complètement malade et parano, mon pauvre. Tu voulais une gentille femme docile qui t'attendrait à la maison comme une conne? Eh bien, sois content ! Tu l'as eue ! Bravo ! Tu es fier de toi ? Tu me disais que tu m'aimais. La seule chose que tu aimes, Marc, c'est TOI ! Toi et ton ego de mâle des cavernes !

Il s'était mis à rire puis avait mis une main autoritaire sur mon épaule.

– Écoute, fais ce que t'as à faire ici, moi j'en ai marre de t'écouter. Je rentrerai pour manger, au moins quand tu auras la bouche pleine, tu diras moins de conneries.

Il avait rajouté, haussant les sourcils de manière suggestive.

– On pourra même remplir ta jolie bouche avec autre chose si tu veux.

– Va te faire foutre Marc ! Tu ramènes toujours tout au sexe, mais il faut vraiment qu'on parle là, j'en ai marre de tout ça, tu comprends ? avais-je répondu en haussant le ton et en gesticulant d'énervement.

– Oh ! arrête un peu de te plaindre, tu adores ça !

Il avait montré tout le décor autour de nous et continué.

– Tout ça, c'est ta vie, Sam, et même si « Madame » se plaint sans arrêt, t'es bien contente d'avoir tout ce qui t'entoure, alors arrête ton cinéma et va t'occuper à glander, là, tu me soûles.

– Connard ! Va te faire foutre Marc !

– Tu l'as déjà dit, change de disque ma pauvre !

Il s'était rapproché, un mauvais rictus accroché sur son visage, avant de poursuivre.

– Oh, et t'inquiète pas pour moi va, de mon côté, j'ai tout ce qu'il faut.

Il s'était mis à rire aux éclats et était parti en claquant violemment la porte de la maison. Je l'avais suivi dehors, espérant que ni voisins ni enfants n'assisteraient à ça.

Je m'étais mise à crier de plus en plus fort, et lui, à rire en écho à ma colère.

– Tu as ce qu'il te faut ? TU AS CE QU'IL TE FAUT !!!! Te fous pas de moi, Marc, parce que je te jure que tu vas le regretter !

Son fou rire avait eu raison de moi, et ivre de rage j'avais levé la main dans l'intention de gifler son arrogance. Il m'avait violemment attrapé le poignet au vol, s'était dangereusement rapproché de mon visage, ne nous séparant que d'un souffle, et avait craché les dents serrées par la fureur.

– Non c'est toi qui vas le regretter.

Ses mâchoires étaient de plus en plus pressées l'une contre l'autre. Je sentais bien qu'on avait atteint un point de non-retour. Sa poigne sur mon bras me faisait mal, des larmes de douleur, de tristesse et d'abattement coulaient à présent sur mes joues.

Il avait poursuivi, avec toujours autant de rage dans les yeux.

– Ne me pousse pas à bout, Sam, je n'ai jamais levé la main sur toi, mais si tu refais ça encore une fois, une seule fois et ça ne va plus tarder, je le sens, méfie-toi… Je suis peut-être idiot à rester là à te supporter, à t'écouter, mais jamais, non jamais je ne te permettrai de refaire un geste pareil, je peux te le garantir.

Il était parti sur ces paroles, me laissant seule… culpabilisant en pensant que cette conversation n'aurait jamais eu lieu si je ne l'avais pas provoqué. À chaque fois il revenait en faisant comme si rien ne s'était passé et on poursuivait notre routine. Mais là je sentais que nous étions allés trop loin et que revenir en arrière serait difficile. Le bruit de la sonnette, quatre heures plus tard, résonnait encore dans mon esprit.

J'avais appris, à ce moment-là, qu'il avait perdu le contrôle de sa moto en arrivant sur une butte. S'en était suivie une sortie de route qui s'était violemment terminée contre un arbre.

D'innombrables fractures.

Des lésions internes.

Un sévère traumatisme crânien.

Le coma…

12

« La vie est une chance, saisis-la.
La vie est un défi, fais-lui face.
La vie est un rêve, fais-en une réalité.
La vie est une promesse, remplis-la.
La vie est une aventure, ose-la. »
Mère Teresa

C'est une truffe tout humide et une langue toute râpeuse sur ma main qui me ramènent à la réalité.

– Ça va, Booth, ça va…

Les chiens sont dotés d'une intelligence hors norme quand il s'agit de sentiments. Ils arrivent à sentir tout changement d'humeur en vous. Booth a senti mes émotions. Je suis moins détendue. Je lui souris et continue mes grattouilles derrière ses oreilles, m'essuyant les yeux du revers de l'autre main dans un geste empressé. Je n'avais pas remarqué que les larmes s'étaient mises à couler sur mes joues et il est hors de question que quelqu'un les voie. La pitié, les regards de compassion… Fini.

J'avance, je ne fais que ça. J'ai encore du mal à prendre

les décisions sans me tourner vers celui qui les a prises toute ma vie, mais ça vient doucement.

Alors, continue d'avancer Sam, continue...

Je me relève, essuie mes fesses, et regarde dans la direction de Booth.

– Allez, vient mon gros, la journée n'est pas encore finie, et j'ai assez flâné. Ton maître va me taper sur les doigts s'il voit qu'il me paye pour me balader.

De retour à mon bureau, Benjamin m'attend, le front barré d'un pli soucieux. Il m'observe. Je tourne machinalement la tête vers les fenêtres qui donnent sur l'extérieur. La mienne et celles de son bureau donnent sur les champs et le chemin que je viens d'emprunter.

M'a-t-il vue ?

Le son de sa voix douce et inquiète me coupe dans mes réflexions.

– Vous allez bien, Samantha ?

Il s'approche de moi et fronce un peu plus les sourcils.

– Vous avez pleuré ?

Surprise, je relève la tête vers lui et cherche une réponse adéquate.

Plus de pitié, plus de compassion...

– Oh, non, je... J'étais partie promener Booth, étant donné que j'en avais terminé avec les dossiers et qu'il n'y avait personne à l'accueil. J'ai dû recevoir une poussière ou un truc dans le genre.

Je me frotte l'œil droit pour faire que mon stupide mensonge tienne la route. Je m'éclaircis la voix.

– Bon, je peux vous aider à quelque chose ? Je déteste rester sans rien faire. Je peux peut-être donner un coup de main aux bénévoles et promener d'autres chiens ? Je peux aussi aider à ranger la réserve, vu qu'on a été livré ce matin. Les sacs de croquettes et les plaids ne me font pas peur vous savez, j'ajoute avec un petit rire ironique. En plus, un peu d'exercice ne me fera pas de mal, je marmonne entre mes dents, plus pour moi que pour lui.

Benjamin continue de m'observer. Il doit se douter que quelque chose ne va pas, vu mon empressement à parler pour changer de sujet et sortir d'ici.

En bon gentleman, il ne relève pas et me répond avec un sourire.

– La réserve est déjà rangée, Thierry et moi nous en sommes occupés dès la livraison, vous vous chargiez des dossiers d'échange avec le Refuge Bel'Air.

Il s'arrête de parler, s'avance vers moi et me souffle dans l'oreille.

– Et quant à l'exercice, celui-là, vous n'en avez pas besoin.

Et sur un autre clin d'œil, il s'éclipse dans la nurserie. S'il voulait me redonner le sourire, c'est réussi.

Mais bordel, c'est mon patron quand même. Bon OK, j'avoue, un patron sexy avec des yeux à tomber. Mais je ne veux pas voir le reste, oh non, non, non…

Mais quand même, il flirte, ça, je ne le rêve pas. Et j'avoue que c'est vraiment agréable, même si au final il ne peut rien se passer entre nous. Entre la différence d'âge et le reste, c'est tout simplement impossible et c'est mieux ainsi. Si ça se trouve, je me monte seulement de vrais films, et il se montre simplement amical.

Voilà, c'est ça, amical…

Mais qui veux-tu donc convaincre, ma pauvre ?!

Je passe l'heure suivante à aider Théo à promener un colley et un berger allemand, puis deux épagneuls bretons. Nous sommes en train de les remettre dans leurs box quand Benjamin vient nous voir, l'air ravi.

– Notre chère Bonnie commence le plus dur. Tu veux venir m'assister, Théo ?

Mon fils, aux anges, ne réfléchit pas à deux fois avant de donner sa réponse dans une joie communicative.

– Oh oui ! Trop cooooool ! Yesss ! Quand les potes de l'école vont savoir ça, ils vont être verts de jalousie !! Trop génial, dit-il en se précipitant vers la nurserie, me laissant glousser derrière lui.

Benjamin me fixe, hésitant visiblement à me dire quelque chose. Son sourire s'élargit et il reprend.

– Je vous laisse, le devoir nous appelle ! Je vous tiens au courant de l'avancée de la mise bas, mais ça peut être long entre deux petits, ça dépend. Si vous voulez rentrer chez vous avec Théo avant la fin, il n'y a pas de problème.

– Et risquer la fureur du vétérinaire en herbe ? Sûrement pas, j'ajoute en riant.

– OK, je file seconder le futur chef alors.

Et il me laisse en me faisant un clin d'œil.

Encore ? Mais si ça se trouve c'est un tic…

Oh, t'aurais l'air maligne à te faire tes films, si c'est seulement un tic !

***

Je grignote un sandwich rapidement entre midi et deux.

Les garçons ne sortent qu'à deux reprises, pour boire et manger. Il est à présent quinze heures quarante-cinq, et je sais seulement qu'il y a déjà deux petits de nés. Il s'agit d'un jour calme au niveau des visites, alors je m'occupe en jouant avec certains chiens, j'en câline d'autres et les laisse gambader dans l'espace de jeux, pour les plus en forme. Je m'occupe pour ne plus avoir à penser comme ce matin.

Il est dix-huit heures, quand, de mon bureau, j'entends la voix de Benjamin demander à Théo de venir me chercher.

– Maman, viens voir ! Vite !

Il attrape vivement ma main et me conduit jusqu'à la nurserie. Il me fait sourire, sa joie est contagieuse.

– Hey, doucement, bonhomme, lui dit gentiment Benjamin, ne va pas arracher le bras de ta mère, elle en a encore besoin ! Et fais moins de bruit, tu vas effrayer Bonnie et ses petits, OK ?

Mon fils se redresse et répond d'un ton très professionnel.

– OK, patron !

Ce coup-ci, je ne peux retenir un gloussement. Benjamin en fait de même en secouant la tête de gauche à droite.

– Votre fils s'est débrouillé comme un chef, n'est-ce pas Théo ?

Benjamin pose sa main dans le creux de mes reins et me fait avancer dans la pièce, d'où l'on entend de légers piaillements. La chaleur de sa paume, à cheval entre mon jean et mon tee-shirt, semble brûler ma peau malgré les tissus. Paradoxalement, j'en ai des frissons. Mon fils me sort de cette torpeur.

– Regarde maman, comme ils sont beaux ! Bonnie a été supercourageuse, il y en a même eu un qui avait du mal à sortir, alors on l'a aidé. J'ai même cru qu'il allait mourir, mais Benjamin a été génial. Il lui a nettoyé les voies respiratoires puis lui a tapoté le corps pour qu'il revienne !

Je regarde les chiots, il y en a quatre.

– Ils sont magnifiques.

Benjamin reprend, avant que Théo ne se lance à nouveau dans une tirade enflammée.

– Oui et tous en pleine forme, comme la maman. Mais elle a besoin de repos maintenant. On va les laisser un peu tranquille. Je reviendrai plus tard voir comment ils vont.

Théo semble déçu, mais ne dit rien. Nous sortons tous les trois de la nurserie. Mon fils ne tient plus en place. Je comprends son agitation, mais une petite voix me dit que je sais déjà ce qu'il va me demander.

Théo se tourne vers moi, les yeux scintillants, pleins d'espoir.

– Dis, maman, on peut en prendre un ?

– Mon cœur…

– Allez ! Tu sais que je m'en occuperai. Je le sortirai, je lui donnerai à manger et je le soignerai s'il se blesse.

Ça me rend malade de devoir le décevoir mais je n'ai pas le choix. Je prends une grande inspiration, attrape son regard, lui tient tendrement les épaules que je caresse avec mes pouces, et lui réponds d'une voix douce.

– Mon cœur, tu sais bien que ce n'est pas possible. Je travaille toute la semaine, tu es ici avec moi jusqu'à la rentrée, et après, ta sœur et toi retournerez en cours. De toute façon, il faut du temps avant qu'il ne soit sevré, mais là n'est pas la question. Qui va s'en occuper ? On ne peut pas laisser un bébé seul, Théo, ce n'est pas possible.

– Mais maman…

Je sens la tristesse dans sa voix. Benjamin intervient, sentant que la situation va m'échapper.

– Ta mère a raison, Théo. Je sais qu'un chiot, c'est très tentant parce que c'est mignon. Mais tu ne peux pas être à l'école et chez toi en même temps. Un chiot a besoin qu'on s'occupe de lui. Il faut du temps pour le rendre propre et pour lui faire une bonne éducation. Et ça ne peut pas se faire s'il est seul chez toi, et tu le sais bien.

Je regarde mon fils, il a les épaules voûtées, les yeux rivés sur la porte de la nurserie. On sent la tristesse qui émane de son jeune corps, et briser ses espoirs me fend le cœur. Je me mords l'intérieur de la lèvre, je regarde Benjamin et Théo tour à tour. Je me passe les mains dans les cheveux, nouant mes doigts entre eux sur l'arrière de mon crâne. Je suis à deux doigts de craquer.

Benjamin le remarque aussitôt et reprend.

– Écoute Théo, prendre un chiot, c'est beaucoup de responsabilités, et tu en as déjà beaucoup ici.

Il s'interrompt, me regarde comme s'il cherchait une approbation pour ce qu'il s'apprête à dire à mon fils. Je fronce les sourcils, l'interrogeant du regard. Je ne comprends pas vraiment où il veut en venir. Il s'approche de Théo, se met à sa hauteur en lui prenant les épaules afin que leurs regards s'accrochent.

– Comme je te disais Théo, des responsabilités tu en as déjà beaucoup ici…

Il tourne vers moi ses yeux verts, puis les ramène sur mon fils.

– Mais si ta mère est d'accord, je connais quelqu'un

qui t'aime déjà beaucoup, et qui va avoir besoin d'un foyer aimant quand elle se sera remise de sa mise bas et que ses chiots seront sevrés.

L'offre de Benjamin me secoue plus qu'elle ne le devrait. Il a un don avec mon fils. Il le comprend, il sait comment lui parler et lui donner l'importance qu'il mérite. Ce qu'il lui propose est une solution tout simplement parfaite. Théo me regarde, les yeux brillants, non plus de tristesse, mais d'espoir. Il attend ma réponse. Mais l'énorme sourire, les larmes qui remplissent mes yeux et le « oui » que je lui fais en hochant tout simplement la tête lui suffisent pour qu'il laisse éclater sa joie et saute au cou de Benjamin.

– Oh ! merci, monsieur !!!! Merci beaucoup !

Ce coup-ci, Théo ne retient plus ses larmes. Il est tellement heureux et soulagé, que des mois de souffrance solitaires sortent d'un coup. Ce compagnon, il en a tellement rêvé…

Benjamin décide de détendre l'atmosphère en plaisantant.

– Tu te mets à m'appeler « Monsieur », maintenant ? Je suis si vieux que ça ou c'est parce que je te propose une chienne que tu deviens cérémonieux, « Monsieur Théo » ?

Le câlin s'éternise, il lui ébouriffe les cheveux, lui tapote dans le dos et lui dit plus bas.

– Allez… Va plutôt remercier ta mère, c'est elle qui a dit oui, et elle est géniale.

Mon fils se dégage aussitôt des bras de Benjamin pour venir m'enlacer à mon tour. Nous pleurons tous les deux.

Bin bravo ! Quelle journée…

– Merci, maman, je t'aime.

Je l'embrasse, déglutis et lui réponds d'une voix émue.

– Moi aussi je t'aime mon cœur, moi aussi…

Je lève les yeux et deux pupilles entourées d'un vert perçant me fixent.

Benjamin ne dit plus rien, mais son regard parle pour lui. Il est très attaché à mon fils, je le sais. Ils sont inséparables depuis un mois. Mais c'est arrivé si vite que c'en est troublant. C'est le premier homme, depuis son père, qui lui donne de l'importance et de la tendresse. Ça me touche énormément. Et si Benjamin Beckett me troublait déjà avant aujourd'hui, à l'heure actuelle, ses yeux hypnotiques accrochés aux miens, je n'ai qu'une envie… Me jeter dans ses bras pour le remercier.

Je suis foutue…

13

« Échouer, c'est avoir la possibilité de recommencer de manière plus intelligente. »
Henry Ford

Le soir, nous rentrons épuisés par les événements de la journée.

Emma est toujours chez Lisa. Je la vois trop peu en ce moment et je voudrais tellement qu'elle vienne passer du temps au Refuge avec nous… Théo est sous la douche, je prépare le repas quand la porte d'entrée claque.

– Maman, je suis rentrée !!

– Et d'une, je ne suis pas encore sourde, et de deux arrête de claquer cette porte ! S'il te plaît. Merci.

– Bonsoir, maman.

Elle s'approche de moi et me fait un câlin. Je l'embrasse sur le haut du crâne.

– Salut, ma puce. Tu as passé une bonne journée ?

– Ça va… Oh ! attend, il faut que je te raconte !

Je la vois excitée comme une puce, et je sens le sujet « anniversaire » revenir en trombe.

– Mon anniversaire, c'est dans cinq jours…

– Merci de me le rappeler, il me semblait bien l'avoir oublié.

– Ah ah, très drôle !

– Je sais, je sais, je suis une comique !

– Maman arrête, sérieux ! Donc, voilà, je t'explique, jeudi, c'est mon anniversaire. Au départ, on devait faire le feu de camp samedi. Mais samedi, les potes ont prévu une surprise et je ne sais pas ce que c'est, Lisa n'a rien voulu me dire. Donc je voulais savoir si ça ne te dérangeait pas qu'on décale ma soirée à jeudi.

Elle me regarde avec des yeux de Chat Potté et ajoute.

– Allez, allez, allez, s'te plaît, dis oui !

Je soupire. En pleine semaine, ça ne m'arrange pas vraiment, mais après tout, je serai là le soir, et le lendemain elle se chargera de tout ranger. Elle est grande, à moi de lui montrer que je la trouve responsable.

– OK, ça marche. Vous serez combien déjà ?

– Lisa, Mel, Julie, Vincent, Jules, Thomas et Valentin.

Je la regarde avec un petit sourire en coin.

– Valentin, hein ?

– Mamannn…

– Oui, ma puce ? je lui réponds l'air de rien, mais avec un sourire immense.

– Arrête.

– Arrêter quoi ? Emma, Emma, Emma… Donc Valentin hein ? Celui du ciné ?

– Maman !

Sur ce j'éclate de rire, elle joue sa timide mais se joint aussitôt à moi.

– Allez, Betty Boop, viens m'aider à faire la salade.

On entend Théo avant de le voir arriver.

– Emma, t'es là ?

– Oui le nain, qu'est-ce que tu veux ?

Il arrive en courant dans les escaliers.

– Doucement, Théo ! Entre ta sœur qui maltraite la porte d'entrée et toi qui t'accroches à cette rambarde d'escalier, la maison va tomber en ruine avant l'heure.

Il se laisse glisser sur le carrelage et s'accroche au bar pour se stopper.

– On va avoir un chien !

– Quoi ?

Emma le regarde, les yeux écarquillés, la bouche formant un O parfait, puis se tourne vers moi.

– C'est vrai ? Sérieux ? On va avoir un chien ?

Je lui réponds avec un sourire.

– Une chienne pour être plus précise. Un bouvier bernois. Elle est adorable.

– Mais quand ? Elle est où, là ? Putain, c'est génial !

– Oui, c'est génial, sans le « putain » c'est encore plus génial, je lui réponds en haussant les sourcils.

– Ouais, c'est pareil. Bref, elle est où là ? On l'aura quand ?

– Houlaaa, calme tes ardeurs, ma fille. Pour le moment Bonnie se remet de son accouchement.

Théo me coupe fièrement.

– On ne dit pas « accouchement » pour les chiens maman, mais « mise bas ».

– Oui, petit chef vétérinaire. On dit « mise bas », au temps pour moi, je concède avec un sourire appréciateur. Donc, Bonnie, qui vient d'avoir quatre petits, se repose. Après on va devoir attendre que les chiots soient sevrés. Donc, je pense que courant septembre, cette famille comptera un membre de plus.

– Oh, je pensais qu'on l'aurait tout de suite moi. Genre mon cadeau d'anniversaire, quoi ! rétorque-t-elle avec un grand sourire.

Théo se rebiffe aussitôt.

– Non, non, non, elle n'est pas pour toi ! Bonnie sera ma chienne, c'est moi qui vais m'en occuper. J'ai promis à Benjamin de le faire.

– Benjamin ? C'est ton patron ça, maman ?

– Oui, ma puce, c'est lui. Et si tu avais pris le temps de venir avec nous comme il l'a proposé, tu l'aurais déjà rencontré et tu aurais aussi déjà pu voir Bonnie. Tu sais que des mains de plus pour s'occuper des promenades et des jeux, ce ne serait pas du luxe ? Réfléchis-y ma puce, s'il te plaît, d'accord ? Ça me ferait vraiment plaisir que tu passes du temps avec nous, même si je bosse.

– OK, je vais voir…

Elle se tourne pour s'adresser à son frère.

– Mais toi le nain, ne crois pas que tu seras seul à t'en occuper. Je rêve d'avoir un chat, mais un chien c'est cool.

Théo se tourne vers moi.

– Mamannn !

– Stop, vous deux, ce sera le chien de la famille au complet. Tout le monde participera. De toute façon, elle a besoin d'énormément d'amour après ce qu'elle a vécu. Mais effectivement, Emma, Bonnie est déjà terriblement attachée à ton frère. Il la voit tous les jours et s'en occupe, donc je pense qu'il a le droit d'avoir le privilège d'être prioritaire. Toi, tu as tes amis, tu passes ton temps sur ton iPhone ou dans ta chambre. Sois réaliste, ma puce, tes priorités ne sont pas vraiment les mêmes que celles de ton frère.

Je la regarde en haussant les épaules. Emma fait la moue mais acquiesce.

– Pas faux… Mais au fait, pourquoi on prendrait pas un de ses chiots ? Et quand tu parles de ce qu'elle a vécu, tu veux dire qu'elle a été maltraitée c'est ça ? Purée, je déteste ces connards qui s'en prennent aux animaux ça me débecte.

– Emma… je grogne de mécontentement, même si je suis tout à fait d'accord avec elle.

– D'accord, pardon, mais n'empêche que j'ai raison, ce sont des connards ! Tellement facile de s'en prendre aux plus faibles. C'est comme au lycée, c'est dingue.

– Tu ne changeras pas le monde, ma puce. Mais on va essayer d'améliorer celui de Bonnie, ce sera déjà pas mal. Et pour répondre à ta question, non, un chiot c'est hors de question. Une maison vide avec un mini-Terminator, c'est mort !!!

Ma fille éclate de rire, suivie par Théo qui se moque de moi en secouant la tête.

– Mini-Terminator… N'importe quoi…

– Hey !! Tu t'imagines rentrer des cours et retrouver ta collection de figurines Funko Pop décapitées ? Ou alors tes Hand Spinners mâchouillés ?

– Euuuuh, tout est sur les étagères, ce serait compliqué maman ! Mais j'ai compris l'idée, c'est bon.

– Bon, allez, trêve de plaisanterie, on met la table !

***

Après le repas, je suis dans la cuisine, me préparant un café quand Emma vient à mes côtés.

– Ton frère est déjà couché ?

– Il est dans sa chambre. Il est dans son lit avec un livre… Maman, j'ai parlé avec Lisa de la soirée de jeudi. On n'a trouvé personne qui sache jouer de la guitare en fait, alors on va installer mes enceintes dehors, me dit-elle en haussant les épaules. Les potes apportent chacun leur toile de tente. J'ai vérifié la météo, il ne pleuvra pas, donc on pourra faire le feu.

– J'espère que la météo dit vrai. On verra. Au pire des cas, vous pourrez vous retrancher dans la grange ou au grenier, mais pas de cigarette à l'intérieur, d'accord ? Quant à la musique, pas trop fort quand même ma puce, OK ? Car non seulement on a des voisins, mais le lendemain je bosse et ton frère se lève aussi.

– Oui, t'inquiète. Oh ! Et on a reparlé de samedi aussi. Elle m'a dit de prévoir un sac avec des fringues de rechange car elle veut que je dorme chez elle vendredi et samedi. Par contre, je ne sais toujours pas ce qu'elle prépare et ça me gave. Bref… Donc t'es d'accord, c'est bon ?

Je souffle sur mon café brûlant et en avale une gorgée.

– Oui c'est bon. Par contre, vendredi, tu me ranges tout. Je veux que ce soit nickel dedans et dehors, rien qui traîne sinon je change d'avis pour ton week-end c'est compris ?

Emma hoche la tête en signe d'assentiment, ce qui me permet de poursuivre.

– OK, donc pas de problème du moment que tu me

donnes des nouvelles et que tu ne fais pas n'importe quoi. Je te fais confiance, Emma, tu le sais bien. N'en abuse pas s'il te plaît.

Ma fille s'approche de moi et me serre dans ses bras.

– T'inquiète pas maman, t'es trop cool, même mes potes le disent. Hors de question que ça change, j'suis pas débile, ajoute-t-elle en gloussant.

– Je t'aime, ma puce.

– Je t'aime aussi, maman.

Je l'éloigne légèrement de moi et la regarde avec amusement.

– Oh, et au fait, j'ai reçu ton cadeau.

Elle s'éloigne d'un coup en se redressant et me demande d'une voix qui grimpe dans les aigus.

– Quoi ? Sérieux ? C'est quoi ?

Je m'amuse à la taquiner car j'adore ça, je dois l'avouer.

– Surprise…

– Allez, maman !

– Surprise, j'ai dit.

– Non, t'en as trop dit là, c'est vache, ce que tu fais !

– Tu verras bien jeudi.

Je m'éloigne et je lui chante un indice en souriant et en dansant.

J'ai à peine commencé qu'Emma est déjà folle !

« Où sont les filles, les femmes
au tempérament de guerrières ?
Oui, qui savent comment faire la fête, qu'elles soient
mères ou célibataires ?
Où sont les hommes, les gangstas, les pauvres

ou les millionnaires ?
Les bobos, les mecs en survêts, les intellos,
les mecs en fumette ?
Où sont les quartiers, les blocs, les HLM mis de côté ?
Les résidences, les quartiers UP, les 205, les Audi TT ?
Où sont les blacks, les blancs, les jaunes, les verts,
les rouges et les gris ?
Loin des amalgames politiques, bienvenue en
Cosmopolitanie, oui ! »

J'avais anticipé la chose, ma fille se met à sauter partout et à crier comme une hystérique.

– Ouiiiiiiiiiiiiiii ! T'es sérieuse, là ? Où ? Quand ? Oh bordel, faut qu'je prévienne Lisa.

Elle part en courant vers les escaliers, mais fait demi-tour avant d'avoir atteint la première marche. Je suis morte de rire par la cascade qu'elle vient d'éviter. Elle revient vers moi avec la même allure et se jette dans mes bras.

– Merci, merci maman, t'es géniale, t'es la meilleure.

Elle m'embrasse une fois, deux fois, trois fois…

– Je monte prévenir Lisa, elle va HA-LLU-CI-NER !

Elle est déjà dans les escaliers quand elle continue en criant.

– Géant, trop génial ! Ouiiii ! Ma mère, c'est la meilleure !

Mon fils se met à hurler lui aussi.

– C'est bon ! Mets-la en veilleuse, on a compris !

Puis, il rajoute à mon intention.

– Merci maman ! Elle était déjà pas nette, mais là tu l'as bien terminée !

Je récupère mon café en riant et me dirige vers la véranda

en chantant plus bas…

Oui, je connais les paroles de Soprano, ça vous épate ? Je connais beaucoup de ses chansons par cœur mais ce n'est pas le sujet du soir... Si ?? Ah si !!

Qu'est-ce que je ne ferais pas pour leur faire plaisir à ces deux-là. Et encore, Emma n'a rien vu… Je lui réserve le meilleur pour jeudi. Il faut que je prévoie des boules Quies par contre.

Quand elle verra que j'ai aussi des places pour Black M…

Je ne sais pas si je dois prévoir une petite chanson quand je lui donnerai.

À réfléchir…

« Kirikou » avec la choré', ça peut être pas mal !

Après tout, normal de connaître les chanteurs à la mode quand on a des ados à la maison non ?

Je glousse en pensant à tout ça, assise sur mon canapé sous ma véranda. Le ciel est dégagé. Il fait vraiment doux.

Je m'en sors pas si mal, Marc, je m'en sors vraiment pas si mal...

14

« Croire en quelque chose et ne pas le vivre c'est malhonnête. »
Gandhi

On passe le dimanche à lire et faire du vélo.

J'appelle mes parents. On est redevenus plus proches depuis l'accident de Marc.

Les coups de fil sont réguliers maintenant. Ils ne m'en ont jamais voulu d'avoir mis de la distance entre nous, c'est à LUI qu'ils en veulent toujours. Ils attendent impatiemment que je tourne la page. Normal, je pense. Ils s'inquiètent comme tous les parents, quand ils aiment leurs enfants.

Ils ont proposé de prendre Théo le week-end prochain. Ils savent que, malgré les quatre années qui viennent de passer depuis l'accident, c'est une période qui reste assez compliquée pour moi. Nous sommes le 31 juillet, dans six jours ce sera la date « anniversaire » de son accident. Et dans vingt-quatre jours, cela fera très exactement trois ans qu'il est mort. Ce week-end, je serai donc seule avec mes souvenirs…

Emma, chez Lisa.

Théo, chez mes parents.

Pas si sûre que ce soit la solution. On verra bien.

En attendant, nous sommes lundi, je suis au bureau depuis déjà trois heures, c'est le moment du déjeuner. Il fait beau, il fait chaud. J'ai juste envie d'en profiter, à l'ombre d'un arbre. Je sillonne le Refuge à la recherche de mon fils. Je le trouve sur le parcours d'agility avec Rusty, un border collie de 8 ans qui a été récupéré dans une propriété, où il était enchaîné jour et nuit, avec le minimum d'eau et de nourriture. Benjamin a réussi un tour de force avec les autorités et je l'admire chaque jour un peu plus quand je vois à quel point il se démène pour nos amis à quatre pattes.

Je m'approche des grilles et ouvre le portillon.

– Théo, mon cœur, il est l'heure de manger. J'ai envie d'un repas cool style pique-nique dehors, ça te tente ?

Mon fils demande à Rusty d'arrêter le parcours et de le suivre. Il s'arrête en face de moi, le chien sur sa gauche. Il lui fait signe de s'asseoir avec la main et le chien obéit instantanément. Je suis subjuguée.

– On avait fini avec Rusty, j'allais le rentrer pour qu'il se repose au frais. T'as vu comme il m'écoute bien ?

Mon fils est radieux, son sourire est communicatif, je lui rends, le cœur rempli d'amour.

– Oui, j'avoue que je suis impressionnée. Je suis fière de toi Théo, vraiment. Tu seras un excellent maître pour Bonnie, je n'en ai aucun doute.

– Merci maman. Tu sais, toi aussi tu as fait beaucoup de progrès ! On dirait que tu as eu des chiens toute ta vie !

Je me mets à rire devant son enthousiasme.

– N'exagère pas mon cœur ! Je fais ce qu'on me demande de faire, et si j'y arrive sans trop de dégâts, c'est déjà pas si mal.

– Vous y arrivez parfaitement bien…

Je sursaute en entendant cette voix derrière moi. Cette voix qui va avec des yeux verts qui m'obsèdent de plus en plus.

Décidément, il a le don pour me surprendre et arriver au moment où je m'y attends toujours le moins.

– Désolé, je ne voulais pas vous faire peur. J'étais à la réserve et je jetais régulièrement un œil sur Théo pour voir comment il s'en sortait avec le cours d'agility.

Je me tourne vers lui. Il me sourit de toutes ses dents.

Je vous avais dit qu'il avait des dents magnifiques ? Non ? Oubli de ma part ! Son sourire est tout simplement parfait.

J'ai chaud…

– Oh… Pas de problème. J'étais venue demander à mon dompteur en herbe s'il voulait venir pique-niquer avec moi à l'ombre du grand chêne là-bas.

Je lui montre l'arbre en question, qui se trouve à une vingtaine de mètres des baraquements.

– On ne dit pas « dompteur », maman, mais « éducateur » ! On n'est ni dans un zoo, ni dans un cirque, me répond Théo en se moquant ouvertement de moi.

Je fronce exagérément les sourcils et place mes poings sur mes hanches pour faire semblant d'être outrée.

– Eh oh ! crapule, respecte ta vieille mère et ses lacunes animalières d'accord ? Bon OK, j'avoue, je sais bien que les dompteurs sont pour les animaux sauvages. D'ailleurs, Rusty n'est-il pas un croisement entre une hyène et une antilope noire ? Non ? Bizarre, j'aurais cru vu sa rapidité !

Je me mets à rire devant la tête blasée de mon fils. Il a honte, je le sais mais je poursuis quand même.

– Allez mon cœur, laisse-moi tenter de faire un peu d'humour, s'il te plaît ! Aie pitié de ta vieille maman, je rajoute en faisant une moue exagérée.

– Vous n'êtes pas si vieille, arrêtez…

Ah oui, c'est vrai, il est là…

Je m'éclaircis la voix et lui montre mon front en plaisantant.

– Je change de décennie en fin d'année, voyez-vous, donc croyez-moi sur parole si je vous dis que je suis vieille. Ça se sent ces choses-là ! Ahhh, les joies de l'arthrose, couperose, thrombose, rajouté-je théâtralement. Je m'arrête là où je continue ? Parce que vous savez, il y a aussi l'ostéoporose et la névrose ! Pour cette dernière, plus rien à faire, j'en suis déjà bien atteinte, alors il faut surtout ne jamais rien prendre à la légère !

Mon fils, qui s'était éloigné, n'a pas entendu ma dernière phrase, Dieu merci ! Benjamin, quant à lui, marmonne quelque chose entre ses dents que je ne comprends pas.

– Pardon ? Vous dites ? Ouais, je sais, c'est moche, je rajoute en faisant une grimace.

Il secoue la tête et se met à éclater de rire.

– Vous êtes exceptionnelle, j'adore !

– Je sais, je sais, on me le dit tous les jours vous savez ! J'hésite encore entre le Jamel Comedy Club et l'école du cirque.

– Vous m'abandonneriez ? me répond-il tout aussi théâtralement, en posant sa main droite sur son cœur.

– Autant profiter du succès avant le déambulateur, non ?

Je prendrai ce qui vient, je ne suis pas difficile.

Je me rends compte un peu trop tard du double sens de ma phrase…

Je secoue la main devant lui.

– Rien de personnel, juste financier. Je suis une femme vénale. Vieille et vénale. Pas le parti du siècle, j'en conviens !

Benjamin continue de rire, puis reprend son sérieux, son regard s'accrochant au mien.

– Vous êtes géniale. Vous devriez plaisanter et rire plus souvent, votre visage rayonne, vous êtes vraiment très belle.

Je lui rends un sourire timide accompagné d'un raclement de gorge très glamour.

– Merci, c'est gentil…

– Je suis sincère vous savez. J'aime dire ce que je pense. Et là, je pense que je vais vous inviter à venir boire un verre avec moi bientôt, histoire de profiter un peu plus de votre humour et de votre sourire.

Voilà, là je vire au rouge cerise, très tendance cet été.

– Bientôt ?

– Oui bientôt, pas maintenant, mais bientôt… Quand vous serez prête.

Il continue de sourire et moi. je me suis transformée en carpe.

Je mêle mes doigts entre eux et les fais craquer, histoire de faire quelque chose pendant que je réfléchis à quoi lui répondre.

– Vous êtes présomptueux au point de croire que j'accepterai votre invitation, monsieur Beckett ? je lui dis avec une moue espiègle.

– J'aime à penser, effectivement, que j'ai toutes mes

chances pour obtenir un oui, me répond-il avec un sourire encore plus insolent.

– Humm, hummm…

Je m'éloigne de lui pour retrouver mon fils, parti chercher le repas à la cuisine. Je me retourne vers Benjamin qui me fixe intensément.

– Effectivement vous êtes très présomptueux, monsieur le vétérinaire. Mais en attendant d'avoir un jour une réponse positive de ma part, que diriez-vous de partager un modeste repas digne d'un resto trois étoiles, sur l'herbe, avec une future star des planches et son fils dompteur de chien ?

Je le sens se retenir de rire. J'ai retourné la situation à mon avantage, mais pour combien de temps ?

J'ai l'impression que ça fait des siècles que je n'ai pas flirté.

J'avance...

– Un point pour vous, madame la comique, mais vous ne gagnez que cette manche, je ne m'avoue pas vaincu pour autant. Et j'accepte votre proposition avec plaisir, me répond-il avec un clin d'œil et son sourire en coin.

Un sourire en coin style sale gosse et un clin d'œil…

Autant dire que c'est sa marque de fabrique !

***

L'après-midi passe aussi vite que la matinée, aucune nouvelle entrée à déplorer, mais un départ imminent est à l'approche. Django, un vieux néanmoins adorable pékinois de 10 ans, semble avoir fait fondre le cœur d'une petite dame âgée, Mme Delattre, venue avec ses petits-enfants pour leur faire plaisir. Ils sont partis en famille se promener afin de lui permettre de s'acclimater, mais il semblerait que l'un comme l'autre se soient tapés dans l'œil.

En parlant de taper dans l'œil…

Benjamin passe régulièrement non loin de moi et me fixe sans rien dire. Il va me rendre dingue ! C'est peut-être ce qu'il cherche, après tout ? Le repas s'est passé normalement, sans sous-entendus. Théo présent, il ne m'a lancé que des regards perçants. Cet homme réveille quelque chose en moi que je croyais perdu à jamais et ça me perturbe. La perte fait partie de la vie, je suis malheureusement bien placée pour le savoir. Mais est-ce le moment pour tenter de retrouver un peu de moi avec lui ?

Je suis encore en pleine réflexion quand j'entends Django et sa « presque future famille » revenir de leur petite promenade. Ils se dirigent tous les trois vers moi, le pékinois, la langue pendante, à leur côté.

– Il est adorable, ce chien. Je veux tout savoir sur lui, si les vaccins sont à jours, s'il n'est pas malade, son âge, tout, me dit Mme Delattre, des étoiles d'enthousiasme plein les yeux. Il sera un compagnon de vie parfait, voyez-vous, je me sens tellement seule quand mes petits-enfants sont loin de moi.

Je lui souris et tape sur mon clavier afin de trouver les informations nécessaires.

– Je comprends bien, madame Delattre. Alors, qu'avons-nous sur Django ?

Je regarde le chien dont la queue joue au métronome accéléré.

– Oui, Django, tu as compris qu'on parle de toi, hein coquin ?

Je me penche pour lui caresser la tête.

– Bon, ce cher Django aura très exactement 10 ans le 27 novembre prochain. Bien évidemment, son carnet de santé est à jour et ses soins également. Il n'a aucun problème particulier, si ce n'est qu'il a besoin d'énormément d'amour, de câlins et de bisous. C'est une race qui n'a pas besoin de faire beaucoup d'exercice, des petites sorties régulières suffiront. Comme vous le voyez, il a de très beaux poils, mais ça va vous demander un peu de temps en entretien.

– J'ai l'éternité devant moi, madame, je suis à la retraite alors j'aurai du temps à perdre avec une brosse.

– J'en conviens et j'en suis très heureuse pour lui, madame Delattre. À part ça, quoi d'autre ? Ah oui, il aime qu'on lui lave les dents et c'est tant mieux car c'est une race qui a la dentition fragile. Donc, une fois par jour, vous pourrez le chouchouter. Ne vous inquiétez pas, tout vous sera expliqué sur une petite brochure que je vais vous laisser, et on vous fournit également tout le petit matériel nécessaire.

Je vérifie mes notes pour être sûre de ne rien oublier.

– Bon, eh bien, je crois que j'ai fait le tour. En ce qui concerne le dossier, vous aurez quelques pièces à nous fournir. Il nous faudra une pièce d'identité, un justificatif de domicile récent, facture ou autre, peu importe. Et bien sûr, il y a les frais d'adoption, qui se montent à cent cinquante euros, ce qui est juste une participation aux frais pour les soins vétérinaires. Vous avez d'autres questions ?

– Vous avez été parfaite, madame, j'ai tout compris, et il se trouve que j'ai tout ce qu'il me faut sur moi, c'est parfait ! me répond-elle avec un sourire éclatant aux lèvres. Voyez-vous, avant de venir ici, je suis passée à la boîte aux lettres pour prendre mon courrier. Je ne voulais pas retourner à l'intérieur, alors j'ai tout mis dans mon sac. Attendez, il me semble avoir reçu ma dernière facture de téléphone. Ah la voilà ! Cela sera-t-il suffisant ou je dois revenir avec autre chose ?

Je lui jette un sourire bienveillant, lui prends le papier des mains et lui dis :

– Non ne vous inquiétez pas, c'est parfait. Il ne me manque que votre pièce d'identité et je me charge de vous préparer le dossier afin que vous puissiez partir avec Django dès ce soir, d'accord ?

– Je vous donne ça tout de suite. Tenez, la voilà. Je vais en profiter pour vous remplir le chèque. Je dois bien vous remplir le chèque n'est-ce pas ?

Je souris de plus en plus, cette petite dame m'égaye ma fin de journée.

– Oui, madame Delattre, je vous laisse faire.

Quelques photocopies, un dossier effectué et un règlement plus tard, Django est sur le départ.

– Eh bien, voilà Django ! Te voilà prêt à vivre dans ta nouvelle famille.

Je caresse le vieux chien, puis me tourne vers Mme Delattre et ses petits-enfants.

– Je vous ai mis dans ce sac tout le matériel nécessaire aux soins dentaires de ce petit ange, son carnet de santé, une brosse pour ses longs poils, un petit sac de croquettes, son doudou, une petite couverture et deux gamelles.

– Merci, mais il ne fallait pas, me dit Mme Delattre en secouant la main.

– Nous agissons de la sorte avec tous nos adoptants, madame.

– C'est bien aimable à vous. Allez Django. Allez les enfants, on y va. Encore merci pour tout.

Je suis en train de finaliser le dossier afin de l'archiver quand une voix interrompt mon travail.

– Elle a raison vous savez, vous étiez parfaite.

Je lève la tête et souris à Benjamin.

– Merci, je deviens une vraie pro en ce qui concerne les dossiers d'adoption. Ça me fait tellement plaisir quand un chien part d'ici pour trouver un foyer aimant. Bref, je fais ce que j'ai à faire.

– Et vous le faites très bien, ajoute-il avec ce sourire qui me fait craquer. Que diriez-vous d'aller fêter ça en allant prendre un verre ce soir ?

– Vous ne laissez jamais tomber vous, hein ?

– Non, je suis plutôt du genre coriace.

– Ça aurait été avec plaisir je vous assure, mais malheureusement, une soirée cuisine m'attend, j'ai un anniversaire à préparer.

– Un anniversaire ?

– Oui, les 16 ans de ma fille. Elle a décidé d'inviter des amis jeudi soir pour une soirée feu de camp, du coup je suis de corvée de préparation de douceurs à manger. Je compte commencer dès ce soir pour en mettre au congélateur.

– Des douceurs ? me demande-t-il en souriant de plus en plus.

Comme si c'était possible…

– Oui des douceurs, des amuse-bouches salés style cakes au jambon, petits feuilletés et choux.

– Bonne cuisinière, en plus de ça.

– Je me défends.

– Moi aussi.

– C'est bon à savoir, si je recherche de la main-d'œuvre, je lui réponds pour le taquiner.

– Ce sera avec plaisir.

– Je plaisantais !

– Pas moi…

Je suis mal à l'aise tout à coup.

Avance, tourne la page, avance.

Je m'éclaircis la voix et décide de changer de sujet.

– Comment va Bonnie ?

Il étrécit son regard et relève un coin de sa bouche.

– Bien, elle va même très bien. Alors ce coup de main ?

– Quoi ? Oh non, non, je vous ai dit que je plaisantais ! Il est hors de question que vous veniez m'aider à préparer à manger !

– Dommage…

Il reste nonchalamment posé contre l'encadrement de la porte, les mains dans les poches et les chevilles croisées.

– Alors comme ça, Bonnie va bien. Tant mieux. Et ses petits ? Ah au fait, quand pensez-vous qu'elle sera prête pour venir à la maison ? Ma fille a hâte de faire sa connaissance.

– Elle peut toujours venir ici, vous savez. Comme je vous l'ai déjà dit, des mains supplémentaires ne sont jamais de trop.

– Je lui ai dit, mais en ce moment, entre son amie Lisa, son anniversaire, son week-end chez sa copine et Valentin, être ici est la dernière chose qu'elle souhaite, si vous voulez tout savoir.

– C'est sûr que je ne peux pas rivaliser là, elle a mis la barre très haut ! se met-il à répondre, en riant légèrement.

Vas-y, vas-y, vas-y !

Je peux toujours lui poser la question ?

Je risque quoi ?

J'en profiterai pour lui demander si la maison conviendrait à Bonnie.

Après tout il s'agit d'un gros chien, je n'ai peut-être pas assez de terrain ?

Mais oui, à d'autres, la belle excuse…

Allez, lance-toi !

– Vous faites quoi, jeudi soir ?

15

« La jeunesse est une magicienne qui, par un sourire,
change l'indigence en trésor, qui vous amène
pour maîtresse sa sœur cadette l'espérance ;
celle-ci, aussi trompeuse que son aînée,
mais revenant encore
quand l'autre a fui pour toujours. »
Chateaubriand

Le jeudi arrive à une vitesse folle.

J'ai juste l'impression que ma vie défile plus vite que je n'en profite. Je ne vais pas mentir, j'aime ça. Être active me permet de ne pas trop penser et c'est exactement ce qu'il me faut en ce moment.

Je ne veux pas penser à Marc.

Je ne veux me consacrer qu'à mon travail, mes enfants, ma maison.

Je ne veux pas penser à Benjamin… Mais pourtant, il est de plus en plus présent dans mon esprit…

D'ailleurs depuis qu'il a accepté l'invitation pour ce soir, il ne fait qu'être poli, courtois, respectueux. Même s'il me lance de plus en plus de sourires. Je sens son regard sur moi régulièrement et je suis de plus en plus gênée. Moi ! À mon âge ! J'ai l'impression d'être une gamine, et rien que d'y penser, ça m'amuse.

Le mois d'août a déjà pointé le bout de son nez, dans quelques semaines les enfants retourneront en classe et le rythme effréné reprendra son cours. En attendant, Théo s'investit plus que jamais au Refuge. Il a fait d'énormes progrès avec les animaux, il a gagné en assurance et il gère à merveille la prise en charge des habitués.

La fin de journée arrive vite et je presse mon fils afin que je puisse encore avoir le temps de faire les dernières préparations à la maison.

Il est encore avec Bonnie. Je prends appui sur l'encadrement de porte de la nurserie.

– Théo, mon grand, on y va ? J'ai encore pas mal de boulot à la maison pour que le repas de ce soir soit terminé.

– J'arrive maman, je vérifiais juste que Bonnie et ses petits avaient tout ce qu'il leur fallait.

– C'est bien mon cœur, mais dépêche-toi s'il te plaît car je ne voudrais pas être en retard.

– Pffff, elle nous embête avec sa fête, l'autre.

– Stop ! L'autre, c'est ta sœur, et je pense en faire autant pour elle que pour toi. Ne me dis pas le contraire. Alors tu bouges tes p'tites fesses et tu me suis vite fait jusqu'à la voiture avant que je ne me fâche, OK ?

Il souffle de dépit, caresse la chienne et ses petits, vient vers moi et me répond d'une voix traînante.

– OK, maman…

Il ferme la porte.

– Attends, je vais dire au revoir à Benjamin !

– Cherche pas d'excuses, je t'ai déjà dit qu'il venait ce soir pour voir la future maison de Bonnie.

– Il amène Booth ?

– Oui, je lui ai dit qu'il n'y avait pas de problème. Booth le suit comme son ombre de toute façon, tu le sais bien.

– Cool !!

Mon fils me fait un grand sourire, se retourne et se met à crier.

– Salut, Ben ! À ce soir !

– Ben ?

Je lui pose la question, surprise. Il hausse les épaules et me regarde comme si ça tombait sous le sens. En même temps, ils s'entendent à merveille et passent le plus clair de leur temps ensemble, donc oui, ça semble logique. Je fais un petit signe de main à Benjamin, qu'il me retourne après avoir levé le pouce en direction de mon fils.

Dans la voiture, en attachant sa ceinture, mon fils reprend la parole.

– C'est classe que Ben vienne ce soir. Au moins je m'ennuierai moins parce que les potes d'Emma…

Il ne continue pas sa phrase mais me regarde en faisant jouer ses sourcils, ce qui me fait pouffer.

– Je vais pouvoir lui montrer ma chambre et l'endroit que j'y ai prévu pour Bonnie. Je ne veux pas qu'elle se sente perdue. Elle me connaît, donc c'est mieux qu'elle reste près de moi, non ? Et je vais lui montrer aussi le parcours que je compte lui faire faire pour ses promenades. On ira promener Booth, comme ça, il verra. Tu crois qu'on a assez de terrain ? J'espère. Car Bonnie c'est un gros chien quand même…

– Ne t'inquiète pas pour ça, je pense qu'on a largement la place dehors. C'est pour le dedans que ça m'inquiète un peu plus, tu vois, je lui rétorque en riant.

Il se met à rire aussi.

– Maman et la course aux poils. Tu crois que papa aurait aimé Bonnie ? Je sais qu'il adorait les chiens mais je ne sais pas trop pourquoi on n'en a jamais eu en fait. Je ne me rappelle plus trop, maman.

Sa voix ne devient plus qu'un murmure.

– J'ai l'impression que je l'oublie…

Je m'agrippe au volant, serre les lèvres et déglutis pour faire passer cette impression de gorge sèche.

– Mais non, mon cœur, tu ne peux pas l'oublier pour la simple et bonne raison qu'il est là.

Je pose ma main tendrement sur sa poitrine.

– Dans ton cœur. Et tu sais que tu peux me demander tout ce que tu veux, et me poser toutes les questions sur ton père. Il y a toujours les albums et les photos. Donc non, tu ne l'oublieras pas. Il faut juste continuer à vivre et dis-toi que, de là-haut, il nous regarde. Il te regarde et serait très fier du jeune homme responsable que tu es devenu.

Je lui souris tendrement pour le rassurer et lui serre la main. Je reporte mon attention sur la route. Il reprend.

– Dis maman ? On pourra bientôt aller là où on a jeté ses cendres quand il est mort ?

Mon cœur bat à tout rompre, ce n'est pas vraiment le lieu idéal pour avoir cette conversation. Je tente de garder contenance pour qu'il ne voie pas mon trouble mais c'est difficile devant ce jeune visage plein d'espoir.

Je laisse passer plusieurs secondes et lui réponds d'une

voix douce.

– J'ai déjà prévu qu'on se rende sur la côte, soit le dimanche vingt, soit le dimanche d'après, on verra selon le temps.

– OK…

Le reste du trajet se passe tranquillement. Seule la radio couvre le bruit du moteur. Je jette régulièrement des coups d'œil à Théo mais il semble perdu dans ses pensées.

Vivement ce soir que l'on pense à autre chose…

***

C'est un Black M mis à fond qui nous accueille une fois la porte ouverte. Je tente de me faire entendre par-dessus ce vacarme, mais c'est peine perdue. C'est donc un Théo blasé qui monte directement dans sa chambre.

Je vois Emma et Lisa qui finissent de décorer le jardin. Les pierres sont prêtes, le bois aussi. Je dois m'occuper du barbecue, mais ça peut encore attendre. Il est dix-neuf heures et on attend la troupe au complet pour vingt heures. Il me reste donc une heure pour finir de tout préparer, allumer le four, cuire les amuse-bouches et prendre une douche.

J'observe les filles. Elles s'éclatent à disposer des coussins et des plaids à même le sol. Elles ont déjà monté leur tente, les autres installeront les leurs une fois arrivés.

Elles ont préparé une table à l'extérieur, sur laquelle sont disposés des gobelets très design, des assiettes assorties, des petites décorations ainsi qu'une sangria sans alcool.

Je vais quand même aller vérifier, au cas ou…

La tour musicale, d'où sort un des tubes du dernier album

du chouchou national de ces dames, est posée à l'entrée de la grange, non loin de la table, créant un bel espace de danse jusqu'au futur feu de camp.

– Salut, les filles ! Serait-il possible qu'on s'entende un peu parler là-dedans ? Je sais que les voisins sont loin et très gentils, mais vu que Black M vient de demander fortement s'il en fait trop, eh bien ! je dis oui ! Donc moins fort les frérottes !

– Ah, ah, ah, très drôle maman, me répond ma fille une fois le volume baissé. T'es déjà rentrée ? On n'a pas vu l'heure passer ! Hein, Lisa ? Et t'as vu, m'man, tout est mis en place, la maison est nickel, tout est rangé. J'ai même sorti tous les trucs du congél' que t'avais préparés. Y a plus qu'à faire les sauces, préparer les viandes et tout faire cuire. Je crois qu'on est bon !

Elle se tourne vers Lisa qui hoche la tête en guise d'approbation.

– Par contre il faut vite qu'on aille se préparer, sinon on sera jamais prêtes !

– OK, OK, OK, t'emballe pas ! Zen, ça va le faire ! C'est génial, tu as super bien bossé. VOUS avez bien bossé, pardon Lisa ! je me reprends avec un sourire et une légère courbette vers la concernée. Donc, je disais, bravo les filles vous avez super bien géré. Du coup, j'ai le temps d'aller prendre ma douche avant le grand rush. Sentir les fauves, c'est pas terrible, rajouté-je en plissant le nez, ce qui les fait glousser.

– Mamannn !!

– Je sais ma puce ! D'ailleurs, ton frère doit déjà y être, lui, sous la douche, ce qui me laisse cinq minutes pour sortir les plats du frigo. Allez les filles, filez dans la chambre et dépêchez-vous, ce n'est pas moi qui vais faire le portier ce soir !

Je frappe dans les mains pour les motiver, mais à peine les mots prononcés, les voilà parties en courant vers les escaliers en hurlant comme des hystériques.

Ça promet…

16

« Il n'y a rien de négatif dans le changement,
si c'est dans la bonne direction. »
Winston Churchill

Il est vingt heures quinze quand on sonne à la porte.

Tous les ados sont déjà là, en train de monter difficilement leurs tentes. C'est assez marrant à observer en fait, car les garçons jouent les gros durs, mais ce sont les filles qui se débrouillent le mieux.

C'est un fait ! Je ne fais que constater.

Je me dirige vers la porte, le cœur battant anormalement fort. C'est la première fois depuis la mort de Marc, qu'un homme, autre que mon père, va franchir le seuil de cette maison.

Je me frotte les mains sur mon pantacourt noir ajusté. J'ai fait un effort vestimentaire pour l'occasion en l'agrémentant d'un petit top gris clair et des spartiates assorties. J'ai remonté mes cheveux bruns en un léger chignon flou, d'où quelques mèches se détachent. Mon maquillage, lui, est resté le même qu'à l'accoutumée, sobre, mascara et crayon.

Je suis tendue quand je lui ouvre la porte, je sais que je suis différente de d'habitude, plus apprêtée. En même temps, je ne risque pas d'aller travailler autrement qu'en jean, au risque de voir mes jambes entièrement griffées.

Il apparaît devant moi, et comme je le craignais, je suis sonnée. Il est splendide, dans son jean droit noir légèrement délavé, et son tee-shirt gris col en V près du corps.

Il me regarde le détailler avec un sourire ravi. Je vois bien qu'il en fait de même avec moi et ça me met encore plus mal à l'aise. Il tient dans la main droite un magnifique bouquet très coloré composé de campanules, de tournesols, d'hortensias bleus et de feuilles de fougères. Dans sa main gauche se trouve un paquet-cadeau.

– Bonsoir, Samantha. Je peux entrer ou vous comptez me regarder encore longtemps comme ça ?

Ses cheveux bruns coiffés négligemment, ses yeux verts, son sourire charmeur… Je suis mal.

Je me décale sur le côté pour le laisser passer dans l'entrée, Booth sur les talons.

– Veuillez m'excuser, bonsoir Benjamin, j'étais perdue dans mes pensées, vous savez ce que c'est ! J'ai huit ados dans le jardin ! Vous n'avez pas eu trop de mal pour trouver ?

Je me baisse légèrement pour flatter Booth pendant qu'il me répond, parce que j'ai bien vu qu'il n'était pas dupe de mon petit mensonge.

– Non du tout, je connais assez bien le coin, en fait. Il me tend le bouquet. Tenez c'est pour vous, j'espère qu'il vous plaît. Et ceci, c'est pour votre fille.

Il me donne le paquet. Je lui fais un énorme sourire et lui enjoins de me suivre jusqu'à la cuisine.

– Le bouquet est splendide, merci beaucoup, mais il ne fallait pas. Et le cadeau pour Emma, c'est trop. Franchement je ne vous ai pas invité pour ça, mais merci pour elle.

Je dépose le cadeau d'Emma ainsi que le magnifique bouquet bulle d'eau sur le bar.

– Alors, comme ça, vous connaissez bien le coin ? Ce n'est pourtant pas vraiment votre secteur, mais il est vrai qu'avec votre métier, vous avez sûrement dû beaucoup vous déplacer. Je suis bête… Au temps pour moi.

Je le vois froncer les sourcils.

– Vous ne pouviez pas savoir.

Il détourne son attention de moi pour observer la cuisine puis le salon salle à manger.

– Vous avez une magnifique maison. Et en parlant de magnifique, je manque à tous mes devoirs, vous êtes superbe ce soir.

Je regarde mes vêtements, qui sont quand même restés assez simples.

– Merci, c'est très gentil. Vous n'êtes pas mal non plus. Ça change des vieux jeans et des chemises à carreaux, j'ajoute pour le taquiner. Je vous sers quelque chose ? Bière, pastis, whisky, vin ? J'ai aussi d'autres boissons si vous voulez.

Il me fixe, un sourire séducteur collé au visage.

– Une bière, ce sera parfait merci.

– Vous avez de la chance, j'en ai acheté exprès quand vous avez répondu oui à mon invitation. J'ai pris deux types différents, j'espère que ça ira.

Non, non, non… Réfléchis avant de parler !

– Je bois toutes sortes de bières, ne vous inquiétez pas.

J'aime les blondes, les ambrées, mais plus particulièrement les brunes.

Ses derniers mots sont prononcés doucement, son regard perçant rivé au mien. Il est de l'autre côté du bar, et à ce moment-là je bénis le granit sous mes mains, qui me donne la fraîcheur dont j'ai tant besoin. J'y collerais bien mes joues, mais bon, côté discrétion, ça ne serait pas vraiment ça.

C'est ce moment que choisit Théo, qui sort de sa chambre, pour nous rejoindre, et je dois dire qu'il tombe à point nommé.

– Ben !

Benjamin se retourne et salue mon fils.

– Salut, bonhomme, ça va depuis tout à l'heure ?

– Ouais…

Théo se tourne vers le jardin en soupirant exagérément.

– Génial !! Ma gogole de sœur est dehors avec ses potes, elle hurle comme une folle, mais à part ça tout va bien.

Benjamin éclate de rire devant le ton désespéré de mon fils. Je ne peux faire autrement que de suivre, car effectivement, il a l'air terriblement blasé. Eh oui, les jeunes dehors sont assez expressifs. Je donne une Leffe brune à Benjamin pendant que Théo se sert un coca. J'en profite pour boire un grand verre d'eau glacée, j'en ai bien besoin.

– Je vous donne un verre ou ça ira ? J'espère qu'elle est assez fraîche parce qu'avec cette chaleur…

– Parfaite… Elle est parfaite, merci… me répond-il toujours focalisé sur moi.

Je tente de m'occuper le plus possible, pour que mon malaise ne se voie pas. Je prépare une gamelle d'eau pour

Booth, qui se jette littéralement dessus à peine est-elle posée au sol. Je sors les amuse-bouches du frigo, j'enfourne ceux qui doivent être cuits, tout en observant du coin de l'œil Benjamin et Théo en pleine discussion sur l'importance du futur coin dodo de Bonnie. Mon fils l'entraîne à sa suite pour lui montrer sa chambre, ce qui me laisse le répit dont j'ai besoin pour réfléchir à toute cette situation qui me dépasse.

En l'espace de quelques semaines, ma vie a littéralement changé. Il y a encore cinq mois, j'avais une routine professionnelle et personnelle qui me convenait. Le célèbre boulot-dodo quoi. À l'heure d'aujourd'hui, tout a été bouleversé par un concours de circonstances surprenant et une rencontre improbable…

J'ai maintenant un job que j'aime, même si pour ça je dois faire cent vingt kilomètres quotidiennement.

Mon fils est plus souriant et épanoui que jamais.

Ma fille reste ma fille ! Tant qu'elle n'a pas cours, elle est aux anges !

Et il y a Benjamin… Je ne sais pas trop ce que je dois penser de tout ça en fait. J'ai bien compris que je ne le laissais pas indifférent, je ne suis pas stupide à ce point. La question que je me pose cependant est pourquoi ? Pourquoi moi ? Qu'est-ce que j'ai de si particulier pour que cet homme exceptionnel et physiquement très attirant soit intéressé par moi ? Je suis une femme plus âgée que lui de cinq ans, je suis quelconque avec mes cheveux bruns et mon dégradé arrivant aux épaules. Je ne suis pas très grande, un mètre soixante-cinq, et mes yeux sont d'un marron ordinaire. J'ai le corps d'une femme de 40 ans qui a eu deux enfants, avec courbes et rondeurs. Je suis donc très loin des canons de la mode actuels. Lui est juste… Lui.

Grand, brun, toujours décoiffé, un sourire et des yeux verts qui me secouent de l'intérieur à chaque fois qu'il les pose sur moi. Il n'est ni gros ni maigre, il semble prendre soin de lui contrairement à moi. Sa mâchoire carrée ornée de sa régulière barbe de trois jours, ainsi que ses lèvres charnues, m'attirent irrémédiablement, c'est un fait. Il ressemble beaucoup à l'acteur Julian McMahon, en plus jeune.

Il me perturbe, il me fait me sentir différente. Quand il est près de moi mon sang bouillonne, mon ventre se tord et mon cœur s'emballe. Jusqu'à présent mes émotions étaient enfermées dans un coin très reculé de mon cœur et de mon esprit, et je pensais ne plus jamais pouvoir y accéder.

Résultat de l'introspection, je suis attirée par un homme et ça m'effraie.

***

Les garçons sont redescendus à la cuisine et sont accoudés au bar, parlant et sirotant leurs boissons. Je suis dehors avec tous les jeunes, m'amusant à leur soutenir qu'heureusement il n'y a pas de tempête prévue ce soir, sinon je ne donnerais pas cher de leurs installations branlantes !

Voir ma fille aux anges me fait réellement plaisir. Je les observe tous un par un, ils sont à l'âge insouciant, celui du rêve, celui des découvertes. Dieu qu'il est loin derrière moi cet âge-là.

Les jeunes s'amusent sous fond de rap, entre blagues et fous rires. J'ai hâte de donner ses cadeaux à ma fille, juste pour voir sa tête passer par toutes les émotions possibles. Ça promet, c'est sûr.

Je viens d'allumer le barbecue, les amuse-bouches sont presque cuits. Je ne compte pas m'éterniser avec eux, j'ai prévu que les garçons et moi resterions en retrait, sous la véranda de devant. Je suis en train de remettre une bûche dans le feu naissant quand Emma vient à ma rencontre. Elle me serre dans ses bras, habitude dont je ne me plaindrai jamais.

– Merci, maman, c'est génial, on s'éclate c'est top.

– De rien, mon ange, c'est normal, tu connais ma devise, c'est donnant-donnant ! Tu as bien mérité de fêter ton anniversaire comme il se doit. Mais avant de retourner vers tes amis, viens avec moi, j'ai quelqu'un à te présenter.

Je lui fais signe de me suivre à l'intérieur jusqu'à la cuisine.

– Emma, voici monsieur Beckett, mon patron. À ses pieds voici Booth. Benjamin je voulais vous présenter ma fille Emma, la vedette de la soirée.

– Maman ! La honte ! Bonsoir, monsieur. Salut Booth… Whouahhh, il est trop beau, j'adore !!

Elle caresse le chien puis tend la main très sérieusement à Benjamin en lui souriant, geste qu'il lui retourne.

– Bonsoir, Emma, appelle-moi Benjamin ou Ben s'il te plaît, sinon j'ai l'impression qu'une canne va devoir s'imposer.

J'attrape le paquet posé au préalable sur le bar et le tends à ma fille.

– Tiens, ma puce, Benjamin a apporté ça pour toi.

– Merci, mais il ne fallait pas ! Je peux ?

À peine la question posée, elle s'empresse de déballer son cadeau sans attendre. Elle en sort trois tee-shirts, un de Soprano, un de Maître Gims et un de Black M. Je sens la crise hystérique pointer le bout de son nez d'ici, cinq, quatre, trois, deux, un…

– Oh la vache, c'est génial ! Ahhhhh ! Je ne sais pas comment vous avez su, mais c'est géant ! Putain, j'adore ! Merciiiii !

Elle lui saute au cou sans aucun complexe, au bord des larmes. Ses chanteurs, c'est sacré, Benjamin a marqué des points. Beaucoup de points. Je colle ma main droite contre ma bouche, la gauche me soutenant au bar. Je suis émue, voir mes enfants heureux, c'est mon but principal dans la vie, et là, il est atteint. Je regarde Benjamin avec des yeux humides et lui souffle un merci qu'il lit sur mes lèvres. J'ai pour réponse un hochement de tête ainsi qu'un sourire timide mais sincère.

Il n'a rien calculé, je le vois. Il l'a fait car c'est un homme bon, un homme vraiment gentil. Emma se détache de lui pour essuyer délicatement ses larmes sans toucher son maquillage.

– Merci, vraiment merci. Faut que je montre ça aux potes, Lisa va être verte de jalousie !

Ma fille se rapproche de moi et me glisse tout bas dans l'oreille.

– En plus d'être beau, il est gentil, maman, et j'ai vu comment il te regarde. Ce mec est juste génial.

Sur un dernier baiser, elle se sauve dehors, me laissant analyser ses dernières paroles.

Ma fille me donne sa bénédiction ?

Mon monde tourne vraiment à l'envers…

17

« On a deux vies, et la deuxième commence quand on se rend compte qu'on en a qu'une. »
Confucius

Benjamin et moi sommes installés dans le petit salon qui orne ma véranda. Nous avons une vue imprenable sur le coucher de soleil qui s'enfonce au loin derrière les champs de maïs. La soirée est douce, on entend les rires de ma fille et de ses amis. Théo joue avec Booth dans la cour. Benjamin m'a aidée à nous faire cuire quelques grillades, que j'avais agrémentées de salades de saison, puis nous avons laissé les jeunes entre eux faire le reste. Cette soirée est juste parfaite, un peu mouvementée certes, mais parfaite.

Je me décide malgré tout à briser notre bulle.

– Parlez-moi un peu de vous, monsieur Beckett, avant que je ne retourne dans la fosse aux lions, donner ses cadeaux à Emma. Beckett est loin d'être un nom français, vous avez des origines anglo-saxonnes ?

Benjamin se tourne vers moi avec un sourire et commence à parler après un léger soupir.

– Mon arrière-grand-père était irlandais. Il a rencontré mon arrière-grand-mère lors de la Première Guerre mondiale. Il faisait partie de la 16e division irlandaise, qui a participé à la grande bataille de la Somme en septembre 1916… Mon arrière-grand-mère m'a raconté que lorsqu'elle l'a vu, elle a su que c'était lui. Elle avait 16 ans, elle habitait un petit village du nord de la France et les troupes de mon arrière-grand-père étaient là pour repousser les Allemands. Il était jeune lui aussi, 18 ans. Ils se sont rencontrés par hasard et sont tombés amoureux. Elle m'a toujours expliqué que le coup de foudre existe et grâce à elle, j'y crois, même si son histoire a connu une fin tragique.

L'intensité de son regard sur moi me cloue sur place. Je déglutis.

– Si ma mémoire est bonne, un millier d'Irlandais ont trouvé la mort lors de la bataille de la prise du village de Guillemont et du hameau de Ginchy.

Il hausse les sourcils en guise de surprise.

– C'est exact… Je suis épaté, madame Rivera, bravo, belle culture.

– Oh ! Ce n'est rien d'exceptionnel, j'ai tenu une bibliothèque quelques années quand j'étais plus jeune, et je passais mon temps la tête dans les bouquins, je lui réponds en haussant nonchalamment les épaules. J'en conclus malheureusement que vous n'avez pas connu votre arrière-grand-père.

Benjamin me regarde, une lueur intense au fond des yeux.

– C'est ça. Il n'est pas mort lors de cette bataille, il a juste été blessé et mon arrière-grand-mère l'a soigné dans sa grange. Elle m'a raconté que les conditions de vie et d'hygiène étaient vraiment horribles. Il aurait pu mourir d'une infection, mais il faut croire que ce n'était pas son heure. William Beckett avait une autre idée en tête. Ils se sont vite mariés, contre l'avis de beaucoup de personnes, mais Louise Beckett avait un sacré caractère, et personne ne pouvait la faire changer d'avis.

Il secoue la tête, perdu dans ses souvenirs, le regard fixant l'horizon.

Après plusieurs secondes, il poursuit.

– Mon arrière-grand-mère est vite tombée enceinte, mais malheureusement, mon arrière-grand-père, une fois rétabli, a dû retourner au front avec sa division. Elle a accouché d'un petit garçon fin 1917. Elle l'a appelé Andrew, en hommage aux origines de son père. Je ne sais pas comment le destin a pu les réunir à nouveau mais ils se sont revus, peu avant qu'il ne soit tué lors de l'offensive du printemps 1918.

Benjamin se tourne vers moi, me sourit et poursuit avec espièglerie en levant les mains innocemment en voyant ma mine déconfite.

– Hey, vous vouliez savoir, ne m'en voulez pas d'avoir terni l'ambiance.

Je lui offre un léger sourire plein de regrets.

– Votre arrière-grand-mère devait être une femme admirable. Élever un enfant seul durant la guerre… Déjà que c'est affreusement difficile sans guerre. Elle ne s'est jamais remariée ?

– Non, elle est restée fidèle à la mémoire de mon arrière-grand-père. Elle nous a raconté cette histoire des milliers de fois, et à chaque récit mon âme de romantique en prenait un coup. Elle ne regrettait rien et nous a assuré qu'elle aurait fait la même chose, si ça avait été à refaire. Elle est décédée, j'avais 17 ans. C'est elle qui m'a donné foi en l'amour. Elle m'a toujours affirmé que le grand amour existe, celui avec un grand A, celui qui vous déchire de l'intérieur, et j'y crois. J'y crois depuis que j'ai l'âge d'y croire. J'ai attendu le grand amour depuis ce jour. Ça fait dix-huit ans. Et je ne regrette vraiment pas d'avoir patienté.

Il plonge son regard dans le mien. Ses yeux m'emprisonnent, je suis perdue dans ce vert hypnotique. Sa main vient lentement caresser ma joue, il pousse tendrement sur le côté une mèche de mes cheveux et la passe délicatement derrière mon oreille.

Ce regard... J'en ai le souffle coupé.

Sans me quitter des yeux, il approche son visage du mien, doucement, comme pour me demander la permission de continuer. Nos souffles se mêlent, mon pouls s'accélère.

Il commence par déposer un baiser léger comme une plume sur le coin externe de ma bouche, puis en fait de même avec l'autre extrémité. Sa deuxième main vient rejoindre la première pour prendre mon visage en coupe, ses pouces caressant mes joues et l'extrémité de ses doigts tenant la base de mon cou.

Il passe sa langue sur ma lèvre inférieure, s'approche un peu plus, me mordille légèrement et me lèche à nouveau comme pour apaiser une douleur qui n'en est pas une.

Il recule de quelques centimètres pour chercher l'approbation dans mon regard. Ses pupilles sont dilatées, il est dans la retenue.

Je déglutis, j'ai la gorge sèche. Il doit lire sur mon visage le même désir qui le consume, car la seconde d'après, ses lèvres fondent sur les miennes. Sa façon de m'embrasser avec tendresse me donne le vertige, mais rapidement, ce n'est plus un baiser tendre, ce n'est pas un baiser dur non plus, c'est une étreinte qui laisse éclater tout le désir que nous éprouvons l'un pour l'autre.

C'est le premier baiser le plus renversant qu'il m'ait été donné de vivre. Sa langue se mêle à la mienne dans un ballet qui se veut de plus en plus érotique. Il me dévore, me malmène, et je ne suis pas en reste. J'en fais tout autant. Ma langue le cherche, le goûte, le savoure. Mes mains agrippent ses cheveux courts, les siennes se fraient un chemin le long de mon dos et de mon flanc, pour s'arrêter sur ma taille.

D'un coup il s'arrête, ses mains sont crispées tellement fort sur le haut de mon pantacourt que c'en est à la limite de la douleur. Nous sommes toujours tous les deux assis côte à côte sur la banquette, mais tournés l'un en face de l'autre. Ma jambe droite est repliée sur le siège, ce qui a fait qu'il a pu se rapprocher encore plus. Nos respirations sont fortes et saccadées, nos fronts se soudent. Je le sens lutter pour ne pas perdre le contrôle, pour ne pas déraper.

Je ne sais pas si je suis prête…

Son visage vient se nicher dans mon cou, là où ma veine palpite le plus fort. Ses mains reprennent leur voyage langoureux le long de mes côtes, puis de mes épaules à ma chute de reins. Je frissonne.

Booth, qui aboie, me ramène brusquement à la réalité. Je me réveille de cet état catatonique et c'est la panique qui prend le dessus. Mon pouls s'affole encore plus, ce qu'il remarque aussitôt étant donné que ses lèvres et sa langue jouent avec cette partie tendre de mon anatomie. Mes mains le lâchent comme si je m'étais brûlée et tout mon corps se tend.

La parenthèse est terminée…

Mon esprit s'emballe, je regarde autour de moi.

Je cherche Théo.

Nous a-t-il vus ?

Et faire ça ici, au risque d'être surprise par mes enfants, ou jugée par mes voisins ?

Je pense à des choses auxquelles je ne devrais pas penser en ce moment, j'ai l'air perdu je le sais, son regard interrogatif cherche le mien.

Je ne veux pas le regarder… Je ne peux pas le regarder.

Je me sens à la fois perdue, triste, heureuse, libre, soulagée, frustrée.

Je dois m'éloigner de lui, je n'ai pas les idées claires quand il est près de moi. J'étouffe, j'ai chaud.

Bordel, qu'est-ce que j'ai fait ? Chez moi avec mes enfants à côté en plus ?

– Sam ? Sam, je t'en prie, calme-toi. Je suis désolé, pardonne-moi, je n'aurais pas dû, mais je t'en prie, regarde-moi.

Ses yeux trouvent les miens. Dans les siens, je n'y vois que tendresse et interrogation, mais les miens sont pleins de larmes retenues.

Des larmes de doute…

Suis-je prête à définitivement tourner la page avec cet homme qui me retourne l'esprit et les entrailles comme jamais ?

Des larmes de gêne…

Il ne doit rien comprendre à mon comportement, car même moi je ne me comprends pas.

Des larmes de colère…

Colère de ne pas réussir à avancer, de ne pas réussir à oublier.

Colère contre moi-même d'oser me demander s'il se comporterait comme Marc avec moi.

Des larmes de tristesse et de frustration…

J'ai envie de lui.

Il est le premier homme à m'atteindre depuis Marc. Il me réveille, il me relève, il me redonne espoir, mais ça me fait peur et je suis incapable de savoir pourquoi.

Lentement je m'éloigne de lui et me lève. Il soupire et se met debout à son tour. Ses mains passent et repassent dans ses cheveux décoiffés, là où les miennes se sont attardées quelques minutes auparavant.

Je me tourne vers la baie vitrée ouverte. Théo est toujours avec Booth, il lui lance une balle, encore, et encore, et encore. Je croise mes bras sous ma poitrine, souris à ce spectacle, mais ne dis rien. Je sens la présence de Benjamin dans mon dos, comme un feu qui s'avance vers moi. Sa voix est douce, mais avec une légère pointe d'appréhension.

– Parle-moi, Sam. Dis-moi ce qui te tracasse.

Il pose ses mains avec hésitation sur mes épaules et les caresse avec douceur. Il soupire longuement avant de reprendre.

– Je suis désolé. Je ne m'excuse pas de t'avoir embrassée, ça non, car j'en crevais d'envie depuis la première fois que je t'ai vue. Mais je suis désolé si je t'ai, d'une façon ou d'une autre, forcé la main ou déçue ou…

Je ne me retourne pas, mais je le coupe en posant ma main gauche sur la sienne, qui se trouve sur mon épaule droite.

– Non, ne t'excuse surtout pas, d'accord ? Si quelqu'un doit s'excuser ici, c'est moi. Tu ne m'as forcée en rien, j'ai participé à ce baiser tout autant, alors ne rejette pas la faute sur toi d'accord ?

Je reprends ma respiration, expire longuement, les yeux posés sur mon fils et reprends.

– C'est compliqué. Je suis compliquée. En plus, comme tu le sais, c'est une sale période pour moi. Ça va passer, je sais que ça va passer. Je vais te dire la phrase bateau, mais j'ai besoin d'un peu de temps, OK ?

Je l'entends soupirer derrière moi. Il reste tendu, je le sens à ses mains qui me massent légèrement, mais ses doigts sont crispés. Je voudrais tant le rassurer et lui dire que je ne le rejette pas, mais les mots ne franchissent pas mes lèvres. C'est lui qui brise notre silence.

– D'accord.

Je laisse passer plusieurs minutes, mes yeux errant entre Booth, Théo, la balle et l'horizon.

– Je t'expliquerai tout, je te le promets. Pas maintenant, pas avec les enfants à côté. Mais je t'expliquerai tout. Ne m'en veux pas, s'il te plaît, je te demande juste cette faveur.

Benjamin me fait me retourner pour que nous puissions nous regarder droit dans les yeux.

– Sam, je ne t'en veux pas, d'accord ? C'est à moi que j'en veux, car j'ai été trop vite. Mais j'ai pensé que c'était le bon moment, et finalement ça ne l'était pas. Je veux quand même que tu saches que je ne joue pas avec toi. Quand je t'ai parlé de mes arrière-grands-parents tout à l'heure, je t'ai ouvert mon cœur et mon âme. Ne prends pas ça à la légère. Peu de personnes, autres que ma famille, sont au courant.

Personnellement je n'ai jamais ressenti le besoin d'en parler. Avec toi, ça s'est fait tout naturellement. Je me sens proche de toi, Sam, ne me demande pas pourquoi, mais c'est comme ça. Tu me plais. Depuis le premier jour où je t'ai vue, devant les grilles avec ton, fils, ton air hésitant, tes cheveux lâchés qui partaient dans tous les sens à cause du vent. Ce moment-là, j'ai été sonné. Pourquoi ? J'en sais foutrement rien ! C'est comme ça. Ça fait quatre mois, Sam, quatre mois que tu es dans ma tête, quatre foutus mois que je ne pense qu'à toi. Ça fait un mois que je te regarde travailler en me demandant ce qui se cache derrière ce regard qui devient parfois si triste. Un mois que j'essaie de lutter contre mon attirance, sans résultat. C'est toi, je sais que c'est toi, ne me demande pas pourquoi. C'est dingue, je sais, c'est soudain, je sais, mais j'ai passé l'âge de m'amuser depuis bien longtemps.

Il reprend sa respiration, attrape mes mains dans les siennes et continue l'air grave.

– Je te regarde et tu sais ce que je vois, Sam ? Je vois une femme merveilleuse qui arrive à concilier travail et éducation de ses enfants. Théo est un garçon génial, épanoui. Emma, pour le peu que j'en ai vu, est pareille, elle respire le bonheur et tout ça, c'est grâce à toi Sam. C'est toi qui fais ces miracles avec tes enfants et personne d'autre.

Il prend un air plus mutin avec un sourire en coin.

– Et je lis dans tes yeux le même désir que le mien. Les yeux ne mentent pas, Sam.

Je suis abasourdie, au bord des larmes, c'est le plus long monologue auquel j'ai eu droit dans ma vie. Et le plus beau aussi. J'en reste bouche bée. N'importe quelle femme rêverait d'entendre ces mots. Je pourrais lui répondre que moi aussi je ne pense qu'à lui, que lui aussi m'obsède depuis des semaines, mais je dois lui expliquer avant. Je dois lui dire pourquoi je bloque, je dois lui dire ce qui m'empêche d'avancer. Je dois m'ouvrir. Mais pas ce soir.

Je lève la main et lui caresse la joue d'un geste tendre.

– Tu ne peux pas savoir à quel point tes paroles me touchent, Ben… J'en ai rêvé de ces mots-là, je les ai attendus très longtemps.

Un petit rire nerveux s'échappe de ma gorge serrée.

– Et c'est toi qui les dis. Je peux te jurer sur ce qui m'est de plus cher que je ne te fais pas marcher. J'ai juste besoin de mettre un peu d'ordre dans ma tête pour y voir clair. Tu peux m'accorder ça ?

– Tu fais quoi, ce week-end ?

Ce coup-ci c'est un rire franc qui sort de ma gorge.

– Pardon ?

– Tu fais quoi ce week-end ?

Son air espiègle et sérieux me fait à la fois froncer les sourcils et faire la moue.

– Je te demande du temps et tu veux qu'on se voie ce week-end ?

– Je t'accorderai tout le temps qu'il faudra, Sam, mais je refuse que tu t'éloignes pour telle ou telle raison. On peut passer du temps ensemble, voir comment ça avance. On peut juste rester amis pour le moment, si c'est ce que tu veux, mais il est hors de question que je te laisse t'échapper pour que tu t'enfermes à nouveau dans ta bulle. Alors je répète ma question. Tu fais quoi ce week-end ?

Je lâche un soupir, il semble déjà me connaître mieux que je ne le croyais. Effectivement, si je m'éloigne, je vais cogiter, réfléchir, freiner des quatre fers et reculer.

Tu as 39 ans, Sam, tu prends ton courage à deux mains et tu te lances, c'est pas si compliqué !

– Ce week-end, je n'ai rien de prévu. Emma fête son anniversaire avec Lisa et dormira chez elle. Ses amis lui ont prévu une surprise si j'ai bien tout compris. Et comme je te l'ai dit lundi, Théo passe les deux jours chez mes parents à Saint-Agnan, c'est pour ça qu'il ne viendra pas au Refuge samedi.

Je me frotte les tempes, je suis stressée, je déteste ça.

– Samedi sera… Samedi, ça fera quatre ans… Ça fera quatre ans le 5 août que Marc a eu son accident. Et comme tu peux le constater, je n'en suis pas encore tout à fait guérie, terminé-je avec un rire sarcastique.

Ben me prend la main dans un geste qui se veut réconfortant.

– C'est normal Sam, ça fait partie de ta vie, mais c'est ton passé et tu ne dois pas rester seule à ruminer, ce n'est pas sain. Alors ne réfléchis pas et viens avec moi. Apporte un sac avec des affaires de rechange quand tu viendras travailler samedi, et pars avec moi. J'ai une petite maison sur le littoral, pas loin de Colleville-sur-Mer. Ça ne paye pas de mine, mais c'est mon refuge. Tu ne seras pas forcée de me parler, tu pourras passer ton temps sur la plage, à chercher des coquillages ou à te promener si tu le souhaites. Tu pourras penser à autre chose, Sam.

Je lis l'attente et l'espoir dans ses yeux.

Que m'a dit maman, déjà ?

« Avance Sam, tourne cette page qui t'emprisonne et t'empoisonne la vie depuis trop longtemps. »

Alors je ne réfléchis pas quand je lui lance :

– D'accord. Maintenant, viens avec moi, j'ai un cadeau à offrir à ma fille et j'ai besoin d'un soutien auditif.

Il me regarde l'air surpris, avec un sourire qui en dit long.

– Oui, j'ai dit oui ! Et oui, si tu croyais avoir entendu de beaux décibels tout à l'heure, prépare-toi à te boucher les oreilles !

Je me tourne vers l'extérieur et parle d'une voix plus forte.

– Théo, tu restes devant ou tu viens avec nous ? Je vais voir s'ils sont prêts pour le gâteau et je vais donner son cadeau à ta sœur !

– OK j'arrive.

Il appelle Booth, qui semble ravi de le suivre, et arrive vers nous, un air mesquin gravé sur le visage.

– Prépare-toi, Ben, ma sœur est complètement folle, ça va donner !

Dans le jardin, les jeunes s'amusent, dansent, rigolent. Je m'en veux de casser l'ambiance, mais je compte quand même finir par aller me coucher et si je laisse aller, c'est mal parti pour le dessert. Je me mets à siffler, ce qui surprend tout le monde y compris Ben. Théo, lui, est mort de rire, il me connaît. Quelqu'un baisse la musique.

– Un peu de silence s'il vous plaît ! Quelqu'un veut-il du gâteau maintenant ou on ouvre d'abord les cadeaux ?

Je tends une enveloppe à ma fille, nous sourions toutes les deux, sauf qu'elle va avoir une sacrée surprise. Je me retourne vers Ben, qui, les mains dans les poches, est plus beau que jamais.

– Maman, tu sais que je sais, hein ?

Je reporte mon attention sur ma fille, et je commence à rire nerveusement.

– Bon, tu l'ouvres ou pas ?

Tous les amis d'Emma se regroupent autour d'elle, elle décachette l'enveloppe et là…

– AHHHHHHHHHHHHH ! Bordel, c'est pas vrai ! Maman, t'es géniale, tu déchires, t'es la meilleure ! MA MÈRE, C'EST LA MEILLEURE !

Emma se met à sauter partout, en criant, pleurant, si bien qu'elle n'entend pas ses amis qui lui demandent ce que c'est. Elle est incapable de parler alors c'est moi qui prends la parole, mes larmes menaçant de couler à tout moment.

– J'offre à ma super fille adorée deux places pour le concert de Soprano, le 21 septembre prochain au Mans. Et deux autres places pour aller voir son Black M chéri le 3 novembre, au Mans également. Je précise que j'ai déjà mes places pour m'incruster aux deux concerts, non pas parce que je veux jouer les chaperons, mais parce que j'adore Soprababa et Big Black M !!!

Une voix chaude et rauque vient me souffler à l'oreille.

– Tu vois, je te l'avais dit que t'étais une maman géniale, regarde ta fille.

– Toi aussi, avec tes tee-shirts, tu as bien ciblé.

Je me tourne vers lui.

– D'ailleurs comment… ?

Ben tend la tête vers un Théo qui hausse les épaules, l'air de rien et file prendre du gâteau.

– Bravo, bien joué, monsieur le véto, lui dis-je avec un énorme sourire. Allez, venez tous manger du gâteau !

18

« Vous devez être le changement
que vous voulez voir dans ce monde. »
Gandhi

Cela fait déjà près d'une heure qu'on roule, avec Ben.

J'ai laissé ma voiture au Refuge, je la récupérerai demain soir. Je regarde le paysage qui défile. Contrairement à ce que je croyais, aujourd'hui, le sourire ne m'a pas quittée. Ben tient parole, il ne me presse pas, et je dois dire que j'apprécie. Les seuls gestes tendres qu'il s'est permis d'avoir envers moi depuis jeudi soir, ont été de me toucher le bras en m'embrassant tendrement sur la joue, et je lui en suis très reconnaissante, même si le souvenir du baiser brûlant tourne en boucle dans ma tête et que je rêve de recommencer.

Faut savoir ce que tu veux, Sam !

Il nous reste environ trente minutes de route, le temps est idéal, je suis détendue. Il faut dire aussi que le coup de fil que j'ai passé hier soir à ma mère m'a bien aidée.

Je ferme les yeux un instant et me remémore notre conversation de la veille.

– Oui ?

– Allô, maman ? Salut, je ne te dérange pas ?

– Bonsoir, ma fille, bien sûr que non, tu ne me déranges pas. Ton père est parti arroser le jardin, moi je regarde la télé. Et toi, ça va ? Ta voix est bizarre !

– Ça va maman, ne t'inquiète pas, je voulais juste te parler, comme ça.

– Samantha, je suis ta mère, je te connais, alors arrête tes simagrées. J'entends bien que quelque chose te tracasse alors dépêche-toi de parler !

– Maman, c'est rien de grave je t'assure. J'avais un peu de temps devant moi, alors je me suis dit que j'allais t'appeler.

– Humm, hummm. Si tu le dis…

– Bon, d'accord, j'ai besoin de te parler d'un truc.

– D'un truc ?

– Je ne sais pas trop par où commencer en fait.

– Par le début, ce serait déjà bien.

– Maman…

– Oui, ma fille !

– Bon, OK. J'ai rencontré quelqu'un. Ou plutôt j'ai… Euuh…

– Tu as rencontré quelqu'un ou plutôt quoi ? Explique-toi un peu, car là je dois avouer que je t'ai déjà connue plus loquace.

– Je t'ai déjà parlé de Benjamin Beckett ? Tu sais, mon patron au Refuge ?

– Oh je vois très bien qui est ce M. Beckett, ma fille, Théo et toi en parlez sans arrêt !

– Ah !

– Je t'écoute, continue. Donc tu me parles de ce

Benjamin, mais tu as rencontré quelqu'un d'autre, c'est ça ?

– Non ! Non, pas du tout ! Je me suis mal exprimée, c'est que… En fait tu vois, hier soir Emma faisait sa fête avec ses amis, comme tu le sais. J'avais proposé à Benjamin de venir, ne me demande pas pourquoi j'ai fait ça, mais je l'ai fait. En même temps, il faut me comprendre ! Il voulait m'inviter à sortir. J'avais peur de me retrouver seule avec lui et du coup, j'ai cru prendre l'avantage en l'invitant à la maison, vu qu'il y aurait du monde, tu vois ?

– Hummm hummm…

– Maman !

– Que veux-tu que je te dise, ma fille ? Que tu plais à ce garçon ? C'est évident vu ce que tu m'en as raconté. Que ce jeune homme te plaît ? J'en suis convaincue, sinon tu ne te rendrais pas malade à essayer de réfléchir sur le pourquoi du comment !

– Hier soir, on s'est comme qui dirait… rapprochés. Rien de sexuel, je te rassure ! Oh bordel, qu'est-ce que je raconte… Excuse-moi !

– Ma fille, j'ai 60 ans, ne crois pas que tu vas me choquer, j'en ai vu d'autres ! Écoute, je te l'ai dit et te le répète, il est grand temps de tourner la page, Sam, et de fermer définitivement le livre. Marc n'est plus là, et Seigneur, pardonnez-moi, mais c'est ce qui pouvait t'arriver de mieux !

–…

– Samantha ?

– Maman…

– Ne pleure pas, Samantha, ne pleure plus pour lui, tu as déjà assez donné, tu ne crois pas ?

–…

– Sam, tu dois vivre, tu es encore jeune, tu as tout pour plaire, ne te laisse pas aller s'il te plaît…

–…

– Ma chérie… Marc t'aimait, je n'en doute pas. Mais ce n'était pas un amour normal, tu comprends ? Il était possessif, jaloux à l'extrême, et ce dès votre rencontre. Ton père et moi avons su tout de suite que tu commettais une terrible erreur. Je ne t'ai rien dit à l'époque car il s'agissait de ta vie et je n'avais pas à m'en mêler.

– J'aimais Marc… Vous n'avez jamais vraiment compris.

– Oh que si, détrompe-toi ! Tu l'aimais, ça oui, on l'a bien compris, sinon tu ne l'aurais jamais laissé t'éloigner de tous ceux qui t'entouraient. Il t'a tout simplement isolée.

–…

– Tu as perdu tes amis, Sam. Nous, nous n'étions pas loin, à attendre de tes nouvelles. On n'a jamais perdu espoir et tu le sais. Mais maintenant que Marc n'est plus là, tu te retrouves seule avec tes enfants, sans amis ! Sam ! Tu avais un mari qui voulait tout contrôler jusqu'à la couleur de tes paires de chaussettes !

– Tu exagères, maman. Mais je comprends ce que tu veux dire. Tu sais, il n'était pas comme ça au début…

– Oh que si ! Seulement tu étais trop amoureuse pour le voir.

– Sûrement… De toute façon, maintenant, c'est terminé, il m'a laissée…

– Sam, l'auto-apitoiement, on arrête, c'est bon ! Écoute-moi bien ma fille, je vais te le dire une toute dernière fois. Je vais être brusque, mais Marc était un égoïste qui te menait par le bout du nez ! Il te parlait comme à une moins que rien, te rabaissait ! Tu crois qu'on n'a jamais vu les regards qu'il te lançait à table, au tout début de votre relation ? Quand tu osais donner ton opinion ou lui répondre quand tu n'étais pas d'accord avec lui ? Il te faisait comprendre que ton jugement ne valait rien ! Que tes loisirs ne valaient rien ! C'était lui, lui, lui ! Tu as arrêté de vivre pour lui !

– Je n'étais pas si malheureuse que ça, maman… Quand il allait trop loin, il s'excusait.

– Pas si malheureuse ? Mais tu t'entends Sam ??!!! Il t'a fait douter de toi, de tes capacités à travailler, de tes capacités à éduquer tes propres enfants ! Il a abusé mentalement de toi.

– JE SAIS TOUT ÇA, D'ACCORD ? ! Je sais comment il était, car c'est moi qui ai vécu avec ! Je sais surtout que, comme d'habitude, il a préféré s'adonner à son sport de merde plutôt que de passer du temps avec nous, SA FAMILLE !!! Et que ça l'a tué !!

– …

– …

– Ne pleure pas, ma chérie, s'il te plaît. C'est fini. Je suis désolée, je voulais juste te faire réagir. Tu dois arrêter de te torturer pour Marc. Il est mort depuis presque trois ans, mais ça fera quatre ans demain que tu te débrouilles et te démènes comme une chef pour tes enfants ! Alors n'arrête pas ! Ne baisse pas les bras ! Et si un homme entre dans l'équation, eh bien, laisse-le entrer. Il est grand temps, tu ne crois pas ?

– Ça me fait peur…

– Nous y voilà. Le contraire serait anormal, ma fille. N'importe quelle relation fait peur. N'importe quelle nouvelle situation fait peur. C'est normal, c'est l'inconnu. Mais dans ton cas, le problème, c'est que Marc t'a fait un tel lavage de cerveau que même des années après, tu doutes encore trop.

– Et s'il était comme lui ?

– Et s'il était différent ?

–…

– Qu'est-ce qui te fait le plus peur, chérie ? Qu'il soit comme Marc ou bien qu'il soit tout le contraire ?

– Je ne m'étais pas posé la question dans ce sens.

– Et tu en penses quoi, toi ?

– Qu'il est différent.

– Et c'est ça qui t'effraie le plus, Samantha. Tu fonces droit vers l'inconnu et tu as peur. Mais comme je viens de te le dire, c'est normal, donc laisse venir. Vis ce que tu dois vivre, profite, tu le mérites. Et si ça doit déboucher sur une magnifique histoire, ça débouchera sur une magnifique histoire. Mais n'en écris pas les pages avant d'avoir ouvert le livre, s'il te plaît, ma fille. Donne-lui une chance, une vraie. Tu sais, Théo m'en a dit beaucoup de bien de cet homme. Et à voir comment tu réagis, je ne doute pas qu'il soit celui qu'il te faut pour te relever.

– Toujours de bons conseils, hein ?

– Je ne sais pas si mes conseils sont bons, mais après quarante années passées avec ton père, je pense savoir un peu de quoi je parle.

– On va dire ça !

– Je t'ai redonné le sourire c'est tout ce qui compte. Dis-moi, ce Benjamin, il est beau garçon, au moins ?

– Maman !

– Quoi ? Je me renseigne !

– Maman !

– Allez, je te laisse, ma fille. Du moment qu'il te respecte et qu'il te rend heureuse, tu as ma bénédiction. Notre bénédiction à ton père et à moi.

– Oh ! attend, j'ai oublié de te dire. Il m'emmène sur la côte ce week-end. En toute amitié, il a précisé, même s'il m'a avoué attendre plus. Il m'a dit qu'il me laissera tout le temps nécessaire. Mais il veut juste me changer les idées.

– C'est bien ce que je disais. Cet homme est spécial, Samantha, il prend déjà soin de toi. Écoute… Profite, amuse-toi bien et ne t'inquiète de rien. On viendra chercher Théo demain matin vers dix heures, il pourra dormir un peu plus comme ça. Tu le préviens ?

– Pas de soucis, et encore merci maman.

– C'est normal, ma chérie. Profite du présent et ne réfléchis pas trop d'accord ?

– D'accord maman, bonne soirée. Embrasse papa pour moi. Je te laisse.

– Bisous, ma fille, à dimanche. Et fais des photos !

C'est donc confiante et tout sourire que j'entame cette virée avec Ben. J'ai hâte d'arriver, car j'ai trop chaud. Ce pantalon multipoches me rend dingue tellement je transpire. Je suis limite comme un chien en penchant la tête par la fenêtre. Il ne me manque que la langue qui pend ! Ça fait bien rire Ben, mais je sais qu'il ne se moque pas vraiment de moi, alors je le laisse faire. Bon OK, j'avoue ! J'ai bien dû lui tirer deux ou trois fois la langue très puérilement, mais on se taquine, comme des gosses et c'est agréable.

Il est presque vingt heures quand on arrive devant une belle maison blanche aux volets bleus, située entre une petite route de campagne et un sentier menant directement à la plage.

Ben ouvre la porte, et me propose d'entrer avec une courbette théâtrale.

– Voilà mon antre, chère madame ! Je vous en prie, faites comme chez vous !

Je rentre, Booth sur les talons. Ce n'est pas très grand, mais au premier coup d'œil, on ressent que c'est un endroit très chaleureux. Devant nous se trouve un salon tout en pierres apparentes et colombages, avec une cheminée d'époque sur le côté. À ma droite, il y a une cuisine, qui a été légèrement modernisée, car tout le matériel dernier cri est là mais le style ancien général a été préservé, grâce à une séparation faite avec un bar en pierres apparentes également.

– C'est juste magnifique, Ben, j'adore. C'est toi qui as fait les travaux ?

– Oui, je l'ai acheté il y a dix ans pour trois fois rien, il n'y avait que les murs, le sol et la cheminée. Le reste, je l'ai fait petit à petit, je passe quasiment tous mes dimanches ici, depuis des années.

– Beau travail…

– Je te ferai voir la suite plus tard, viens avec moi dehors que je te montre où tu peux te sauver.

Il me fait un clin d'œil, me prend la main, et m'entraîne avec lui à l'extérieur.

Voilà, ça recommence, ma main me picote, mon ventre se tord…

– On est situé pile-poil entre Colleville et Omaha Beach. Tu peux y accéder par le chemin de randonnée qui est juste en face, là. Tout autour de nous sinon, tu n'as que forêts, champs et… forêts ! Si tu veux, on ira faire un tour sur la plage. Mais avant, je vais décharger la voiture, vider la glacière et remplir le frigo, puis nous préparer quelque chose à manger. Tu as faim, j'espère !

Je m'arrache à la contemplation du paysage et me tourne vers lui avec un large sourire.

– Non seulement j'ai faim, mais j'ai aussi très chaud, comme tu as pu t'en rendre compte dans la voiture.

– Ah oui, c'était quoi déjà le film que tu as essayé de me rejouer ? *Didier* ?

Il éclate de rire et moi aussi.

– Moque-toi donc ! Vas-y, fais-toi plaisir ! Moi j'ai besoin d'une douche si ça ne te dérange pas sinon tu vas calancher à cause de l'odeur ! Tu me diras, j'aurai la paix. C'est une solution comme une autre, après tout.

Je file vers la voiture après lui avoir fait un clin d'œil, on se cherche, on flirte, c'est agréable. Je récupère mon sac, et l'aide à vider le reste du coffre. Nous rentrons déposer les affaires. Il passe par la cuisine, puis me fait signe de le suivre à l'étage jusqu'à une petite chambre dotée de sa propre salle de bains. Elle est vivante, des papiers sont sur le bureau, un livre est posé sur une des tables de chevet.

– C'est ta chambre ? Mais où vas-tu dormir ?

– Il y a une chambre d'amis juste à côté, ne t'inquiète pas pour moi.

– La chambre d'amis me conviendrait très bien, tu sais.

– J'ai encore deux, trois choses à faire dedans, c'est encore en chantier, donc tu restes ici et tu profites, OK ? Bon, je te laisse… faire ce que tu as à faire, et moi je file nous préparer un truc à manger avant qu'on ne meure d'inanition.

Il se frotte la nuque et redescend les escaliers précipitamment. Je prends le temps de détailler la pièce, les tons sont beiges, des murs jusqu'au dessus-de-lit, mais les teintes sont différentes. Le lit, le bureau ainsi que les tables de chevet sont en merisier. L'ensemble de la décoration est très joli, sobre mais apaisant.

Je pose mon sac à main sur la chaise et mon sac de rechange sur le sol. Je sors les affaires dont j'ai besoin, ma trousse de toilette, des sous-vêtements, un short de sport en coton, un débardeur et ma paire de sandales. La salle de bains attenante est étonnamment spacieuse et très bien agencée. La douche est à l'italienne, et c'est avec délice que je me glisse à l'intérieur.

Quinze minutes plus tard, me voilà prête à redescendre. Je me regarde dans le miroir embué de la salle de bains. Je l'essuie, attache mes cheveux mouillés en une queue-de-cheval-chignon, mais je ne me remaquille pas.

Je hausse les épaules à mon reflet. Après tout, je ne me maquille jamais à outrance, alors plus tôt il me verra au naturel, mieux ce sera. Je jette un œil sur le reste de ma silhouette. Habillée, on voit déjà que le temps a fait son œuvre, alors nue...

Misère...

Avant de descendre, je me dirige vers la fenêtre pour profiter du paysage.

C'est magnifique.

Mon regard revient sur le livre, posé sur la table de chevet, que j'avais aperçu en entrant.

Guillaume Musso, Central Park...

Monsieur aime les thrillers romantiques.

Cet homme ne cesse de m'étonner.

J'abandonne ma trouvaille et descends lentement les

escaliers, prenant le temps d'admirer la décoration, les cadres accrochés au mur. Il y a énormément de photographies de paysage. C'est lui qui les a prises ? Si oui, c'est du beau travail car elles sont sublimes. La lumière y est captée et mise en valeur magnifiquement.

Quand j'arrive en bas des escaliers, je le découvre derrière les fourneaux. Ses cheveux sont mouillés, il ne porte qu'un short et un tee-shirt très ajusté qui me laisse découvrir un peu plus de son anatomie. J'avance doucement vers l'îlot, ce qui attire aussitôt son attention. Il me détaille ouvertement, c'en est gênant, mais j'en fais de même, alors je pense qu'on est quittes.

– Salut. Ça sent bon, qu'est-ce que nous prépare le cuisinier en chef ce soir ?

– Rien de bien exceptionnel, je le crains. J'avais pensé nous préparer des tacos à emporter pour qu'on aille profiter du coucher de soleil au son des vagues. Ça te convient ?

– C'est parfait. En plus, si mes souvenirs sont bons, j'ai dû en manger deux fois dans ma vie, donc je vais redécouvrir les joies de la cuisine mexicaine à tes côtés !

Il se met la main sur le cœur, faisant semblant d'être outré.

– Horreur ! Je dois à tout prix rectifier ça ! J'en fais ma mission prioritaire du soir. Ce sera prêt dans cinq minutes, tu veux boire quelque chose en attendant ?

– Je vais prendre un verre d'eau glacée, merci. Mais tu ne préfères pas que je t'aide ?

– Tu es mon invitée, me dit-il avec ce sourire qui me fait toujours fondre.

Mais je sens à l'amusement que je vois dans ses yeux qu'il ne va pas résister à l'envie de me taquiner, c'est devenu habituel ces derniers temps, et ce qu'il me dit ne me détrompe pas.

– En plus, excuse-moi mais c'est moi le chef, et avoir une novice en cuisine mexicaine derrière les fourneaux pour une première fois serait trop risqué pour mes papilles. Et rester bloqué le reste du week-end sur les toilettes ne fait pas non plus partie du programme.

Eh bien voilà, j'avais raison ! En plus, il a le culot de se mettre à rire en voyant que je me dirige droit vers lui avec un torchon pour tenter de le fouetter.

J'éclate de rire également en le voyant faire semblant de se protéger.

– Homme de peu de foi ! Honte à toi. En plus, j'apprends vite, tu ne sais vraiment pas ce que tu perds, je lui réponds en haussant les épaules et en attrapant le verre qu'il me tend.

Je l'entends marmonner quand je sors de la cuisine aussi dignement que possible.

Ça veut dire en roulant des hanches, le dos droit, pour celles qui ne le sauraient pas…

19

« Tout est changement, non pour ne plus être mais pour devenir ce qui n'est pas encore. »
Épictète

Le panorama est tout simplement à couper le souffle.

Ben nous a trouvé un endroit assez reculé, sur les hauteurs. Il n'y a personne autour de nous. Juste le bruit du vent dans l'herbe et les vagues qui s'écrasent sur le rivage. Je ferme les yeux et laisse mon visage apprécier cette douce fraîcheur apaisante. Voilà. C'est juste de ça dont j'avais besoin. Aucune pensée négative, ni aucune responsabilité durant quelques instants. Juste la nature, le calme…

J'ai appelé les enfants pendant qu'il finissait de préparer le pique-nique, eux aussi vont bien, donc tout est parfait.

Je me retourne, Ben a déjà tout installé, couverture, nourriture, boissons. Il a même pensé aux plaids, au cas où l'air marin deviendrait trop frais.

Je m'approche de lui, souris, hoche la tête dans un

remerciement silencieux, et m'installe à ses côtés. Il me tend un verre de vin, nous trinquons et regardons ensemble le paysage aux couleurs magiques.

– Il était temps qu'on arrive, on aurait manqué le meilleur.

– J'ai déjà le meilleur sous les yeux.

Il ne parle pas du coucher de soleil. Ses yeux sont rivés sur moi. Je frissonne malgré le sweat-shirt que j'ai enfilé.

La fraîcheur ? Ou alors la sensation que ses paroles provoquent en moi ?

– Tu as froid ? Tiens, prends ma veste.

Il ne me laisse pas le temps de protester qu'il la retire et la dépose sur mes épaules. J'en apprécie la chaleur, je la respire instinctivement. Son odeur me fait craquer. Tout en lui me fait craquer. C'est de pire en pire. Comme s'il avait été possible de craquer plus pour cet homme.

– Et toi, tu ne vas pas avoir froid ? Et les plaids ?

– J'ai un sweat dans mon sac et les plaids sont là pour nos jambes. Laisse-moi être un gentleman et m'occuper de toi, Sam. J'ai comme l'impression que ça n'a pas été souvent le cas, je me trompe ?

Sa question me prend au dépourvu, je ne sais pas quoi répondre. Je lui dis tout maintenant ? Est-ce le bon moment ? Est-ce ce qu'il attend ? Est-ce ce que moi je veux ? Oui… Je pense que le moment est venu.

De toute façon il faudra bien que je me jette à l'eau un jour ou l'autre alors autant le faire le plus tôt possible. Mes yeux fixent l'horizon quand ma voix se fait entendre.

– Je ne suis pas venue en bord de mer depuis un petit bout de temps. Depuis la mort de Marc, en fait. Enfin, pour être plus précise, nous sommes venus, mes enfants et moi, disperser ses cendres sur les hauteurs qui surplombent la mer, près de Luc-sur-Mer. Pas très loin d'ici. Je pense que ça lui aurait plu. Du moins, je crois, dis-je en haussant les épaules. Il était si jeune et on ne parlait pas de ça. Je savais juste qu'il souhaitait être incinéré, et pour le reste, j'ai fait à l'instinct. Il m'avait demandé de l'épouser à Luc, alors j'ai pensé que c'était l'endroit le plus approprié.

Je bois mon verre pour me donner du courage, le pose, me lève et m'éloigne légèrement de Benjamin, avançant vers le rivage, Booth collé à moi. Je croise les bras sur ma poitrine et expire longuement.

Il est temps de raconter mon histoire…

– Quand j'ai rencontré Marc, je sortais à peine du lycée. J'avais eu mon bac l'année précédente et j'étais heureuse de ma nouvelle indépendance. L'école n'avait jamais été mon truc, j'avais eu mon diplôme avec deux ans de retard. Je travaillais dans une petite bibliothèque municipale, je faisais ce que j'aimais et ça me convenait. Mon monde a été bouleversé à cause d'une voiture.

Je me mets à rire nerveusement et secoue la tête.

– Marc travaillait là où j'ai acheté ma première voiture, et à partir de là, tout a été très vite en fait. L'été suivant, celui de mes 22 ans, nous sommes sortis ensemble, et l'été de mes 23, j'étais mariée. L'été de mes 24 ans, Emma était là.

Je souris à ces tendres souvenirs.

– Elle est la première plus belle chose qui me soit arrivée au monde. Théo est venu compléter ce tableau l'année de mes 27 ans. La petite famille parfaite était constituée.

– Sam…

Ben ne semble pas avoir remarqué le ton ironique de

ma dernière phrase. Je l'entends se rapprocher, puis il vient se coller à mon dos pour m'envelopper de ses bras. Il doit prendre mon silence pour de la tristesse, alors qu'en fait, il y a beaucoup plus que ça.

Tristesse, incompréhension, rage…

Comment ai-je fait pour supporter ça ?

Si longtemps ?

Doucement, son visage se rapproche du mien, son souffle réchauffe la peau sensible de mon cou et instinctivement je penche la tête. Il prend ça pour une invitation et c'en est une. Je ne voulais pas penser à tout ça et en parlant, tout est remonté à la surface. Je veux oublier, je dois oublier.

Il resserre son étreinte et commence à m'embrasser doucement sous l'oreille. Ses mains passent dessous mes vêtements et caressent tendrement mon ventre. Je me perds, j'oublie, je fonds entre les bras de cet homme qui semble avoir le pouvoir de me faire renaître.

Je me retourne, ses yeux plongent dans les miens. Une de ses mains quitte ma peau pour retirer mon élastique et caresser mes cheveux. Il passe délicatement une mèche derrière mon oreille, son regard toujours perdu dans le mien.

– J'adore tes cheveux, ils sont si doux…

Il embrasse ma tempe, une main derrière ma nuque, l'autre montant et descendant doucement le long de ma colonne vertébrale.

– Tellement douce…

Sa bouche retourne à nouveau dans mon cou, mon pouls pulse comme si j'avais couru un 100 mètres.

– Tu sens si bon…

Je suis incapable de parler. Il m'envoûte. J'ai l'impression d'être aspirée par un tourbillon de sensations nouvelles. Je frissonne de plus en plus, je le sens sourire contre ma peau, face à la réaction de mon corps.

– Si réceptive…

Ses caresses, le son de sa voix, ses baisers dans mon cou, ont raison de moi.

Un gémissement s'échappe de mes lèvres, mais il rompt instantanément la magie de l'instant. C'est comme si mon corps vivait ça de l'extérieur et que le bruit interne l'a réveillé. Je pose ma main sur son torse pour pouvoir le regarder. Ses yeux sont affamés.

– Donne-moi deux secondes, s'il te plaît…

– Je t'ai déjà dit que je te donnerai tout le temps qu'il te faudra, Sam, mais c'est dur, je ne vais pas te le cacher.

Son regard se déplace jusqu'à son entrejambe, largement déformé.

Mais comment fait-il pour avoir envie de blaguer dans un moment pareil ?

Ça fait deux fois que je lui fais le coup, il va devenir fou à force !

Il arrive à m'arracher un petit rire de dépit. Je secoue la tête, je suis tellement lasse de tout ça.

– J'étais en train de te parler Ben, laisse-moi au moins t'expliquer certaines choses.

– C'est normal que tu sois réticente à envisager une nouvelle relation après avoir été mariée aussi longtemps. Car c'est bien ça que je te propose, Sam, une relation sur le long terme. Je te l'ai déjà dit, j'ai passé l'âge de faire mumuse. C'est avec toi que je veux tenter l'expérience, c'est avec toi que je veux construire quelque chose. Je sais que je ne te laisse pas indifférente, mais si ton cœur est encore pris, fais-y moi juste une petite place et ça me conviendra, je t'assure. Mais ne me repousse pas, s'il te plaît.

– C'est pas ça, tu ne comprends pas. Ce n'est pas ça du tout.

– Alors explique-moi.

– J'ai peur.

– Mais de quoi ?

– De plein de choses en fait. Ce n'est pas facile à expliquer mais pour faire court, Marc était… Enfin, Marc n'était pas… Marc était différent en privé de l'image qu'il donnait en public.

Je regarde partout sauf dans sa direction. Je sais qu'il réfléchit et analyse mes paroles. Il ne comprend pas et je dois vite clarifier la situation avant qu'il ne se fasse de fausses idées.

– Sam ? Sam, regarde-moi ! De quoi as-tu peur ? Réponds-moi parce que je suis en train d'imaginer des choses et je dois te dire qu'elles ne sont pas belles.

Je suis bloquée, ma gorge est nouée, des larmes s'échappent de mes yeux. Comment lui dire sans qu'il ait pitié ? Comment lui dire sans avoir honte ? Je l'entends soupirer longuement, je ne peux toujours pas le regarder.

– Sam, si tu as peur d'aimer à nouveau, dis-le-moi, on trouvera une solution ensemble. Mais si tu as peur d'être aimée, sache que malheureusement, c'est déjà trop tard ! Beaucoup de gens tiennent à toi et j'en fais partie alors parle-moi, bordel !

Son ton virulent me fait lever les yeux vers lui. Je ne l'ai jamais vu comme ça. Il n'est pas en colère, il est juste… Inquiet ?

C'est avec des sanglots dans la voix que je décide de poursuivre.

– Je refuse que la peur de l'échec me paralyse et m'empêche d'avancer, tu comprends ? Je dois me prouver que je suis capable d'y arriver par moi-même.

– Mais tu y arrives déjà depuis bien longtemps ! Regarde tes enfants ! Ils en sont la preuve vivante !

– Non, tu ne comprends pas. Je te parle de moi, je te parle de lui ! Je te parle de cette enceinte derrière laquelle il m'a emmurée et que j'essaie de détruire pierre par pierre depuis maintenant plus de trois ans !

Je lis la stupeur et la confusion dans ses yeux.

– Mais bordel, de quoi est-ce que tu parles ? Explique-toi ! Qu'est-ce qu'il t'a fait bon sang ?

Ses mains sont crispées sur mes épaules et je lui réponds en hurlant toute la rage qui m'oppresse depuis tant d'années.

– Je l'aimais, mais c'était un connard ! Il avait fait de moi sa pauvre petite chose dévouée et dépendante ! À la réflexion, je croyais que c'était de l'amour qu'il éprouvait pour moi, mais en fin de compte ce n'était rien d'autre que de la possession ! Il voulait tout diriger, tout contrôler, jusqu'à mes fréquentations ! Il m'a doucement éloignée des seules personnes qui comptaient à mes yeux et je l'ai laissé faire sans rien dire ! J'ai même quitté mon travail parce que ça ne lui convenait pas ! Il m'a manipulée toutes ces années et moi, je l'ai laissé faire parce que je l'aimais ! Il m'a rabaissée, humiliée ! J'avais toujours tort ! Rien de ce que je faisais n'était jamais assez bien ! J'ai tout fait pour qu'il change, pour qu'il comprenne que ce n'était pas sain, mais là encore, c'était moi qui affabulais, selon lui ! Il disait que le problème venait de moi et que je cherchais des excuses pour soi-disant « me barrer » ! Mais j'avais les enfants, Ben, je devais faire un choix et je n'ai jamais osé le faire parce que j'étais faible ! Je savais que ce serait toujours comme ça et qu'il ne changerait jamais ! Je croyais qu'il m'aimait d'un amour aussi inconditionnel que le mien ! J'avais tort ! J'ai toujours eu tort !

Ce coup-ci, je lâche un cri déchirant et m'effondre au sol. J'ai débité tout ça d'un seul coup, sans m'arrêter, et mes nerfs, déjà fragiles ces derniers temps, cèdent complètement.

Ben se laisse tomber en face de moi et me prend dans ses bras. Il me serre à m'en étouffer et se met à me bercer. Et moi je pleure contre lui, je pleure toute cette rage, toute cette fatigue qui m'a emprisonnée pendant si longtemps. Je pleure cet amour perdu, cet amour qui n'en a jamais vraiment été un.

C'est plusieurs minutes plus tard, dans ses bras, essoufflée par mes sanglots et par ma tirade, que je termine ce que j'ai à lui dire.

– Je l'aimais, Ben… Je l'aimais mais ce n'était pas un amour sain, tu comprends ? C'était un amour destructeur, celui qui te bouffe de l'intérieur et t'empêche d'avancer. Celui qui te fait te sentir complètement minable et dépendante. Il a fait de moi une chose malléable, solitaire et incapable…

Je me détache de lui pour le regarder dans les yeux. Les siens sont brillants.

– Je ne sais pas si je suis capable d'aimer, Ben… Je ne suis même pas sûre de savoir comment on fait.

Nous restons longtemps comme ça, enlacés, à ne rien dire, lui me berçant, attendant que mes sanglots cessent.

J'avais besoin de ça.

Je devais lui dire.

Il devait comprendre.

Je me sens libérée d'un poids, mais maintenant je suis vide et fatiguée. Je n'ai pas mangé, mais à l'heure actuelle, je n'en ai ni l'envie, ni la force, ni le courage. Je suis tout simplement épuisée.

Ben doit s'en apercevoir, car il se relève, me porte et me dépose dans la voiture.

– On rentre mon ange. Ne bouge pas, je ramasse les affaires et je reviens, OK ?

Je lui réponds d'un timide hochement de tête accompagné d'un sourire reconnaissant, puis je ferme les yeux.

20

« L'espoir, ce n'est pas de trop croire que tout va bien, mais de croire que ces choses auront un sens. »
Václav Havel

Des aboiements me réveillent.

J'ouvre les yeux, et vois quelques rayons de soleil illuminer la chambre à travers les lames des volets. Je m'étire et me tourne vers le radioréveil posé sur ma droite. Dix heures trente… Je soupire, et profite du calme ambiant. Ça fait bien longtemps que je ne me suis pas levée aussi tard. Je sors du lit et constate que je porte la même tenue que la veille.

Je n'ai plus aucun souvenir de comment j'ai pu atterrir ici…

Je me souviens de Ben me portant jusqu'à la voiture, après mon pétage de plombs d'hier soir, puis plus rien. La soirée a été éprouvante, pas étonnant que je me sois écroulée comme une masse.

Booth aboie de nouveau. Je me rapproche de la fenêtre ouverte quand j'entends Ben parler.

– Chttttt, Booth, tu vas réveiller la Belle au bois dormant.

Nouveaux aboiements.

– Oui, mon beau. Tu l'aimes bien, hein ? Bin moi aussi, mon vieux... Moi aussi...

Je n'entends pas la suite, je recule jusqu'à la salle de bains en analysant ses paroles. Ma mère a raison, Ben est un mec bien, je dois lui donner une chance, il est grand temps maintenant. Malgré mon vidage de sac d'hier soir, il ne semble pas avoir pris peur, il m'a serrée dans ses bras, soutenue, bercée.

Arrête de réfléchir Sam, agis !

Je me glisse sous le jet de la douche et profite de la caresse de l'eau chaude sur mon corps, pour tenter d'oublier à quel point j'ai été pitoyable et pathétique la veille.

J'en sors rapidement, enfile des sous-vêtements noirs en dentelle, un petit short beige assorti d'un tee-shirt noir. Je me maquille légèrement, brosse mes cheveux et les laisse sécher à l'air libre.

Je descends à la cuisine et je suis en train de boire mon café quand Ben passe la porte d'entrée, avec Booth à ses côtés, la langue pendante. Dès qu'il m'aperçoit, son regard vert s'illumine. Il s'approche de moi, l'air heureux, me touche délicatement l'avant-bras et m'embrasse tendrement sur la joue.

– Bonjour, toi... (Ses yeux cherchent les miens.) Comment vas-tu ce matin ?

Je lui souris timidement, gênée par la scène de la veille.

– Salut... Ça va, merci, ne t'inquiète pas.

Je me penche vers Booth et lui tapote le flanc. Ce gros nounours en profite pour se coucher et réclamer encore plus de grattouilles.

– Alors, jeune homme, tu me sers de réveil maintenant ?

Hein ? Oui c'est bon ça… T'aimes ça les grattouilles, les papouilles. T'as la belle vie toi. Heureux chien !

– Je suis désolé si Booth t'a réveillée. Il aboie rarement, mais là, impossible de l'arrêter, même quand je me dépêchais de lui renvoyer sa balle.

Il hausse les épaules et prend un air mutin.

– Tu devais lui manquer…

Il ajoute d'une voix plus basse.

– Tu me manquais également.

Je me relève, me passe les mains sous l'eau pour me laisser le temps de réfléchir à ma réponse, car je ne sais pas comment réagir, sans paraître trop engageante.

Ben s'approche de moi, me retire le torchon des mains et me soulève le menton. Ses yeux envoûtants capturent les miens. Il prend mes mains dans les siennes.

– Ce qui s'est passé hier soir ne change rien, Sam. Du moins, en ce qui me concerne. Ton passé est ton passé. On ne peut pas le changer. C'est l'avenir qui compte, et après hier soir, je veux encore plus que tu fasses partie du mien. Si tu le veux. Tu es une femme forte, Sam. Exceptionnelle et courageuse.

Je ne réfléchis plus, marre de stagner.

– OK…

– OK quoi ?

– Je suis d'accord pour qu'on essaie. On se laisse porter et on voit où ça nous mène.

Un large sourire de sale gosse vient éclairer son beau visage hâlé.

– D'accord, d'accord ? Parce que là, tout de suite maintenant, la seule chose dont j'ai furieusement envie, c'est de goûter à nouveau à ces lèvres de rêve qui me font de l'œil depuis jeudi soir. Et si tu ne m'arrêtes pas…

– Mes lèvres sont toutes à toi…

Les mots à peine prononcés je me retrouve prisonnière de ses bras puissants, il m'embrasse comme si sa vie en dépendait.

Sa langue s'immisce à travers mes lèvres. C'est un baiser avide, possessif, il me dévore, impose une cadence fiévreuse. Des gémissements s'échappent de nos deux corps. Je bouillonne, j'ai envie de lui. Les papillons dans mon ventre sont affolés, mes orteils se recroquevillent. J'en veux plus, il m'en faut plus ! Je m'accroche à lui comme si j'étais désespérée, nos lèvres et nos langues semblent faites l'une pour l'autre, elles savent exactement quelle danse effectuer…

Le baiser prend fin au bout de longues minutes, nous sommes à bout de souffle. Il m'a semblé avoir duré une éternité tellement il était intense et je suis au bord du gouffre. Je tremble, j'ai chaud, j'ai froid.

Whaouhhh j'ai atterri au paradis de l'enfer du baiser qui consume !

Ben se met à me serrer si fort dans ses bras, que je sens son cœur battre au même rythme que le mien. Une cadence complètement affolée, mais synchronisée. Il ne semble pas avoir envie de me lâcher, et je suis si bien, là, le visage niché dans son cou, que je voudrais que ce moment ne s'arrête jamais.

C'est le nez enfoui dans mes cheveux qu'il me demande d'une voix douce.

– Tu n'as rien mangé hier soir, mon ange. Laisse-moi te préparer un petit quelque chose et après, on ira profiter du soleil et des vagues, d'accord ?

Je ne me décolle pas de lui. Aussi, c'est la bouche collée

à son cou que je lui réponds oui. Ça le fait rire.

Je suis secouée. C'est le cas de le dire.

– Sam ? Mon ange ? Il va juste falloir que tu te décroches de moi si tu veux que je puisse bouger, sinon ça risque d'être compliqué.

Je secoue la tête et lui est de plus en plus hilare.

– Non... Je suis bien là. Laisse-moi encore deux ou trois minutes. Non, plutôt dix, en fait. Ouais, c'est bien dix.

Il rit encore et m'embrasse le haut du crâne. Il passe les mains sous mes fesses, me porte et me dépose sur le bar. J'écarte les jambes instinctivement pour qu'il puisse se coller encore plus à moi. Et à cet instant, je ne pense plus, je ne réfléchis plus. Son intimité dure pressée contre la mienne en feu me fait complètement partir sur la planète « sexe ».

Je commence à lui mordiller le cou légèrement puis plus fort. Je joue avec le lobe de son oreille. Ma langue se balade sur sa peau, je l'embrasse. Il grogne contre moi. Ses mains se faufilent sous mon tee-shirt. Il caresse mon dos, mes reins, mes cuisses. Je le sens partout à la fois.

Du bout des doigts, il descend le long de mes jambes pour remonter jusqu'à l'endroit le plus chaud de mon corps. À la couture de mon short, il redescend, et recommence. Je suis parcourue de frissons incontrôlables et je ne résiste plus. Je quitte son cou pour attaquer sa bouche de rêve. Je l'embrasse, nos soupirs se mêlent. On se cherche, se mordille, se lèche chacun notre tour. C'est comme si nos langues se livraient une bataille sensuelle et érotique.

Mes mains caressent son dos, ses fesses fermes, sa nuque, ses cheveux. Bref, je suis partout sur lui, comme lui l’est sur moi. C’est comme si nos mains cherchaient à en apprendre plus pour mémoriser le corps de l’autre.

Ben frotte son bas-ventre contre mon intimité qui crie famine.

Il est dur comme la pierre.

J’en veux plus.

J’ai envie de lui comme je n’ai pas eu envie d’un homme depuis bien trop longtemps.

Incontestablement, terriblement envie de lui…

Je ne tiens plus. Je mets fin au baiser, et c’est avec un regard brûlant que je lui dis.

– J’ai faim, oui… Mais pas de nourriture.

Il respire fort, ses pupilles sont complètement dilatées. Et c’est tendu à l’extrême qu’il me soulève du comptoir, pour me porter jusqu’à la chambre.

Mes jambes s’enroulent autour de sa taille, mes mains s’agrippent à ses cheveux, nos bouches se soudent en un nouveau baiser ardent, qui me liquéfie davantage. Je suis en feu, tout mon corps l’appelle, l’attend.

Ben ouvre la porte d’un coup d’épaule et me dépose sur le lit, son corps surplombant le mien. Il prend mon visage entre ses mains et plonge son regard fiévreux dans le mien.

– Tu es sûre que c’est ce que tu veux ? Parce qu’on peut toujours s’arrêter avant qu’il ne soit trop tard. Mais dis-le-moi maintenant, sinon je file sous l’eau froide. Tu me rends dingue, Sam.

Je quitte ses yeux pour fixer sa bouche d’où sa langue sort pour s’humecter les lèvres. C’est un véritable appel au péché.

– Oui… Je t’en prie oui. Je te veux, toi, tout de suite maintenant ou je vais devenir folle.

Ben se relève brusquement, le souffle erratique.

– Deux secondes, juste deux secondes.

Il sort de la chambre en courant et revient aussitôt, brandissant une boîte de préservatifs dans la main.

Je pouffe, son air lubrique me rend dingue.

– Vous aviez prévu votre coup, monsieur Beckett ?

Il me répond avec son sourire de sale gosse, en haussant les sourcils de façon suggestive.

– On n'est jamais trop prudent, que veux-tu ?

Je lui réponds malicieusement.

– La boîte complète ? Présomptueux, avec ça ?

– L'espoir fait vivre... Mais pour le moment, fini de parler.

Au-dessus de moi, en appui sur ses avant-bras, sa bouche reprend la mienne avec tendresse. Il caresse mes lèvres de sa langue quelques instants, puis plonge dans ma bouche pour m'embrasser avec voracité. Mes mains s'attaquent à son tee-shirt, que je tente de passer par-dessus sa tête. Ben se redresse et le retire, en passant la main dans son cou pour l'enlever par le col de cette manière masculine si sexy. Je respire fort, je le détaille, je le touche. Mes mains s'égarent sur ses pectoraux et descendent jusqu'à ses abdominaux finement dessinés.

Il a de légers poils sur le torse et de son nombril à sa ceinture. Il est parfait. C'est les yeux plongés dans les miens qu'il se redresse pour enlever le reste de ses vêtements. J'en profite pour en faire de même avec mon tee-shirt. Je suis paralysée pour le reste.

Sa pomme d'Adam tressaute, sa main vient caresser mon téton à travers la dentelle noire pendant que l'autre commence à descendre mon short le long de mes jambes. Mon cœur bat à cent à l'heure. Son regard m'embrase et me rend nerveuse.

De ses deux mains, il fait disparaître les bouts de dentelle qui empêchent nos deux corps de se rejoindre, puis enfile rapidement un préservatif.

Il rapproche son visage du mien, nos regards toujours accrochés. Il prend appui sur un coude, une main dans ma nuque, l'autre venant caresser doucement ma peau sensible.

Allongée nue, sous lui, je ne suis qu'une bombe à retardement. Je halète à chaque caresse, chaque coup de langue.

Le premier coup de reins m'envoie en orbite et je ne peux retenir un cri de plaisir.

J'oublie tout.

Ma tête se rejette en arrière, mon dos se cambre. Sa bouche s'attaque à un de mes seins, alors que l'une de ses mains descend jusqu'à mon intimité pour me donner un plaisir démentiel. Mon bas-ventre se met à me brûler de plus en plus. Chaque coup de bassin me rend de plus en plus folle, mes hanches partent à la rencontre des siennes pour qu'il s'enfonce le plus loin possible. Je ne contrôle plus rien, je suis une poupée entre ses bras et la boule de feu qui a envahi mon antre menace d'éclater.

Il plonge en moi avec une cadence régulière, ses râles de plaisir et son visage crispé par l'effort montrent qu'il attend que je jouisse pour pouvoir se laisser aller. Cette vision, ses caresses, son sexe qui frotte mon point G…

Il ne m'en faut pas plus.

Mes yeux se ferment et c'est comme un feu d'artifice qui éclate sous mes paupières.

– Ben, Ben ! Oh oui…

C'est un orgasme, fulgurant et intense, qui me frappe

comme une tornade. Il me semble être sans fin, et les derniers coups de reins frénétiques de mon bel amant en font venir un autre juste derrière. Mes cris de plaisir ne semblent plus vouloir s'arrêter. Il me rejoint dans un long gémissement, le visage niché dans le creux de mon cou.

Nos cœurs, collés l'un à l'autre, semblent près de sortir de nos poitrines.

Ben prend quelques secondes avant de se décoller de moi, mais c'est encore essoufflé qu'il se lève pour aller dans la salle de bains. Il en ressort aussitôt avec un sourire hésitant.

Il s'approche et vient s'asseoir sur le rebord du lit, à mes côtés. Il passe sa main sur mon front pour y enlever une mèche collée par la sueur.

– Ça va ?

– Humm, hummm…

Sa main caresse mes cheveux, son regard est toujours aussi intense.

– C'que t'es belle, putain…

– Ne dis pas ça, s'il te plaît…

Il arrête ses mouvements, ses yeux émeraude captent les miens quand il attrape doucement mon visage, pour que je le regarde.

– Tu es parfaite, Sam. Tu as le corps splendide d'une maman de deux enfants, tout en courbes. Tu vois l'effet que tu me fais ? me dit-il en plaquant ma main sur son sexe qui reprend vie. Tes imperfections font ta perfection, Sam. Tu es parfaite à mes yeux.

Il me prend dans ses bras, je me retrouve à moitié assise sur lui. J'apprécie vraiment cette douceur et cette tendresse qui émane de lui.

Lui aussi est juste parfait.

– Allez viens mon ange. Je t'emmène sous la douche laver ton corps de rêve, et après tu vas manger quelque chose avant de tomber dans les pommes, OK ?

Il me soulève comme si je ne pesais rien.

Après tout, les orgasmes, ça tue !

Moi, ça me coupe les jambes...

Et qu'on prenne soin de moi, ça n'a pas de prix...

21

« Le sentiment du bonheur repose
sur le caractère, sur le goût,
sur l'inclination particulière de chacun,
avec une certaine dose d'intelligence
qui aide à tirer parti des bonnes occasions. »
Louis-Auguste Martin

Je regarde Ben lancer un bâton à Booth sur la plage.

J'ai les pieds dans l'eau, je suis détendue. Je regarde autour de moi et profite de ce calme intérieur enfin retrouvé. Je suis sereine, je n'ai pas envie de trop analyser la situation pour le moment. Je profite de l'instant présent et c'est tout ce qui importe. Mes pensées se tournent invariablement vers ce matin.

Ben a pris soin de moi sous la douche avec de multiples caresses et baisers, pendant qu'on se lavait mutuellement. C'était un interlude très sensuel. Nous apprenons simplement à nous connaître physiquement.

Je suis encore happée par le souvenir de ces ébats matinaux.

Dire que je n'ai jamais connu ça serait mentir. Je vais

avoir 40 ans et j'ai connu d'autres hommes avant Marc, deux pour être précise. Et pourtant… Les trois autres hommes que j'ai eus dans ma vie ne m'ont jamais fait ressentir autant de passion et de plaisir mêlés. Rien n'a jamais eu le parfum d'une telle ivresse.

« Profite Sam, tu as le droit à ta part de bonheur. »

J'entends d'ici les paroles de ma mère.

Je secoue la tête, un léger sourire aux lèvres, et envoie un message à chacun de mes enfants. Après un échange rapide avec eux, Théo, trop occupé à bricoler avec mon père et Emma, encore dans les vapes, mon vibreur m'annonce un appel.

– Allô, Maman, comment vas-tu ?

C'est un gloussement qui me répond.

– Maman ?

– Oui, ma chérie, non, rien, c'est ton père qui m'embête. Arrête, Charles, retourne à tes outils, Théo t'attend.

– Oui, m'dame ! À vos ordres ! Bonjour, ma grande !! nous répond mon père.

– Bonjour, papa !

Ils sont dingues, mais pour moi ils représentent le modèle du couple idéal. Je glousse à mon tour.

– Ça a l'air d'aller, ma chérie. Je l'entends à ta voix. Tu es à la plage ? J'entends aussi les vagues et les mouettes. Ça donne envie, je vais en parler à ton père tiens.

– Oui ça va, et oui, je suis à la plage. Nous sommes en promenade, Ben joue avec son chien.

Je me tourne vers Ben et les observe s'éclabousser, lui et Booth.

– C'est bien ma fille, je suis heureuse pour toi si tout se passe comme tu le souhaites.

– Ça va, maman, ça va même vraiment bien. Je suis heureuse, du moins je crois.

– Comment ça, tu crois ?

– Eh bien, je me sens légère, Ben est incroyablement gentil. On peut parler, il ne me juge pas.

– Ce garçon te plaît plus que beaucoup, ma fille. Je t'ai dit qu'il était normal de vouloir recommencer ta vie. Tu es grande, toi seule peux savoir si c'est lui ou pas, mais un conseil, ne lui ferme pas ta porte et laisse les choses se faire. En attendant, il me semble avoir de nombreuses qualités, ce jeune homme.

– Ouais…

– Mais encore ?

Ma mère se met à glousser.

– Maman !

– Samantha ! Allez, j'arrête de te taquiner. On passera chercher Emma vers dix-huit heures chez sa copine, elle est déjà au courant. Et moi, je vous attends, ton ami et toi, vers dix-neuf heures à la maison. Vous resterez tous manger.

– Maman…

– Non, Sam, c'est décidé. Tu vas nous présenter ce cher monsieur, tu ne discutes pas. Ton père et moi, on se fait vieux et on souhaite juste que tu sois heureuse. Le temps se perd et se gâche Sam. Il ne se rattrape jamais.

– D'accord maman, à ce soir. Embrasse papa et Théo pour moi. Bisous.

– Je t'embrasse, ma fille, à ce soir.

Alors que j'ai les pieds dans les vagues et la tête dans mon téléphone, Ben me rejoint.

– Ça va mon ange ?

Il me tient par la taille et m'embrasse la tempe. J'apprécie ses marques d'affection. Je n'y suis pas du tout habituée, à part avec mes enfants. Ça me fait donc bizarre, mais c'est loin d'être déplaisant.

C'est avec un sourire rassurant que je m'adresse à lui.

– Ça va. Je viens d'envoyer un message aux enfants pour voir si tout allait bien. Maman m'a appelée aussi. Elle récupère Emma chez son amie et veut qu'on reste tous manger ce soir. Tu es cordialement invité, et c'est « non négociable », comme elle me l'a fait comprendre.

Tout sourire, Ben penche la tête pour essayer de me sonder.

– Tu es sûr que ça ne te dérange pas ? On n'est pas obligés tu sais…

– Tssst ! Ça se voit que tu ne connais pas ma mère. On peut rarement lui refuser quoi que ce soit. De toute façon, telle que je la connais, elle doit déjà être aux fourneaux.

– Oui, mais tu n'as pas répondu à ma question. Est-ce que ça te dérange, Sam ?

Je hausse les épaules et prends ses mains dans les miennes. Nos yeux sont happés l'un par l'autre.

– Non, ça ne me dérange pas, Ben. Il est temps. Je ne sais pas si ça va trop vite, ou alors pas assez, si je mets la charrue avant les bœufs ou si c'est dans l'ordre des choses… Je sais seulement que toi et moi, on se plaît, que tu ne t'es pas enfui en courant hier soir et que le courant passe avec mes enfants. Pour le moment, tout ça me convient, je n'en demande pas plus. Ne m'en demande pas plus non plus d'accord ? On laisse l'eau couler et poursuivre son chemin.

Ben se penche vers moi, saisit mon visage en coupe

avec tendresse et m'embrasse avec douceur. Le passage de sa langue sur mes lèvres me fait l'effet d'une décharge et j'ouvre la bouche pour l'accueillir.

Ses baisers sont à chaque fois meilleurs…

Collés l'un à l'autre, nous embrassant comme si nous étions seuls au monde, je me sens bien, vraiment bien.

Il se décolle juste assez de moi pour que je puisse entendre ses paroles soufflées contre mes lèvres.

– J'adore laisser l'eau couler. J'accepte donc tes propositions avec plaisir.

Je me recule et le regarde, interdite.

– Mes propositions ?

Son baiser m'a grillé quelques neurones…

– Oui mon ange, l'invitation à dîner et l'invitation dans ta vie.

Il s'éloigne, me lance un clin d'œil, me tend la main et se met à courir.

– Viens, on va faire tourner Booth en bourrique, il adore ça. Attrape !

Et il me lance la balle qu'il avait dans sa poche.

***

Il est pile dix-neuf heures quand nous nous garons dans l'allée de chez mes parents. C'est Ben qui me réveille en me secouant légèrement.

– Sam, ma chérie, on est arrivés.

– Mmmm, déjà ?

Je tourne la tête à gauche et à droite pour me repérer.

– Mais... on est chez mes parents ?

–Oui, mon ange.

–Et ma voiture ?

–Je n'ai pas eu le courage de te réveiller, Sam. Tu en avais besoin.

–Mais…

–Ne t'inquiète pas. Je vous ramènerai chez toi ce soir et je viendrai te chercher demain matin. Et tu ne discutes pas, s'il te plaît.

Ben se met à rire doucement en me caressant la joue.

–T'es adorable au réveil. Vraiment craquante.

Je sens mes joues s'empourprer. Je ne devrais pas après ce qui s'est passé entre nous, mais c'est plus fort que moi. Que voulez-vous, on ne se refait pas en un jour…

–Ouais, c'est ça, je réponds en grognant.

Je m'étire et me frotte le visage pour tenter de me réveiller complètement.

Les yeux de Ben sont rivés sur ma poitrine, mon tee-shirt s'est même légèrement relevé quand j'ai levé mes bras.

–Hey !!!

–Quoi ? Tu es magnifique, Sam. Ne me demande pas de devenir aveugle, il en est hors de question. Je profite de la vue, j'en ai bien le droit. Non ?

Et sur un dernier clin d'œil avec un sourire en coin, il sort de la voiture. Il m'attend, et c'est la main posée au creux de mes reins qu'il m'accompagne jusqu'à la porte d'entrée.

Je n'ai pas le temps de frapper et d'ouvrir, que ma mère se trouve déjà devant nous, tout sourire, son tablier autour des hanches, son torchon à la main.

–Bonsoir, les jeunes !

–Bonsoir, madame Morin, je suis ravi de faire votre

connaissance. Je vous remercie de m'avoir invité.

Il lui tend la main, mais ma mère fond sur lui pour lui faire la bise.

– Pas de ça chez nous, mon cher jeune homme, ici c'est la bise.

Voilà, le ton est lancé, ma mère sait toujours comment mettre à l'aise.

– Enfin, juste pour moi la bise, car mon mari risque de ne pas trop apprécier. Je suis également enchantée de vous connaître, vous êtes charmant, vraiment charmant.

Ma mère se tourne vers moi les sourcils en l'air, un sourire immense sur son visage.

– Allez, ne restez pas sur le pas de la porte, entrez, ils sont tous derrière. Ton père a allumé le barbecue, Sam, on vous attendait pour faire cuire. Je vous y accompagne Benjamin. Je peux vous appeler Benjamin ? Alors vous avez fait bonne route ?

Et voilà que ma mère embarque Ben jusqu'à la terrasse donnant sur le jardin. Ça sent l'interrogatoire à plein nez. Je ne devrais pas trop m'éloigner, ça risque d'être intéressant.

J'avance vers mon père et lui fais la bise.

– Bonsoir, papa, je te présente Benjamin Beckett, mon… euh… patron.

Mon père me lance un petit sourire et tend la main à Ben, qu'il serre avec un grand sourire. Il semble avoir compris et accepté mon hésitation. Cet homme est un miracle. Théo étant à côté, je n'ai pas voulu qu'il apprenne la situation comme ça. Je préfère avoir une conversation avec les enfants plus tard, quand on sera rentrés.

Théo salue Ben à son tour. Puis, je lui fais un gros bisou

comme il les déteste en public. En marmonnant, il part aussitôt vers Booth le bienheureux qui nous a suivis avec l'accord de mes parents, que ça ne dérange pas le moins du monde.

Je laisse mon père et Ben en pleine conversation pour aller vers ma fille, qui, tranquillement allongée sur un transat, fredonne un morceau de musique, les yeux fermés, les écouteurs aux oreilles. Je lui tapote doucement l'épaule.

– Coucou, ma puce.

– Salut, maman ! Ma fille se redresse, me prend dans ses bras, puis m'embrasse. Elle me sonde, les yeux pleins de malice.

– Ça s'est bien passé ton week-end à la plage ?

– Oui, ma puce, c'était génial. Ça m'a fait du bien, et toi ? Ton week-end ?

Où comment avoir l'art de dévier la conversation.

Voilà Emma partie dans un monologue qui n'en finit pas, sur ses amis, la soirée géniale qu'ils ont passée, Lisa et son nouveau rouge à lèvres super tendance, Valentin…

Je l'écoute d'une oreille, non pas que je ne sois pas intéressée, mais je suis irrémédiablement attirée par mon père et Ben, près du barbecue, une bière à la main. Je me demande de quoi ils parlent, ils semblent bien s'entendre et je dois avouer qu'un nouveau poids s'enlève de mes épaules. Je ne pensais pas que cette rencontre compterait autant pour moi, et pourtant si. Je sais que, si mes parents approuvent mon choix, c'est qu'il sera bon. Je ne referai pas l'erreur de laisser mes hormones dicter ma conduite. J'ai passé l'âge, et le bien-être de mes enfants passe avant tout.

Je ne peux plus me permettre d'échouer et de les embarquer dans mes galères.

– Maman ? Maman, tu m'écoutes ?

– Hein ? Oui ma chérie, j'ai entendu…

– Non, t'es perdue dans tes pensées et t'as les yeux scotchés sur ton amoureux. Il faut dire qu'il est super mignon pour un vieux !

– Emma !

On se met à glousser comme deux adolescentes. Bon OK, ma fille est une ado, moi je l'accompagne.

– Sans déc', maman, vous allez bien ensemble, il est super sympa et il te regarde comme si t'étais une pierre précieuse.

– C'est gentil, ma puce, mais on en parlera à la maison d'accord ?

Emma penche la tête et fronce les sourcils. Je lui fais signe que la discussion est close pour le moment, Théo venant d'arriver à nos côtés.

– Ça va, mon cœur ? Tu t'es bien amusé avec papy ce week-end ?

– Nickel ! Je suis allé faire du vélo avec mamie et on a construit une nouvelle cabane pour les poules. Viens, je vais te la montrer, elle est géniale, on a fait des trappes et des ouvertures avec des charnières.

Mon fils m'entraîne vers le fond du jardin. Nous passons à côté de Ben, toujours en pleine discussion avec mon père. Ma mère les a rejoints. Nos regards se captent, on se sourit. Mon cœur s'emballe, rien qu'avec ce visage de rêve.

Et quand je pense à ce qu'il est capable de faire à mon corps...

De retour à la cuisine, c'est la tête dans le frigo et les bras pleins de saladiers que ma mère vient me retrouver.

– Benjamin est un homme vraiment charmant, ma fille. Tu

ne pouvais pas mieux tomber. Il nous a parlé de sa famille, puis ne nous a fait que des éloges sur toi et ton travail. Cet homme est une perle Sam. Ne le laisse pas filer, finit-elle par me dire en me pressant légèrement le bras et en me souriant.

– On verra comment les choses vont évoluer, maman. Je n'en sais déjà rien moi-même, c'est trop récent ! Il faut aussi que j'en parle aux enfants, si Ben est d'accord. Je ne veux rien leur cacher, même si Emma se doute déjà de quelque chose. Elle est maligne, ma grande. Tiens, en parlant d'Emma, elle t'a raconté sa sortie ? Tu sais où ça en est avec Valentin ?

– Si tu l'avais écoutée au lieu de rêvasser tout à l'heure, tu ne me poserais pas la question.

Ma mère se met à glousser, je m'acharne à mordiller l'intérieur de ma bouche.

Satané tic nerveux.

– Ma chérie, j'ai bien vu comment tu le regardes. Et j'ai vu aussi comment il te regarde. Allez, file le rejoindre et dire à tout le monde qu'on passe à table. Après, vous pourrez rentrer vous reposer et ton ami a encore beaucoup de route à faire pour rentrer chez lui.

Hop hop hop !

22

« Tu es ce qui éveille en moi le sentiment d'amour,
puisque tu peux l'éveiller c'est que tu peux le combler,
puisque tu peux le combler c'est que tu dois le combler,
tu es le complément en moi du verbe aimer,
le complément d'objet direct de moi, j'aime qui, j'aime toi,
tu es le complément de tout. »
Christian Bobin

De retour chez moi, peu après vingt-trois heures, les enfants saluent Ben et se précipitent à l'intérieur de la maison. Je prends mes affaires dans son coffre, qu'il me tient ouvert. La chaleur de son corps, si proche, et son odeur manquent de me faire défaillir.

– Tu veux rester dormir ? Ce serait stupide que tu passes une heure sur la route ce soir, pour refaire la même demain matin. Et puis il est tard. Par contre, je te propose la chambre d'amis, si ça ne te dérange pas. Les enfants ne sont pas au courant pour nous et je voudrais leur parler avant toute chose. D'accord ?

Sa main caresse ma joue. Cet homme est d'une douceur !

– Il y a un « nous », n'est-ce pas ? je demande d'une voix mal assurée.

– Il y a un « nous », Sam.

Les yeux plongés dans les miens, il se rapproche lentement, tel un fauve vers sa proie.

– Putain, ce que j'ai envie de t'embrasser, là, maintenant ! Excuse-moi d'être grossier, mais tu es tellement belle, tellement désirable. J'ai un mal fou à me retenir de te sauter dessus.

Et revoilà ce petit sourire sournois de sale gosse que j'adore. Il passe sa main dans mes cheveux, glisse, comme à son habitude, une de mes mèches derrière mon oreille et caresse ma joue du bout de ses doigts.

Ma respiration se bloque, ma tête penche du côté où se trouve sa main pour aller à la rencontre de ses caresses que j'apprécie tant.

Sa voix devient basse et rauque.

– Mais non, je ne vais pas rester Sam. Non, je ne vais pas rester pour la simple et bonne raison que ce n'est pas une bonne idée. Je ne pourrai pas, ne me demande pas ça. Toi et moi, dans la même maison, tout en sachant que non loin de là où je serai, je ne pourrai pas profiter de la douceur de ta peau, de la chair de poule qui t'habite quand je te frôle, de ces petits bruits de gorge que tu fais quand je t'embrasse, te lèche et te mordille. J'ai envie de tout ça Sam, et plus encore. Sache que je n'en ai pas encore eu assez. Donc non, je ne resterai pas car je ne suis pas sûr de pouvoir me retenir d'avoir envie de te goûter à nouveau.

Ses lèvres sont trop proches des miennes, ses iris m'hypnotisent, sa voix grave m'ensorcelle. J'ai envie de lui encore, et je ne pense pas que ça changera de sitôt. Mais il a raison, les enfants ne sont pas au courant, du moins Théo. Emma, elle, est grande. Elle est perspicace pour son âge. Elle a très bonne mémoire également et m'a souvent répété qu'elle voulait que je sois heureuse.

Mais j'ai passé l'âge de foncer tête baissée, sans réfléchir aux conséquences, et le faire dormir à quelques pas de moi n'est définitivement pas une bonne idée.

Je dois réfléchir à la façon dont ça va évoluer, et à la conversation qui finira bien par arriver avec mes enfants.

– Tu as raison. Je ne sais pas ce qui m'est passé par la tête, excuse-moi. En ce moment, dès que tu es dans les parages, il semble que je redeviens une ado écervelée.

Je hausse les épaules et lui offre un air mutin, pour tenter de contenir l'embarras qui m'envahit.

– J'ai passé un excellent week-end, Ben. Ça faisait une éternité que je ne m'étais pas sentie aussi libre. Merci.

– Merci à toi d'avoir eu assez confiance en moi pour me parler. Tu le sais que ce qui se passe entre nous n'est pas une passade, Sam ? Tu t'en rends compte, n'est-ce pas ? J'ai déjà eu des aventures, tu t'en doutes bien, certaines plus sérieuses que d'autres, et je t'en parlerai si tu le souhaites, car je ne veux rien te cacher. Mais ça, Sam...

Sa main fait plusieurs allers-retours entre lui et moi.

– Ça, Sam, c'est réel et inédit pour moi. Et je ne laisserai pas passer l'opportunité qui s'offre à nous. Alors j'attendrai que tu parles à tes enfants et que tu sois à l'aise avec l'idée qu'une nouvelle vie pour eux et toi est possible, avec moi dans les parages.

Je hoche la tête, ses mains encadrent mon visage, qu'il

fixe intensément avant que sa bouche ne s'empare de la mienne, pour lui offrir un baiser d'une tendresse inouïe.

Il met fin à notre étreinte, et s'installe derrière son volant.

–Bonne nuit, Sam. Je passe te prendre demain vers huit heures.

–Bonne nuit, Ben. Fais attention sur la route.

Il m'offre un sourire à craquer, démarre et me laisse seule avec mes pensées.

***

Les jours passent, de baisers volés en caresses subtiles, de regards appuyés en sourires en coin.

On parle beaucoup dès qu'on en a l'opportunité. On apprend à se connaître. Il me parle de sa famille, de son frère et du fait qu'ils n'ont aucun point commun. Je lui parle de mon enfance, assez solitaire en tant que fille unique, de la gentillesse exceptionnelle de mes parents qui ont dû supporter la pile électrique que j'étais et que je suis toujours par moments. Tous ces échanges avec lui, et un Théo non loin de moi toujours aussi ravi d'avoir autant de responsabilités, ont fait que je n'ai pas vu la semaine passer.

Une de plus…

Comme à son habitude, Ben va passer le week-end dans sa maison du bord de mer.

À ses regards appuyés, j'ai bien compris qu'il aurait souhaité que je l'accompagne puisqu'il y restera plus longtemps avec le 15 août, qui tombe mardi. Il a pris ses dispositions pour que nous ayons tous trois jours de repos bien mérités.

Les souvenirs de nos deux corps enlacés débordant de

désir, et le plaisir qui en a découlé sont tellement frais dans ma mémoire.

Ben sait cependant que j'ai décidé de passer du temps avec Emma et Théo, pour leur expliquer la situation. Il n'a donc pas tenté de me convaincre ni de me forcer la main. Il respecte mes décisions et prend en compte mes désirs. Et ça, ça me fait l'apprécier davantage de jour en jour.

J'en suis à ces réflexions, un café à la main, assise sous ma véranda à regarder le coucher de soleil, quand ma fille vient s'asseoir à mes côtés.

– Tu rêves, maman ?

Elle m'offre un sourire tendre que je lui rends. On a toujours été très complices, elle et moi, on se dit tout. Contrairement à Théo qui garde beaucoup pour lui, Emma me ressemble énormément. En grandissant, on a créé des liens très forts, que beaucoup ne comprennent pas. Elle est mon double, comme j'aime le dire. Elle a son caractère, mais malgré tout, elle a une confiance indéniable en moi, et je lui rends bien. Elle sait qu'elle peut tout me dire, que je ne la jugerai pas, qu'on fait tous des erreurs, mais que c'est ça qui forge le caractère et fait de nous les personnes fortes que nous devenons. Elle aime me raconter sa petite vie palpitante d'ado de 16 ans, et ses fous rires pour tout et n'importe quoi me mettent du baume au cœur à chaque fois.

– J'étais dans mes pensées, ma puce. Et je profite de la fraîcheur du soir, ça fait du bien.

– Ça va ? T'as l'air bizarre. C'était calme ce soir. Tu es partie aussitôt après avoir tout rangé dans la cuisine. Même Théo est déjà monté dans sa chambre.

– Ça va, ma puce, je t'assure. Je suis fatiguée, c'est tout.

–Tu passes trop de temps sur la route maman, c'est trop loin, là où tu travailles. En plus, dès que tu rentres, tu n'arrêtes pas une seconde et les week-ends, c'est pareil, tu cours partout.

Elle n'a pas tort. Bientôt deux mois que je fais deux heures de route par jour. Pour le moment, c'est agréable parce qu'il fait beau, mais quand l'hiver arrivera…

–Je sais bien, Emma. Mais je ne peux pas me permettre d'abandonner ce boulot. C'est une opportunité qui m'est tombée dessus alors que jamais je n'aurais pu imaginer faire ce travail un jour. Je n'ai aucun diplôme, ma puce. Mis à part mon bac, je n'ai rien et les employeurs ne se bousculent pas au portillon pour m'embaucher. Tu comprends pourquoi je t'embête avec tes études ?

–Et il y a Benjamin…

–Emma…

Ma fille est décidément trop perspicace. En même temps, elle ne m'a jamais vue avec un autre homme que son père.

–Maman, je te l'ai déjà dit, je ne suis pas bête. Je suis grande et j'ai des yeux pour voir. Et ce que j'ai vu la semaine dernière, c'est qu'il ne te quitte jamais du regard, et que toi tu rougis comme mes copines quand un mec canon les mate.

Je la quitte des yeux pour reporter mon attention sur le soleil couchant et ses couleurs chatoyantes.

–C'est plus compliqué que ce que tu crois, Emma. J'aime bien Ben et il est vraiment gentil. Mais je n'envisagerai rien avec lui si vous n'êtes pas d'accord. Je comprendrai que pour ton frère et toi ce soit trop tôt. Et ce n'est pas vraiment la période idéale.

–La période idéale ? Maman, arrête s'il te plaît, j'ai

toujours eu des yeux ! J'ai même des oreilles, c'est toi qui me les as faites, je te signale ! Ne le prends pas mal, mais je sais ce que papa t'a fait. J'étais là, maman ! Je l'aimais parce que c'était mon père, mais je n'aimais pas comment il se comportait avec toi ! Il était si différent d'avec Théo et moi. Tu crois que je ne t'entendais pas pleurer quand tu partais t'enfermer dans la salle de bains, après qu'il t'avait mal parlé et qu'il avait claqué la porte de la maison si fort que les murs en tremblaient ? Ça t'arrivait de pleurer de plus en plus souvent vers la fin et ça me rendait vraiment malade. Je ne comprenais pas pourquoi il te faisait ça à toi, alors que t'es la plus géniale des mères qui puissent exister. Il nous aimait peut-être, mais il nous laissait tout le temps pour partir faire de la moto ! Il préférait ça à nous, je m'en souviens très bien ! J'avais 12 ans quand il a eu son accident maman, mais je n'ai rien oublié. Et je lui en veux. Oui, je lui en veux, parce que tu as peur maintenant. Je n'ai peut-être que 16 ans, mais je ne suis pas débile, maman. Je sais que tu plais à Ben et qu'il te plaît aussi, et tu as raison. Je ne le connais pas bien, mais franchement, il a tout pour te rendre heureuse.

Je la fixe, ébahie par son long monologue, des larmes plein les yeux. Les siens sont brillants, mais son regard est sincère.

– Mais qui êtes-vous ? Qu'avez-vous fait de ma fille ? J'ai l'impression d'avoir une adulte en face de moi, Emma.

Elle se penche vers moi pour me faire un câlin et se love dans mes bras.

– Je t'aime, maman. Je veux juste que tu sois heureuse. Tu t'occupes de nous depuis tellement longtemps. Tu mérites qu'on s'occupe de toi. Tu mérites que quelqu'un d'autre que nous s'occupe de toi, maman…

–Je t'aime tant, ma puce.

Nous restons là, collées l'une à l'autre. Je la berce légèrement et lui embrasse le haut du crâne, comme quand elle était bébé.

–Qu'est-ce qu'il vous arrive ?

Je lève la tête et vois Théo qui nous observe depuis le pas de la porte, sourcils froncés.

–Rien, mon cœur, on se fait un câlin, tu veux venir ?

–Oh ! ces filles, se met-il à marmonner.

–Viens là Théo, je te laisse ma place. Maman a un truc à te dire. Moi je file dans ma chambre, Valentin m'attend sur Messenger !

Emma se lève, me fait un bisou puis un grand sourire, et file comme si de rien n'était.

–Qu'est-ce qui lui prend ? Elle a pété un câble ou quoi ?

–Théo !!

–Bin quoi ? Elle est folle, c'est pas nouveau !

–Laisse ta sœur tranquille, tu veux bien ?

Je tapote la place qu'Emma vient juste de quitter.

–Tu viens t'asseoir cinq minutes à côté de moi, mon cœur ?

Mon fils s'approche, les sourcils froncés et une moue dubitative collée au visage.

–Qu'est-ce que t'as ? T'as l'air bizarre depuis plusieurs jours.

Je me tourne vers lui et lui offre un sourire comme à chaque fois.

–Tout va bien, mon cœur. Comme j'ai déjà dit à ta sœur, je suis juste un peu fatiguée, mais ça va passer. C'est pas comme si, à la base, j'avais prévu de faire autant de route pour aller travailler tu sais. Mais c'est comme ça et c'est pas autrement, alors je m'y fais.

Théo fixe le soleil couchant, laissant un long soupir s'échapper de ses narines, au moment où il s'assoit à mes côtés.

– Moi aussi, je suis naze.

Mon fils se tourne vers moi, hésitant à poursuivre.

– Tu crois que ça dérangerait Benjamin si je venais moins souvent ? J'adore ce que je fais, maman, hein, mais il ne reste pas beaucoup de vacances avant la rentrée et j'aurais bien voulu passer du temps chez papy et mamie pour bricoler deux, trois trucs.

– Bricoler deux, trois trucs ?

– Bin oui, Bonnie va bientôt venir à la maison et avec papy, on a décidé de lui construire une super niche pour la terrasse derrière. Comme ça, quand on ne sera pas là et qu'elle devra rester seule, elle aura une super cabane pour être à l'abri et faire dodo.

Je serre ma tasse entre mes mains. Heureusement que mon fils a mon père à ses côtés. Il a besoin d'une présence masculine, j'en suis bien consciente et c'est la seule qui lui reste à présent.

Marc avait perdu son père d'un cancer quand il était adolescent et sa mère ne s'en était jamais remise. Elle est décédée quelques années plus tard. Mes enfants ne l'ont jamais connue, moi juste un peu. Mais Théo grandit vite, et je vois bien qu'il est en demande d'attention masculine. Je le vois au Refuge, je le vois en ce moment.

– C'est une super idée, Théo. On en parlera à Benjamin d'accord ? Mais je sais d'avance qu'il comprendra, ne t'inquiète pas pour ça. On va l'appeler puisque c'est un long week-end et que je ne reprends le travail que mercredi.

Je passe une main dans ses cheveux, chose qu'il déteste maintenant qu'il est grand, et je lui caresse la joue.

– Il te reste encore quelques semaines avant que les petits de Bonnie ne soient complètement sevrés, mais par contre, l'école reprend bientôt et je voudrais quand même que tu te reposes. De toute façon, tu pourras toujours venir avec moi une ou deux fois dans la semaine avant la rentrée, puis quelques samedis dans l'année après, si ça te dit toujours.

Un grand sourire de soulagement éclaire soudain son visage. Et, comme Emma juste avant lui, il vient se nicher contre moi pour avoir lui aussi son câlin.

C'est pour des moments pareils que je n'ai jamais baissé les bras.

Mes enfants sont ma vie, je ferai tout et n'importe quoi pour qu'ils soient heureux.

Mes yeux se ferment, je me laisse envahir par cette douce sensation de plénitude, respirant l'odeur apaisante de mon fils, ma chair, mon sang…

23

« Nul ne sait deviner la joie intérieure
rayonnant dans un cœur
qu'une espérance effleure. »
Louise Colet

C'est donc seule que j'arrive au travail en ce mercredi matin.

Comme je m'en doutais, Benjamin a accepté sans problème que Théo passe moins de temps au Refuge. Il était même étonné qu'il ait résisté si longtemps.

J'arrive devant le bureau de Ben et toque deux coups à sa porte.

– Entre.

Je pousse le battant et regarde cet homme terriblement séduisant faire l'inventaire de sa pharmacie.

– Salut toi.

Il lève la tête, le visage éclairé par un sourire radieux. Il lâche ce qu'il faisait pour venir vers moi et me serrer dans ses bras.

– Bonjour, vous.

Son corps chaud se colle contre le mien, ses lèvres recouvrent les miennes et je m'abandonne au baiser de cet homme si sexy.

Il me serre plus fort contre lui, je fonds dans son étreinte et mes mains s'agrippent à ses cheveux, comme si ma vie en dépendait.

Il rompt le baiser, sans pour autant me lâcher. Nous avons tous les deux le souffle court, ça devient une habitude.

–Tu m'as manqué…

Son haleine chaude caresse mes lèvres, et je me sens envahie d'un bien-être que lui seul me fait ressentir.

–Toi aussi, tu m'as manqué…

Et c'est avec tendresse, puis frénésie que notre baiser reprend. Il me fait reculer jusqu'à la porte, sans jamais rompre notre étreinte. Je l'entends fermer la porte puis tourner le verrou. Je suis clouée au mur, emprisonnée par la chaleur de son corps massif. Ses doigts viennent empoigner mes fesses et mes jambes s'enroulent d'elles-mêmes autour de sa taille. Une de mes mains serre fort sa nuque pour que ce baiser s'approfondisse plus, comme si c'était possible, et l'autre se fraie un chemin jusqu'à son postérieur aussi ferme qu'un roc. Tout son corps est tendu et le mien est en attente. Je sais que ce n'est, ni le lieu ni le moment, mais à cet instant rien ne me semble plus important que lui, moi, ensemble.

Je me moque de qui peut arriver, je me moque de qui peut nous entendre, je n'ai qu'un besoin, c'est éteindre ce feu qui bouillonne en moi.

Sa bouche toujours sur la mienne, me dévorant, me goûtant dans un baiser sulfureux, je sens Ben nous déplacer. Et quand mes fesses entrent en contact avec une surface dure, je comprends qu'il vient de me déposer sur son bureau et que les choses sont à présent hors de contrôle. Je recule légèrement la tête, le souffle court, hors d'haleine, et sa bouche se met à attaquer mon cou. Ses mains se fraient un chemin sous mon tee-shirt pour empoigner mes seins.

Un long gémissement s'échappe alors de ma gorge. Je suis sur une autre planète. Les paupières closes, je vois des étoiles scintiller dans ce noir agréable alors qu'une de ses mains passe la frontière de mon short.

Pour une fois que je décide d'en mettre un ici.

Vive les ceintures élastiquées.

Ses longs doigts se faufilent dans ma lingerie et trouvent sans problème l'endroit où je rêve qu'ils s'activent.

– Bordel Sam ! T'es trempée… C'est trop bon de te sentir mouiller comme ça pour moi.

Je halète de plaisir, il grogne contre mon cou, ses doigts se mettent à frotter mon clitoris avide de sensations et sa bouche reprend d'un coup la mienne avec passion.

Ses doigts, sa bouche, ses autres doigts qui pincent mon téton, je suis à nouveau au paradis dans ses bras. J'ai chaud, je gémis, mon corps est parcouru de spasmes, mes jambes tremblent de plus en plus, je me sens prête à exploser en milliers de particules. Et je me lâche entre ses doigts. Mon orgasme me prend soudainement et je ne retiens pas les cris qui sortent de ma bouche et qu'il absorbe dans la sienne.

Je sens soudain que Ben s'éloigne légèrement et s'active à faire quelque chose. Mais je suis dans un tel brouillard post-coïtal que je ne me rends compte qu'il a baissé mon short, ma culotte et son pantalon, puis enfilé un préservatif, que quand je sens son sexe entrer en moi en une seule poussée énergique, qui me propulse à nouveau dans un plaisir inégalé.

Je ne retiens pas le râle de bonheur qui sort de mes lèvres gonflées. D'une main, il m'attrape le menton pour me forcer à rester avec lui et c'est les yeux accrochés aux siens que je sens son membre s'introduire plus profondément en moi.

Son autre main me serre tellement fort la hanche que je sais d'avance que j'aurai une marque, mais à cet instant, je m'en fous. La seule chose qui m'importe c'est ce regard brûlant de désir, ce sexe qui s'active en moi avec vigueur et que j'encourage de mes mains accrochées à nouveau sur ses fesses. Je l'accompagne dans ses mouvements, approchant mon bassin du sien autant que je le peux.

Il m'emporte à nouveau sur une autre planète, mes gémissements deviennent incontrôlables et les siens se font plus forts. Il grogne à chaque coup de reins et sa mâchoire est si serrée que les veines de son cou ressortent. Sa peau est perlée de sueur, ses muscles sont tendus à l'extrême.

Sous la force du plaisir, je ne peux plus garder les yeux ouverts et ma tête bascule en arrière quand son sexe se met à frotter mon point précieux à chaque passage.

Et d'un coup, je suis emportée par une déferlante qui brise tout sur son passage. Je ne contrôle pas les sons désordonnés qui sortent de ma gorge. Cet orgasme est encore plus dévastateur que le précédent. Les décharges de plaisir qui s'accumulent au creux de mes reins déclenchent le sien et c'est avec un long râle et un dernier puissant coup de reins qu'il se libère en moi.

Ben s'effondre littéralement sur mon corps frissonnant,

et moi, complètement épuisée par ces deux orgasmes fous et par son poids, je me laisse tomber sur le bureau envahi de papier.

C'est alors que je suis prise d'un fou rire qui ne semble pas vouloir s'arrêter. Je n'arrive pas à reprendre mon souffle, tellement je suis sans force, et me marrer n'arrange rien.

Ben lève la tête, en sueur. Et échevelé, il est plus sexy que jamais. Ma bonne humeur doit être communicative, car lui aussi se met à rire en fronçant les sourcils d'incompréhension.

– Mais qu'est-ce qui t'arrive ? C'est tout l'effet que je te fais ?

Je ris tellement fort que je sens son sexe, redevenu mou, tressauter dans mon intimité.

– Oh bordel ! On ne m'avait jamais fait ce coup-là ! Laisse-moi sortir de là avant que tu ne réveilles la bête avec tes tremblements internes.

Mon fou rire reprend de plus belle, je suis incapable de m'arrêter. Je suis tellement bien, là, à moitié à poil sur un bureau.

Le bureau de mon patron sexy !

Si on m'avait dit un jour que j'aurais la partie de jambes en l'air la plus incroyablement démente de ma vie, sur mon lieu de travail avec mon boss, je ne l'aurais jamais cru.

Ben revient vers moi, il me surplombe, les deux mains posées de chaque côté de mon corps. Moi, je n'ai pas bougé d'un pouce et je continue de glousser les fesses à l'air.

Son visage se colle presque au mien, ses yeux ne sont que braises mais il affiche un sourire prétentieux.

– Alors madame la comique, tu partages avec moi avant que mon ego n'en souffre ?

Je le fixe, un sourire radieux collé à mes lèvres.

– On peut dire que ça, c'était un sacré bonjour.

Il hausse les épaules et prend un air innocent.

– Je t'ai dit que tu m'avais manqué. Il fallait que je te montre à quel point.

Je me remets à rire.

– En me foutant à moitié à poil sur ton bureau de grand chef ?

– Ouais... Et je n'ai aucun regret, c'était...

– Extraordinaire ?

– Décapant !

– Décapant ?

Je suis reprise d'un fou rire et je sens son sexe, collé au mien, qui grossit à nouveau à travers la toile de son pantalon.

– Ouais, décapant ! C'était juste parfait, Sam...

Je n'ai pas le temps de répondre que sa bouche s'empare à nouveau de la mienne, sa langue dansant maintenant une chorégraphie que la mienne adore et connaît par cœur.

Je prends son visage en coupe et mets fin à ce délice en lui mordillant sa lèvre inférieure. Mes paumes descendent lentement jusqu'à ses pectoraux et je le repousse légèrement.

– Allez, Don Juan, pousse-toi que je me rhabille, avant qu'on nous surprenne.

– La porte est fermée, je te signale.

Il joue avec ses sourcils d'une manière suggestive et ne

s'éloigne pas pour autant. Je lâche un soupir faussement exaspéré et le repousse à nouveau.

– Oui mais le travail m'attend, cher monsieur, et il ne se fera pas tout seul.

Ben recule à contrecœur et réajuste son pantalon.

– Un problème ?

Il grogne et tente de revenir sur moi, mais je saute du bureau avant qu'il ne m'atteigne, loupant de peu une gamelle mémorable.

– Non, non, non, je t'ai dit qu'on avait du boulot.

Je me mets à nouveau à glousser, les fesses à l'air, cherchant des yeux où ma culotte et mon short ont bien pu atterrir.

– C'est ça que tu cherches ?

Je lève la tête et c'est un Ben joueur qui se trouve en face de moi, brandissant fièrement mes vêtements comme un trésor.

– Rends-moi ça, si tu tiens à ce que ça se reproduise un jour.

Il avance vers moi tel un prédateur et de réflexe, je recule en gloussant.

– Mais ça se reproduira, ma belle.

– Prétentieux.

– Non, réaliste.

– Ah bon ?

– Oh oui.

– T'es sûr de toi ?

– Certain.

– Eh beh…

– Arrête, Sam.

– Arrêter quoi ?

– Si tu continues à me regarder comme ça, comme si j'étais une oasis en plein désert, non seulement je ne vais pas te rendre ta jolie petite culotte rouge, mais en plus de ça, je vais te reprendre tout de suite, et ce, contre le mur.

Mon sérieux revient immédiatement et je déglutis.

– Contre le mur ?

– Oui, contre le mur.

– Celui-ci ?

Je me retourne et pose mes mains à plat contre le mur, exposant mes fesses.

– Oh merde Sam, tu me cherches là…

– Moi ?

Je joue avec lui, il le sait, mais j'aime ça. J'ai l'impression d'être vivante et ça n'a pas de prix. Je tourne mon visage vers le sien, le dos toujours cambré, les fesses tendues. C'est avec un grognement digne des hommes des cavernes qu'il se colle à moi en un mouvement rapide. Son souffle chaud vient caresser mon oreille, ses mains s'accrochent à mes hanches et il se met à faire rouler son bassin contre mes fesses offertes.

– À quoi tu joues, Sam ? Je croyais que le boulot passait d'abord ?

– Je suis en forme ?

Ben éclate de rire mais se reprend aussitôt en me donnant un coup de reins sans équivoque.

– Eh bien, moi aussi je suis en forme, mon ange, et tu vas voir tout de suite à quel point.

Je l'entends baisser son pantalon et enfiler un nouveau préservatif.

Une nouvelle fois je n'ai pas le temps de dire ouf que

d'une seule poussée vigoureuse, son sexe retrouve le chemin quitté quelques instants plus tôt. C'est à couper le souffle. Il est déchaîné comme si nous n'avions rien fait pendant la dernière demi-heure.

Et moi je me sens transpercée, mes jambes ont du mal à me soutenir tellement ses coups de reins sont féroces. Il me possède, il me domine et j'adore ça. Mes cris se font plus forts à chaque pénétration, et je sens la vague brûlante et grisante du plaisir imminent remonter en moi à une vitesse folle.

Ben continue ses va-et-vient avec une cadence inouïe. Je me disloque un peu plus à chaque fois qu'il se retire complètement de moi pour revenir encore plus fort et plus profondément la fois suivante.

Une de ses mains vient attraper la base de mon cou alors que l'autre part tout droit vers mon intimité, qui se retrouve à nouveau en surchauffe. Mes gémissements et mes cris remplissent totalement l'espace clos. Mes mains tentent de rester posées au mur mais je glisse, mes jambes flageolent.

Ben passe son bras autour de ma taille pour me maintenir en poursuivant ses poussées.

Il ne m'en faut pas plus pour être à nouveau emportée par un orgasme puissant et disloquant, son membre frottant mon point G sans relâche et ses doigts, mon clitoris. Cette double sensation me fait perdre la raison et c'est dans un dernier effort que son membre me fait exploser autour de lui, hurlant son nom, ce qui le fait exploser à son tour avec un long grognement.

C'est un déluge de sensations.

Je retire ce que j'ai dit tout à l'heure, la voilà la partie de jambes en l'air la plus terriblement extraordinaire que j'ai pu vivre dans ma vie.

C'est meilleur à chaque fois.

Il se retire lentement de moi, ce qui me fait grimacer. Je vais avoir des courbatures pendant des jours, mais rien que d'y penser, ça me fait sourire.

Je suis cuite, dans tous les sens du terme.

Je prends le temps de retrouver mon souffle et me retourne en m'adossant au mur pour récupérer un peu de force. Ben revient vers moi, me tend mes vêtements, un sourire sexy illumine son beau visage en sueur.

–Tu m'as tué, Sam. Si tu voulais m'achever c'est réussi.

–Tu m'as manqué, Ben.

J'enroule mes bras autour de son cou et lui offre un baiser léger comme une plume.

–Viens avec moi ce week-end dans la maison de la plage. Amène tes enfants. Ils seront bien, ça leur changera les idées. On restera même plus longtemps si tu veux. Je demanderai à Thierry de gérer le Refuge samedi et lundi, comme ça, on partira vendredi soir.

Je le fixe des étoiles plein les yeux. Mon cœur va imploser tellement cet homme me fait de l'effet.

Je pourrais tomber amoureuse de lui…

Je vais tomber amoureuse de lui…

Je suis en train de tomber amoureuse de lui…

–Je n'ai pas encore parlé à Théo, Ben. Emma a compris toute seule qu'il se passait quelque chose. On en a parlé et elle est ravie. Par contre, pour Théo, je ne sais pas. Il est tellement renfermé par moments. Je sais qu'il lui manque quelque chose, que son père lui manque, mais il en parle peu.

Je m'éloigne de lui pour me rhabiller, puis je me dirige vers l'évier près de sa table d'auscultation, pour me rafraîchir le visage et la nuque. J'en profite pour me recoiffer et refaire mon chignon flou.

Ben arrive derrière moi et me serre dans ses bras, mon dos contre sa poitrine. Son visage se niche dans mon cou.

– Tu me sniffes ?

Je le sens sourire contre ma peau collante.

– Il me faut ma dose, mon ange. Je ne peux plus me passer de toi, il va falloir que tu t'y fasses.

Nous restons comme ça, sans rien dire, pendant plusieurs minutes.

– Théo est un gamin adorable, Sam. On lui parlera ensemble si tu veux, ça ne me dérange pas. Mais je suis sérieux pour ce week-end. Venez.

Je profite de cette étreinte, mes mains couvrant ses bras qui me serrent contre lui. Je me retourne et plonge mes yeux dans son regard hypnotique.

– D'accord, je leur parlerai ce soir. Je les ai déposés, sa sœur et lui, chez mes parents hier. Théo avait hâte de commencer la construction de la niche. Au fait, comment vont Bonnie et ses bébés ? Et où est Booth ?

Ben secoue la tête en riant légèrement et me montre un endroit au fond de la pièce en hochant la tête dans la direction où je dois regarder.

Je pique un fard aussitôt et me couvre la bouche de la main.

– Oh mon Dieu !

– Juste Ben, ça ira mon ange.

Je lui tape l'avant-bras en grognant pour qu'il arrête de se moquer de moi, ce qui le fait éclater de rire.

– Quoi ? Ce n'est qu'un chien, Sam !

– T’es sérieux ? Mais pourquoi je ne l’ai pas vu ? Pourquoi il n’est pas venu me dire bonjour comme d’habitude ?

Ben secoue les sourcils de manière aguicheuse et vient me caresser la joue.

– Il a dû sentir cette tension sexuelle entre nous et n’a pas voulu nous déranger.

– Oh, mais sois sérieux deux secondes, tu veux ?

Je le sonde en quête d’une réponse et il se remet à rire.

– Mais non, il est dans les vapes, je lui ai fait ses rappels ce matin, et avec cette chaleur, il met toujours quelques heures avant de retrouver sa forme olympique. Ne t’inquiète pas, il n’a rien capté.

Il se remet à rire et je soupire exagérément pour l’agacer. Mais il rigole encore plus fort.

– Allez, je capitule, tu m’épuises, je file bosser.

– Toi aussi tu m’épuises mon ange, mais c’est quand tu veux.

– Ohhhhh ! Benjamin Beckett, gare à vous ! Je mords quand on me cherche.

Et je quitte son bureau avec un clin d’œil, le laissant les yeux écarquillés et sans voix.

24

« On dit que la peur est la plus fidèle compagne
de tout être conscient, pas vrai ?
La vie c'est avancer d'un pas hésitant,
sans cesse torturé par une idée obsédante. »
Douglas Kennedy

Une nouvelle adoption vient clôturer cette belle journée et aucun abandon n'est à déclarer. Ma paperasse aussitôt terminée, je file dire au revoir aux collègues encore présents, et quitte Ben avec un clin d'œil et un geste de la main. Son regard sur moi, quant à lui, est enflammé.

À peine installée dans ma voiture, mon téléphone se met à vibrer.

[C'est comme ça que tu me dis
au revoir maintenant ?

[Hummm… oui, lol !]

[Tu ne perds rien pour
attendre, ma belle…]

[Des menaces, toujours des menaces,
monsieur Beckett…]

[Tu me tues, Sam…
Fais attention sur la route.]

[Oui t'inquiète pas,
j'ai l'habitude maintenant.]

[Tu m'appelles quand
tu es arrivée, OK ?]

[Oui papa !]

[Heureusement que je ne suis pas ton père,
sinon je ne pourrais pas faire
ce que je t'ai fait ce matin ;)]

[Cochon !]

[Non, affamé !]

[Ça va être bientôt
l'heure de manger.]

[C'est une invitation ?]

[Tu rêves, beau gosse.]

[Ahhh, t'es dure avec moi, femme !]

[Je pensais que c'était toi qui étais dur ?]

[Bordel, sors de cette voiture, ou je viens te chercher !]

[Je démarre Ben, je te laisse… À demain ;)]

[Non, non, non, tu ne peux pas me laisser comme ça !]

[Et si…]

[N'oublies pas de m'appeler, bonne route ;)]

[:P]

N'ayant aucune envie de me retrouver seule à la maison pour le moment, je décide de passer chez mes parents. Ça me fera du bien de papoter avec ma mère, qui est toujours de bon conseil quoi que je puisse en dire.

En plus, j'en profiterai pour parler aux enfants du projet de week-end prolongé à Colleville. J'avais prévu qu'on aille sur la côte, celui-ci ou le prochain de toute façon. Théo me l'avait demandé, il y tient, alors autant que ça se fasse dans une ambiance détendue et enjouée.

Arrivée devant la magnifique maison en pierres d'époque de mes parents, je remarque qu'ils ont de la visite. Une berline gris métallisée, que je connais malheureusement très bien, est garée juste devant la grange.

Je respire un grand coup, éteins le contact et attends quelques secondes que mon palpitant se calme.

Tante Edna et oncle Albert…

Si vous aimez les personnes qui fourrent leur nez sans arrêt dans les affaires des autres et adorent critiquer, vous pouvez trouver votre bonheur en leur compagnie. Pour ma part, le fait qu'ils aient, le jour des obsèques de Marc, fait un esclandre devant tout le monde à la sortie de l'église, me reste en travers de la gorge.

Qu'on aime ou qu'on n'aime pas les éloges faits à un mort ne nous autorise pas à critiquer ouvertement ce dernier et ceux qui l'appréciaient.

Edna savait comment était Marc, car étant la sœur de maman, elles ont toujours gardé un lien spécial, même s'il s'est effilé avec le temps.

Et Edna a du caractère.

Elle dit ce qu'elle pense, et ça peut être considéré comme une qualité chez certains. Mais je vous avoue que chez elle, ça n'en est vraiment pas une.

Je me dirige vers le porche, frappe deux coups à la porte et l'ouvre sans attendre, comme à mon habitude.

–Coucou, c'est moi !

Je fais rapidement le tour, pas de bruit, personne. Ils sont sûrement au jardin par ce temps. C'est donc sans surprise que je les vois tous rassemblés sur la terrasse.

J'ouvre la baie vitrée et fais mon entrée en levant la main avec un léger sourire blasé.

– Salut tout le monde…

Mon fils vient en courant me tirer par la main pour que je voie l'avancée des travaux de la future « maison » de Bonnie. Ma fille vient m'embrasser en pointant du menton tante Edna et levant les yeux au ciel. Cette description sommaire, mais très réaliste, me fait glousser. Cependant, je dois vite me reprendre et place mon poing devant ma bouche, car justement voici Edna et Albert qui viennent me saluer à leur tour.

Je leur offre mon plus beau sourire de façade.

– Samantha ! Ça fait plaisir de te voir, ça fait tellement longtemps ! Alors, qu'est-ce que tu deviens, ma grande ?

– Bonjour, tata. Ça va bien et toi ? Bonjour, tonton.

Je leur fais la bise tour à tour.

– Ça va, ça va. Tu sais ce que c'est, on vieillit, on a les douleurs qui vont avec. Mais toi, dis-moi, j'ai appris que tu avais dû changer de travail avec la fermeture de ton ancienne société. Si c'est pas malheureux, ça ! George Cartier n'a jamais vraiment été un expert dans la gestion des affaires, ça n'a jamais été une surprise, mais franchement il aurait pu faire plus attention, ça lui aurait évité de faire faillite !

Je lâche un soupir et tente de garder ce faux sourire qui ne quitte pas mon visage.

– C'est de l'histoire ancienne maintenant, tout va bien, les chauffeurs ont été reclassés, M. Cartier a pris sa retraite et j'ai trouvé mon bonheur ailleurs.

Ma tante me regarde, l'air sûr d'elle, comme à son habitude. Mon oncle, lui, ne dit rien. Il se contente de nous laisser et file se réfugier près de mon père. Il a tout compris lui.

– Oh je ne doute pas que ce cher George soit heureux comme un pape d'avoir coulé sa boîte. Il en profite maintenant. Il paraît qu'il a été vu en train de réserver des vacances dans une agence de voyages, tu te rends compte ? Il ne manque pas de toupet, quand même !

Je garde toujours ce sourire niais qui commence à me donner des crampes aux joues, et hausse les épaules pour lui faire comprendre que dans tous les cas, je m'en moque. Il fait bien ce qu'il veut, et à son âge, après une vie entière à travailler, il a bien mérité d'en profiter, si tant est que ces ragots soient vrais. Bref…

Mais ma tante ne s'arrête pas sur sa lancée.

J'aurais dû me douter que c'était trop beau pour être vrai.

Mais comment fait-elle pour savoir tout sur tout ?

Mais surtout, comment fait-elle pour s'y intéresser ?

Ça me dépasse.

Curiosité quand tu nous tiens…

– Mais dis-moi ma chérie, j'ai appris que tu travaillais au Refuge Saint-Roch avec le séduisant Benjamin Beckett ? Alors comment ça se passe ? Tu t'y plais ? Ça ne fait pas trop loin pour toi tous les jours ?

Je ne peux m'empêcher de lâcher le soupir que je retenais.

– C'est un super job qui m'est tombé dessus à point nommé, tata, et faire la route ne me dérange pas non.

– Tu savais que ce charmant vétérinaire était fiancé à la fille du maire, il n'y a encore pas si longtemps que ça ? On ne sait pas vraiment pourquoi ça s'est terminé, ni ce qui s'est passé, mais on sait juste qu'elle est partie du jour au lendemain, le laissant seul et désespéré. Enfin, c'est ce qui se dit. Moi je pense qu'il y a une histoire de coucherie là-dessous, me confie-t-elle plus bas en me touchant l'avant-bras.

Ma mère, voyant mon trouble, arrive les mains pleines de boissons. Je vais en avoir besoin. J'aurais dû rentrer directement chez moi finalement. Une migraine est en train de pointer le bout de son nez, et la voix de tante Edna, combinée à la chaleur, n'arrange rien. Je me pince l'arête du nez puis me frotte les tempes.

Ma mère me regarde, les yeux plissés.

– Ça ne va pas, ma chérie ?

– Je suis juste fatiguée, maman, je ne vais pas rester très longtemps. Je voulais parler aux enfants, mais je pense qu'on va laisser tomber pour ce soir.

Ma mère m'entraîne à l'intérieur, laissant ma tante et mon oncle s'engager dans une discussion politique avec mon père.

Le pauvre…

Arrivées à la cuisine, elle dépose sur la table le plateau de verres sales que je m'empresse de mettre dans le lave-vaisselle.

– Tu es vraiment pâle, ma chérie, tu es sûre que ça va ? Tu as vu un médecin pour tes migraines ? Car je trouve que tu en as souvent ces derniers temps.

Je souris à ma mère qui semble inquiète plus qu'elle ne le devrait.

– Ce n'est rien maman, je suis juste fatiguée. Entre le travail, cette période de l'année que je déteste, et tante Edna qui vient en remettre une couche avec ses commérages, j'ai eu ma dose ces derniers temps.

– Ça se passe bien, au travail ? Et avec Benjamin aussi ?

Son front porte un pli soucieux, mais le sourire sincère que je lui renvoie la rassure immédiatement.

– Ça va super bien, maman. Tu avais raison, il est adorable. D'ailleurs, j'étais venue car je voulais parler avec les enfants d'une proposition qu'il m'a faite aujourd'hui, et je pense que ça leur ferait du bien.

– J'ai le droit d'en savoir plus ? me demande-t-elle avec une curiosité amusante.

Je me retourne vers la baie vitrée. Je n'ai vraiment pas envie d'avoir ma vie étalée au grand jour dès demain, à cause d'oreilles qui auraient malencontreusement traîné d'un peu trop près.

– Benjamin veut que nous passions le week-end avec lui, dans sa maison du littoral, les enfants et moi. Il pense que ça leur fera du bien de changer d'air. Mais le problème, c'est que je n'ai pas encore parlé à Théo de tout ça et ça m'angoisse un peu.

– Ma chérie…

– Je sais maman, je sais…

– Tu as fait d'énormes progrès ces derniers temps et Benjamin n'y est pas étranger, je le vois bien. Théo l'adore, c'est un fait. Alors franchement, je ne vois pas de quoi tu t'inquiètes.

– Oui, tu as raison, je me fais sûrement du souci pour rien.

– En plus, tu devais aller sur la côte avec eux bientôt, tu leur avais promis.

– Oui je pensais aller vers Saint-Luc ce week-end ou celui

du 27. Théo voulait aller là où on a jeté les cendres de son père.

–Eh bien, je pense qu'y aller avec une présence masculine non loin de lui pour lui changer les idées ne peut lui être que bénéfique. Il faut que ce moment douloureux soit suivi de moments de joie, tu ne crois pas ?

–Pas faux…

–Et ne fais pas attention aux cancans de ta tante, elle a toujours adoré en rajouter des tonnes tu la connais, me chuchote-t-elle à l'oreille avant de m'embrasser et de retourner à l'extérieur.

***

Après avoir dit au revoir à tout le monde et promis à mes enfants que je les appellerai plus tard, me voilà enfin au calme chez moi.

Je me prépare une salade vite fait puis monte me prélasser dans un bon bain chaud, chose que j'ai rarement le temps de faire.

J'ai dû m'assoupir quelques instants car c'est le bip de mon téléphone laissé sur le meuble qui me ramène à la réalité. L'eau est quand même plus fraîche. Je ne sais pas quelle heure il est mais je suis vraiment épuisée en ce moment.

Je me lave, me rince, me sèche et passe un tee-shirt de nuit, avant de prendre mon téléphone, le sourire aux lèvres.

[Tu m'as oublié ?]

Je m'installe sur mon lit avec un air réjoui et je lui réponds.

[Oups, désolée. Soirée compliquée,
je suis passée chez mes parents.]

[Rien de grave ?]

[Non t'inquiète, juste ma tante Edna !!
Une tornade tueuse de neurones !]

[???]

[Je t'appelle…]

– Coucou toi…

– Salut, mon ange. Je me suis inquiété, tu m'avais dit que tu m'appellerais une fois arrivée, et vu l'heure qu'il est, je n'ai pas pu résister à t'envoyer un message.

Je le sens hésiter, je sais qu'il ne veut pas paraître trop pressant, mais pour le coup je ne peux pas lui en vouloir. Je lui avais dit que je téléphonerais et je ne l'ai pas fait. Je fixe le radioréveil, vingt et une heures trente ! J'ai vraiment fait plus que somnoler dans mon bain.

– Je suis désolée, je viens de voir l'heure. Je me suis endormie dans mon bain et ça, c'est une grande première !

– Tu devrais te reposer, mon ange, je vais te laisser.

– Non c'est bon, on peut parler un peu si tu veux. C'est pas comme si on avait beaucoup parlé aujourd'hui, je rajoute d'une voix mutine.

– Sam…

– Bin quoi ? J'ai tort ?

– Ce sont nos corps qui ont parlé pour nous. Que veux-tu ? Tu es irrésistible !

– Si tu le dis, ajouté-je en gloussant.

– Je le dis et je le pense Sam.

– OK, OK. Bon sinon je n'ai pas encore eu le temps de parler du week-end aux enfants. Je voulais le faire ce soir, c'est pour ça que je suis allée chez mes parents. Sauf que quand je suis arrivée, ma chère tante Edna était là avec mon oncle Albert.

– Tante Edna ?

– Oh tu ne rates rien, crois-moi ! C'est la sœur de ma mère, mais elles ne pourraient pas être plus opposées l'une de l'autre. Ma tante est la pire concierge qui puisse exister. Elle sait tout sur tout le monde. Elle est gentille, mais elle m'épuise.

Je l'entends rire à l'autre bout du fil.

– Ne te moque pas, sérieux, elle m'a filé une migraine rien qu'en me racontant les derniers ragots sur mon ancien patron. Non mais tu t'imagines, il va se payer des vacances au soleil alors qu'il a coulé sa boîte et patati et patata, lui dis-je en la singeant dans les aigus.

– OK, je vois le genre. Donc tu t'es sauvée.

– C'est ça ! J'ai pris le large avant que ça ne déborde et que je sache de quelle couleur était le dernier caleçon acheté par Monsieur le maire.

Il se racle la gorge et reprend.

– Ta tante a l'air adorable dans son genre.

Je sens l'ironie dans le ton de sa voix, mais je ne relève pas.

– Elle pourrait écrire un bouquin avec ce qu'elle croit

savoir. Bref, donc, du coup, je n'ai pas pu parler aux enfants, de peur qu'elle m'entende et que toute la région n'en parle dès demain. Par contre, j'en ai touché deux mots à ma mère quand on s'est retrouvées seules.

– Et ?

– J'avais prévu d'emmener les enfants vers Saint-Luc ce week-end ou le prochain. Enfin surtout Théo, car il voulait qu'on aille là où on a dispersé les cendres de son père.

– Si tu préfères être seule avec eux, je comprends tout à fait Sam.

– Non, non, ce n'est pas ça au contraire. Ce sera une bonne idée que tu sois là en fait, car ça nous fera penser à autre chose. On ira se recueillir, si ça ne te dérange pas, mais après on se changera les idées et c'est de ça dont on a besoin. On doit positiver une période négative. C'est maman qui m'a fait comprendre ça et elle a raison. Encore !

– Ta mère est géniale, ton père aussi d'ailleurs. Donc, c'est OK pour vendredi ?

Je sens le soulagement et l'attente dans sa voix.

– J'appellerai les enfants demain midi. Je sais d'avance qu'Emma sera ravie, et en ce qui concerne Théo, si on lui dit qu'il pourra se baigner et s'éclater avec Booth, c'est gagné. Tu es sûr que ça ne te dérange pas ?

– Non mon ange. J'ai déjà prévenu Thierry que nous serons absents samedi et lundi. Il va s'occuper des chiens avec les bénévoles et fermer l'ouverture au public. De toute façon, après le 15 août, c'est généralement plat.

– OK. On partirait quand ? Demain soir ou vendredi matin ?

– Comme tu veux, c'est toi qui vois.

– Je vois ça avec maman et les enfants demain, s'ils peuvent venir dans la journée faire leurs bagages. Comme ça, je reviens directement ici après le boulot et tu nous prends en passant ? Ou alors on prend chacun notre voiture et je te rejoins là-bas, si tu veux.

– On ne va pas prendre deux voitures, Sam, à moins que tu ne veuilles t'échapper en cours de route.

Je rigole doucement.

– Va pour une voiture ! Au pire, je ferai du stop ou te piquerai la tienne si tu es trop insupportable.

Il éclate de rire.

– Je tâcherai de m'en souvenir et d'être le plus irréprochable possible.

– Ça marche. Je te laisse, je suis vraiment fatiguée et je dois encore préparer mes affaires pour demain ainsi que quelques bricoles, que les enfants pourraient oublier.

– OK. Repose-toi, quand même. Bonne nuit Sam.

– Bonne nuit Ben, à demain.

25

« Aimons-nous et rendons-nous la vie douce,
elle est si courte,
ne nous préparons pas des regrets irréparables
en négligeant nos devoirs. »
Henri-Frédéric Amiel

Un pique-nique sur la plage, les enfants qui s'amusent à rendre fou un Booth aux anges, un coucher de soleil en excellente compagnie. Il n'y a pas mieux comme décor pour commencer un week-end.

Et moi je suis là, plus zen que jamais, allongée sur ma couverture, écoutant rire les personnes que j'aime le plus au monde. Je profite de l'instant présent, sans me soucier de demain ou de mal faire quoi que ce soit. Et, pour la première fois de ma vie, je me rends compte que ça doit être ça, le vrai bonheur. Je le frôle des doigts, mais rien que ça, c'est déjà énorme pour moi, moi qui doutais en permanence.

Le trajet jusqu'ici s'est passé dans une ambiance plutôt détendue. Emma nous a gratifiés d'un concert gratuit,

Théo s'est marré en se moquant d'elle, et Ben et moi avons compté les points.

Une fois arrivés à destination, Ben a montré aux enfants où ils allaient dormir, et je dois avouer que je ne m'attendais pas à un tel changement en si peu de temps.

Il a profité du long week-end de la semaine précédente pour terminer les derniers travaux de la chambre d'amis, qui sera pour Emma. Il a également réaménagé entièrement son bureau pour y installer un clic-clac, et ce sera Théo qui dormira là.

Moi, eh bien, je garde la chambre principale, seule. Nous en avons convenu ainsi avec Benjamin. Je n'ai pas eu à le convaincre, il avait déjà prévu de dormir sur le canapé du salon. Il est trop tôt pour le moment, et la dernière chose que je souhaite est de braquer Théo, qui n'est toujours au courant de rien.

– Tu rêves ?

Ben vient de me rejoindre et s'assoit à mes côtés, en sueur, plus beau que jamais.

– Non, je profite. Mon Dieu, t'es dans un de ces états !

– Tes enfants ont la forme !

Je ne peux m'empêcher de glousser devant son visage ruisselant et son essoufflement.

– Oh ça oui, je t'avais prévenu ! Tu as oublié ce que c'est que d'être ado, monsieur le grabataire ?

Ben s'allonge et se tourne vers moi.

– Tu vas voir, si je suis grabataire !

Je lève l'index vers lui et le balance de gauche à droite.

– Tsss, tsss… Reste éloigné de moi, veux-tu ? Les enfants ne sont pas loin, et en plus, tu es trempé de sueur. Et je peux te certifier que mes hormones vont avoir du mal à supporter un rapprochement, alors n'essaie même pas.

– T'es dure en affaire, femme !

– Que veux-tu. Non, plus sérieusement, il va falloir parler à Théo avant qu'on ne fasse une gaffe. Je ne veux pas le braquer, il a fait de tels progrès ces derniers temps.

Ben se relève et va chercher une bouteille d'eau dans la glacière.

– Tu sous-estimes ton fils, Sam.

Je me redresse et le fixe, déconcertée.

– Comment ça ?

– Ce n'est plus un enfant, alors ne le considère pas comme tel, sinon tu vas droit dans le mur.

– Pardon ?

– Je veux simplement t'expliquer qu'il est loin d'être idiot. Il peut comprendre que sa mère, une femme belle et jeune, ait envie, et surtout le droit, de refaire sa vie. Ça fait longtemps que tu es seule, Sam. C'est pas comme si tu avais enchaîné les aventures, depuis la mort de ton mari.

Je garde le silence, analysant ses paroles. À trop couver mon fils, j'en ai oublié l'essentiel. J'entoure mes jambes de mes bras et pose le menton sur mes genoux, en observant mes enfants qui continuent de jouer avec Booth.

– Tu penses qu'il se doute de quelque chose parce que tu es le premier homme que je côtoie depuis Marc.

– J'en suis sûr, même. Emma l'a vite compris parce que tu as changé, Sam. Et si tu t'obstines à attendre pour en parler à ton fils, j'ai peur qu'il ne se braque quand tu lui diras. Il va penser que tu le tiens à l'écart et je ne sais pas comment il pourra réagir.

Comme souvent ces derniers temps, il a raison. Il semble mieux cerner mon fils que moi et ça me dérange autant que ça me plaît. Je devrais être ravie qu'il s'intéresse à son bien-être, au lieu de me fustiger en pensant que j'ai encore raté quelque chose.

Ben s'accroupit devant moi et me tient les épaules.

–Arrête, Sam. Je sais à quoi tu penses et la réponse est non. Tu n'as rien fait de mal. Tu fais au mieux, et je suis désolé, je n'aurais pas dû me mêler de ça. C'est ton fils, tu fais comme tu l'entends.

–Non tu as sûrement raison. Je cherche des excuses pour retarder l'échéance, mais autant en finir au plus tôt, comme ça, je serai fixée.

Je me redresse et lisse mon short nerveusement. L'air commence à se rafraîchir alors j'enfile mon sweat à capuche. Ben ne me lâche pas des yeux.

–Quoi ? Je n'ai pas brûlé mes calories, moi, et l'air s'est rafraîchi.

–Je pourrais te réchauffer si tu veux, ou mieux encore, je pourrais te faire perdre des calories, ajoute-t-il en jouant des sourcils.

Je ris doucement en secouant la tête.

–Tu ne perds pas le nord toi, hein ?

Il lève les deux mains en guise d'innocence feinte.

–Je ne suis qu'un homme, mon ange, et tu m'as tendu une perche que je ne pouvais que saisir.

–J'vais t'en saisir une autre de perche, moi, marmonné-je.

Ben n'a rien loupé de ma dernière réplique et ses yeux écarquillés se sont soudain assombris. Il s'approche de moi, prêt à m'attraper par la taille, mais pour une fois je suis rapide, et c'est en riant que je m'enfuis en courant vers mes enfants.

– Tu ne perds rien pour attendre, Sam !

Je continue de glousser comme une gamine et me retrouve trop vite soulevée dans les airs par l'arrière. Je n'ai rien vu venir, par contre les enfants, eux, sont morts de rire. Booth aboie joyeusement en nous tournant autour, langue pendante et queue battante.

– Lâche-moi, Ben, lui dis-je en continuant de rire.

– Tu veux que je te lâche ? OK !

Il se rapproche dangereusement de l'eau.

– Oh non, non, non !

Ben ne m'écoute pas et je l'entends demander aux enfants, la voix chantante.

– On fait quoi, les jeunes ? Votre mère a été très, très méchante avec moi alors j'hésite. Une punition s'impose, vous ne pensez pas ?

Emma se met à glousser et Théo, lui, continue de rire.

– Pitié, les enfants, je suis votre maman chérie ! Il reste deux morceaux de pizza rien que pour vous et je vous promets de vous faire une tarte, des crêpes, des gaufres et même des gâteaux !

– Tu te mets au chantage, maintenant ? me souffle-t-il dans l'oreille. Franchement les enfants, moi je pense que ce n'est pas bien de marchander un bon petit bain frais comme ça !

– Les desserts de ma mère sont une tuerie, réfléchis bien Ben, lui dit mon fils encore mort de rire.

– J'avoue, rajoute ma fille en gloussant.

– OK OK, si votre mère se met aux fourneaux, on peut envisager de se mettre d'accord.

Et sur ces paroles, il s'éloigne des vagues, pour me reposer sur le sable humide. Lui est trempé jusqu'aux genoux, mais son sourire espiègle ne le quitte pas. Il est à tomber.

Je le regarde, les yeux étrécis, croisant les bras sous ma poitrine en faisant une moue exagérée.

– D'accord, d'accord, je capitule. On rentre et je regarde ce que je peux faire pour vous, bande d'estomacs sur pattes !

***

Je suis perdue, dans mes pensées, assise sur les marches devant la maison, emmitouflée dans un plaid, un café à la main, quand je sens deux bras qui m'enlacent par l'arrière.

– Tu as froid, mon ange ?

Ses bras frictionnent les miens par-dessus les couches de tissus. La bouche de Ben se pose sous mon oreille, j'en frissonne, et un soupir de bien-être s'échappe de mes lèvres.

– C'est juste un coup de fatigue, ne t'inquiète pas. Par contre, si tu continues à t'attaquer à mon cou.

Je sens son sourire contre ma peau, puis un souffle d'air sur la zone qu'il vient de mouiller avec sa langue. J'en frissonne de plus belle.

– Les enfants sont sous la douche, on a cinq minutes rien qu'à nous. Je suis heureux d'avoir pensé à faire deux salles de bains.

– Oui, pas bête. Hummm, on est bien là, vraiment bien.

– Hum, humm…

Ben s'installe derrière moi, m'encadrant de ses jambes et de ses bras.

– On a passé une super soirée, tes enfants sont géniaux.

Tu fais du super travail, Sam.

Je laisse ma tête tomber en arrière pour la poser sur lui, et savoure ce moment de détente.

– Ouais, mais tout ça m'épuise. Par moments, je me demande comment je fais pour réussir à tout gérer.

Un long soupir s'échappe de mes lèvres, et les siennes déposent un baiser sur ma tempe.

Nous restons comme ça de longues minutes, sans rien dire, profitant de la présence de l'autre, quand un raclement de gorge nous surprend. Je me retourne et me redresse aussitôt, en apercevant mon fils.

– Fais pas cette tête, maman. On dirait que tu viens d'avaler une araignée.

Ben, qui s'est levé également, met les mains dans ses poches et regarde le sol en se retenant de rire. Je les regarde tous les deux, l'un après l'autre. En voyant leurs mines réjouies, mes sourcils se froncent d'incompréhension.

– Quoi ? Qu'est-ce que vous me cachez tous les deux ?

– C'est bon, maman, je sais pour vous deux.

– Mais… Comment ?

– Ben m'a demandé l'autorisation de, je cite, « te courtiser », et j'ai dit oui, ajoute-t-il en haussant nonchalamment les épaules.

J'en reste muette.

– De toute façon, il est cool et je l'aime bien. En plus son chien est génial et sa baraque aussi.

– Théo !

Mon fils continue sa tirade, l'air de rien.

– Bin quoi ? C'est vrai ! Tu sais, j'ai des potes au bahut qui ont des parents divorcés, une belle-mère ou un beau-père, et ils n'ont pas l'air malheureux. Je sais que là, c'est pas pareil, mais ça fait longtemps que papa est parti et je préfère que tu sois avec un mec cool plutôt qu'avec un con, finit-il en haussant les épaules.

–Théo ! Surveille ton langage, s'il te plaît ! Seigneur, je vais péter les plombs !

–Je dis ce que je pense. Et, maman ?

–Humm…

–Je ne suis plus un bébé, je rentre en quatrième ! Allez, je venais juste vous dire bonne nuit, à la base. Tchussss !

Et le voilà qui repart aussi vite qu'il est arrivé, me laissant littéralement abasourdie, alors que Ben, lui, est mort de rire.

–Oh toi ! Tu ne perds rien pour attendre. Et ne crois pas qu'avec ton tour de passe-passe, tu vas éviter le canapé ! Les enfants sont peut-être au courant, mais de là à ce qu'ils entendent quoi que ce soit, c'est mort !

–Et si on tente l'oreiller sur la tête ?

Je le laisse sur le seuil, en riant, lui envoyant un baiser avec la main.

–T'es sérieuse là ? Sam ! Sam !!

– Je file sous la douche, bonne nuit mon cœur.

Je crois l'entendre marmonner, un « moi aussi, mais froide », mais je rigole tellement que je n'en suis pas sûre.

***

Il est huit heures quand j'ouvre les yeux, le lendemain.

Tout est calme dans la maison, mais je sais qu'une fois que toutes les troupes seront réveillées, ça va crier famine, alors autant me mettre aux fourneaux dès maintenant.

Je relève mes cheveux en chignon, me passe de l'eau sur le visage, enfile un tee-shirt large qui découvre une épaule, ainsi qu'un short de sport. Ma tenue maison quoi.

Je descends sur la pointe des pieds pour ne pas réveiller Ben, que j'aperçois en caleçon, allongé de tout son long sur le canapé. Je me mords l'intérieur de la lèvre, pour m'empêcher de rire. Le pauvre, ça n'a pas l'air vraiment confortable pour un homme aussi grand que lui.

Booth vient me dire bonjour, il récolte deux trois caresses en retour.

– Salut, mon grand, tu viens dehors ? je chuchote.

Je lui ouvre la porte sans faire de bruit, puis file vers la cuisine pour voir ce que je peux préparer de bon.

Je fais cuire les crêpes depuis un bon quart d'heure, quand je sens deux bras m'enlacer.

– Bonjour, mon ange. Comment vas-tu ce matin ? Bien dormi ?

Sa bouche couvre mon cou de baisers entre chaque question et j'en perds aussitôt la tête. Je sens son sexe durcir contre le bas de mon dos.

– Bonjour, vous. Je te retourne la question. Le canapé n'a pas l'air très confortable pour un grand gaillard comme toi.

Ses baisers se transforment en morsures et ses mains approchent fermement mes fesses de son érection. Un grognement lui échappe.

– J'avais tellement envie de toi hier soir, que j'ai dû faire un effort surhumain pour ne pas venir te rejoindre dans ta chambre cette nuit.

Ma peau se couvre de chair de poule alors que mon corps se met aussitôt en surchauffe.

Ses lèvres sont un véritable appel au péché.

J'ai l'impression d'être au paradis.

Avec un raclement de gorge peu sexy, je réussis à reprendre contenance et à m'éloigner de lui.

–Je prépare le petit-déjeuner, Ben, laisse-moi tranquille cinq minutes, s'il te plaît, sinon je vais tout faire brûler. Et vu que j'ai promis, hier soir, de remplir des estomacs affamés, je tiens à tenir parole si je ne veux pas me retrouver à la flotte aujourd'hui !

J'ai les joues rouges, je suis excitée comme jamais, mais j'essaie d'alléger la tension sexuelle de la pièce en plaisantant. Je me retourne en le menaçant faussement avec ma spatule, histoire de lui faire comprendre que je ne rigole pas. Ce qui lui fait lever les mains, en guise de reddition.

–OK, madame la chef cuistot, j'ai bien compris qu'on ne plaisante pas avec des fesses mouillées.

–Arrête avec ton air espiègle, ou tu mangeras des tartines de pain rassis !

–Hummmm, ça sent bon ici ! Chouette, des crêpes ! Salut m'man, salut Ben !

–Bonjour, ma puce, je ne t'avais pas entendue arriver.

Je remercie le ciel d'avoir arrêté Ben à temps.

–Bonjour, Emma, bien dormi ?

Ma fille nous embrasse tous les deux et s'installe à table, après avoir piqué une crêpe fraîchement cuite.

–Oui, super, ta chambre Ben ! Je me suis effondrée comme une masse et j'ai dormi comme un bébé.

J'ai du mal à reconnaître mademoiselle réveil grognon. Ça fait plaisir de la voir de si bonne humeur dès le matin.

–Et maman, pas étonnant que tu ne m'aies pas entendue

arriver vu que t'étais trop occupée à te demander si t'allais fouetter Ben avec ta spatule ou pas. En fait, j'aurais dû attendre un peu avant d'entrer, histoire de voir si tu l'aurais fait, finit-elle en gloussant.

J'entends Ben se retenir de rire. J'adore l'ambiance détendue de ce matin…

–Qui voulait frapper qui ?

Théo entre à son tour dans la cuisine, m'embrasse et salue Ben.

–Alors ?

–Pas frapper, Théo ! Fouetter ! Décidément, tu comprends toujours tout de travers toi ! Maman hésitait à torturer ce cher Ben, j'aurais payé cher pour voir ça !

–Tu voulais le fouetter ? T'es sérieuse maman ? Genre *Cinquante Nuances* ?

–Mais c'est pas possible ! C'est l'odeur qui vous a réveillés ou quoi ? Y a pas moyen d'avoir cinq minutes tranquilles avec vous ! Et puis d'où tu connais *Cinquante Nuances*, toi d'abord ? Non, par pitié, ne réponds pas !

Je me frappe le front du plat de la main, et les trois zigotos à mes côtés éclatent de rire.

–Chont trop bonnes, tes crêpes, m'man, ajoute Théo, l'air de rien en haussant les épaules. Mais purée, qu'est-che qu'elles chont chaudes !

–Ça t'apprendra à te moquer, fils ingrat, je lui rétorque en lui tirant la langue.

–Bon allez, un peu de sérieux les jeunes, programme de ce vendredi : balades, plage, repos, baignade, ça vous dit ? On pourra aussi manger une bricole en bord de mer, je connais des restos sympas. Mais en attendant, on va se remplir le ventre avec les bonnes crêpes de votre mère, ajoute Ben, un sourire espiègle aux lèvres, en se frottant généreusement son ventre ferme.

J'aime ce semblant de vie de famille.

Je pourrais facilement y prendre goût.

26

« Il faut savoir se prêter au rêve
lorsque le rêve se prête à nous. »
Albert Camus

– Dis maman, tu savais que c'est un golden retriever comme Booth qui a été élu meilleur sauveteur en mer, au mois d'avril ? Il a fait un score de cent douze points sur cent quinze, c'est énorme !

– Impressionnant…

– Ça doit être génial de former des chiens pour qu'ils apprennent à sauver des gens, tu trouves pas ?

– Si si…

Mon fils devient intarissable quand il s'agit de nos compagnons à quatre pattes. Depuis que nous sommes rentrés, il n'arrête pas une seconde de parler, et moi, je suis si épuisée, que je perds le fil, vu son flot de paroles ininterrompues. Cette journée a été parfaite en tout point, on a beaucoup marché, les enfants se sont baignés. On a profité de la vie.

Ce soir c'est Ben qui s'est chargé du repas en s'occupant du barbecue, je n'ai eu que les salades à faire. J'ai l'impression de plus en plus que cette vie pourrait me plaire. Mais je sens que c'est trop beau pour être vrai.

Quelque chose me chiffonne...

Rien n'a jamais été si simple dans ma vie, et je ne vois pas pourquoi ça changerait.

À moins que ce ne soit la sortie de demain qui me rende nerveuse. Il est vrai que j'appréhende pas mal de me retrouver sur les hauteurs de Luc.

Ou alors c'est Ben.

Il doit bien avoir des défauts, non ?

Dire que je ne sais pratiquement rien de lui...

–Maman, tu m'écoutes ?

–Oh, pardon mon cœur, je suis fatiguée. Tu disais ?

–Je voulais savoir à quelle heure on allait voir papa, demain ?

Je manque de m'étouffer avec la gorgée de café que je viens de porter à mes lèvres.

–Ça va maman ?

–Oui ça va mon cœur, ta question m'a prise de court, c'est tout.

Je lui offre un sourire que je veux rassurant.

–Alors ?

–Demain après-midi. On partira le matin, Ben nous laisse sa voiture pour la journée.

–Il ne viendra pas ?

–Non, mon grand. C'est juste pour vous et moi, c'est notre journée, d'accord ?

Je n'ai même pas eu besoin de lui demander, Ben m'a tout de suite donné les clés de la voiture, quand on est rentrés tout à l'heure. Il m'a souri, il n'y avait rien à ajouter.

–OK.

Théo me laisse seul avec mes pensées, plus confuses les unes que les autres…

***

–Sam, mon ange ?

–Humm…

J'ai dû m'assoupir… Encore. Ça va devenir une habitude, à force.

Je me frotte le cou complètement ankylosé en grognant.

C'est douloureux bordel.

–Tu t'es laissé porter par le chant des mouettes et tu t'es endormie contre le pilier, ma belle. Personnellement, je te savais courageuse, mais là, tu m'épates.

–T'adores te moquer de moi toi hein ?

–Je te taquine, j'aime bien ça, me répond-il avec un clin d'œil.

–Va voir un ophtalmo, t'as des problèmes avec tes yeux, ça cligne régulièrement, je continue en grognant.

–Oh, t'es de mauvais poil toi, c'est rare. J'ai fait quelque chose de mal ? Tu m'en veux pour ton fils ?

–De quoi est-ce que tu parles ?

–J'ai voulu t'en parler aujourd'hui, mais on n'a jamais été seuls assez longtemps.

Ben m'aide à me relever et se met derrière moi pour me masser la nuque.

–Je ne voulais pas m'immiscer dans votre relation tu sais. Mais quand on jouait sur la plage hier soir, il a bien vu la façon dont je te regardais, et c'est lui qui est venu me parler.

–Ah bon ?

–Oui, il m'a demandé si tu me plaisais, se met-il à me dire tout bas, son souffle chaud contre mon oreille.

– Je lui ai répondu oui sans hésitation.

–Et c'est tout ? Il n'a pas cherché à comprendre ?

Je lâche un petit rire incrédule en secouant la tête.

–Je dois t'avouer que moi-même je n'y comprends rien. Ces derniers temps, mes enfants semblent avoir mûri d'un coup, et je suis un peu perdue là.

–Théo a eu beaucoup de responsabilités dernièrement avec le Refuge. Il a pris de l'assurance, ça lui a fait du bien. Mais tu ne me parles pas que de tes enfants, je me trompe ?

Ben me prend par les épaules et me fait me retourner pour que je me tienne face à lui.

–On est bien tous ensemble, c'est juste parfait.

–Mais ?

–Mais j'ai l'impression que ça va beaucoup trop vite, tu comprends ? La situation m'échappe totalement, non que je m'en plaigne, mais… Je ne sais quasiment rien de toi, Ben. Tu m'as raconté l'histoire de tes origines, mais à part ça… Si tu souhaites qu'on construise quelque chose, il va falloir qu'on apprenne à se connaître l'un l'autre, c'est la base pour moi.

–Je n'ai rien à cacher, Sam. Demande-moi ce que tu veux.

–Pas ce soir Ben, je suis fatiguée là.

–Sam, ne recule pas, s'il te plaît.

–Je ne recule pas.

–Si ! Comme d'habitude, à chaque fois que tu sens que la situation t'échappe, tu recules.

–N'importe quoi Ben, je suis crevée c'est tout.

–Je ne te crois pas, il y a autre chose, ça se voit à ton regard. Quelque chose te dérange. Avant c'était Théo parce qu'il ne savait pas pour nous, mais maintenant, c'est autre chose.

Merci tante Edna.

–D'accord, d'accord. Tu veux parler maintenant ? On va parler !

Je m'éloigne et pars vers le jardin. Il me suit. Je me retourne et vois la tension qui émane de tout son corps. Je ne peux pas le lui reprocher, mais il faut aussi me comprendre.

J'accorde difficilement ma confiance, il va donc falloir que LUI le comprenne. Il dit tenir à moi et vouloir construire quelque chose ? Qu'il a attendu le grand amour toute sa vie ? Mais si ce qu'Edna m'a dit est vrai, il a déjà été fiancé il n'y a pas si longtemps que ça.

–Je vais avoir 40 ans, Ben, j'ai vécu presque toute ma vie avec un homme en qui j'avais donné toute ma confiance et qui l'a écrasée sans aucun scrupule. Je ne sais rien de toi hormis le fait que tu es mon patron, que tu as une jolie maison secondaire et que ton frère était ami avec mon mari. Ça fait un peu léger.

–J'habite à Écouché, mes parents aussi. Mon frère, lui, est marié à une pharmacienne et vit à Bernay, ils ont des jumeaux de 10 ans. J'ai toujours vécu dans la région, sauf quand j'ai fait mes études. Là, je suis monté à Paris. Je suis propriétaire de mes deux maisons, celle d'Écouché appartenait à mon arrière-grand-mère Louise, et me l'a léguée.

Je prends une profonde inspiration et vide tout l'air de mes poumons bruyamment et lentement.

Je n'ai pas à le forcer à me parler.

Il le fera bien de lui-même.

–Je suis désolée si je t'ai bousculé.

–Arrête, Sam, tu n'as pas à être désolée, tu as le droit de savoir tout ça. Si on n'en a pas parlé avant, c'est parce que ça ne s'est pas présenté, c'est tout. Pas de quoi en faire toute une histoire. Allez, viens là, termine-t-il en m'approchant de lui, afin qu'il puisse me serrer dans ses bras.

–Je suis fatiguée et demain, ça va être une journée assez difficile. Je veux dire définitivement au revoir à Marc. J'ai décidé qu'il était temps. J'ai encore peur, mais je dois fermer ce livre.

Ben m'embrasse les cheveux, ne desserrant pas son étreinte.

–Je t'aime, Sam.

Sa confession me fait fondre en larmes. Je dois apprendre à faire confiance pour pouvoir m'ouvrir à lui et là c'est encore trop tôt.

–Je ne te demande pas de me répondre, mon ange. Je t'aime, je voulais juste que tu le saches.

Je le serre autant que je le peux, et des sanglots dans la voix, je lui dis :

–Tu veux bien dormir avec moi cette nuit, pour me serrer contre toi ? J'ai tellement besoin de toi.

–Tu n'as même pas besoin de me le demander.

***

Le samedi sur les hauteurs de Saint-Luc se passe moins difficilement que je ne l'aurais cru. Pour les enfants aussi, le temps semble faire son œuvre. Cette fois il n'y a pas de larmes. On se balade, on respire le grand air, on profite du silence, on se recueille et on avance.

Adieu Marc…

Nous rentrons chez Ben, peu avant dix-huit heures, il est déjà dans la cuisine.

– Tu prépares déjà le repas ? Je voulais le faire pour m'excuser pour hier soir.

Il m'attrape par la taille et me colle à lui.

– Je t'ai déjà dit que tu n'as pas à t'excuser. Je m'ennuyais, alors j'ai décidé de préparer un dessert. Une tarte au citron meringuée, ça vous ira ?

– Les enfants en raffolent, tu vas encore marquer des points, lui dis-je avec un grand sourire.

Une étincelle espiègle se met à animer ses beaux yeux verts.

– Et avec leur mère, je marque encore des points ou pas ?

– Tu ne perds pas le nord toi, hein ? Seriez-vous en manque de câlins, monsieur Beckett ?

– Ça fait trop longtemps, Sam, j'ai envie de toi comme un dingue, grogne-t-il en me collant contre la partie la plus dure de son anatomie.

– Houla, je vois effectivement que tu sembles gêné par quelque chose.

Sa main me saisit doucement la nuque, et ses lèvres effleurent mon oreille. Le souffle chaud qui s'y échappe me fait frissonner, ce qui lui fait lâcher un léger rire.

– Si tu savais tout ce que j'ai envie de te faire Sam. Où sont les enfants ?

– Dehors avec Booth.

Il commence à mordiller mon lobe pendant qu'une de ses mains passe sous mon débardeur.

– On serait seuls…

Il incline légèrement ma tête vers l'arrière, en tirant sur mes cheveux, ce qui lui offre mon cou.

– Je lécherais chaque partie de ton corps…

Mêlant le geste à la parole, il trace un sillon le long de ma gorge, avec le bout de sa langue.

– Je te ferais jouir avec ma langue…

Sa main libre, qui se balade sur la peau de mon dos, change de direction pour se faufiler entre mes jambes, par-dessus mon short. Je ne peux m'empêcher de gémir de plaisir.

– Je te ferais crier mon nom…

Sa main remonte jusqu'à un de mes seins, qu'il se met à pincer doucement, ce qui me fait lâcher un petit cri.

– Et je te ferais à nouveau jouir tellement fort que tu oublierais comment tu t'appelles…

Sa bouche quitte soudain mon cou pour prendre possession de la mienne, me mordillant, me suçotant, me léchant, pour en arriver à un baiser d'une telle ardeur que je sens mon corps s'embraser immédiatement.

Sa main dans mes cheveux se fait possessive, m'obligeant à incliner plus encore la tête, pour le prendre en entier. Sa langue attaque la mienne avec folie. C'est comme s'il était en manque et que j'étais sa dose.

C'est un baiser enivrant, brûlant, excitant. Mes mains, qui étaient jusque-là restées collées à son torse, se faufilent jusqu'à ses fesses qu'elles agrippent et malaxent avec ferveur. Il me rend folle. Tout ce que je veux c'est lui, et à en croire les grognements qui sortent de sa gorge, il est dans le même état que moi.

Je ne sais même pas qui met fin au baiser, seuls nos souffles saccadés brisent le silence qui nous entoure.

Je colle mon front contre son torse, et une de mes mains quitte ses fesses pour venir frôler l'énorme bosse cachée sous son jean. Les siennes viennent frôler mes côtes. Je me mets à glousser.

– J'étais en train de m'imaginer t'arracher tes vêtements et te sauter dessus.

– Hummm, bonne idée, mon ange.

– Pas vraiment. Tu te souviens qu'on a de la compagnie ?

– Tu me rends fou, Sam.

Sa bouche retrouve le chemin de ma gorge, et il me mord de frustration.

– Hey !

Un coup de bassin, une autre morsure. Ce coup-ci, je m'éloigne en me frottant le cou et en me mettant à rire nerveusement devant son air incandescent.

– Je te laisse aller prendre une douche froide, pendant que je m'occupe du repas ?

– Viens avec moi. On s'enfermera, ils n'entendront rien avec le bruit de l'eau.

– Non, non, non. Tu vas devoir attendre, mon pauvre. Il est hors de question que les enfants entendent quoi que ce soit. Qu'ils sachent est une chose, mais qu'ils nous surprennent en est une autre.

Ben se met à grogner en se frottant énergiquement le visage.

– Je sais, putain. Tu m'excuses, j'ai un gros problème à régler en urgence là.

Il passe à côté de moi, m'embrasse rapidement sur la

bouche et file jusqu'à la salle d'eau du bas, me laissant seule avec cette chaleur lancinante entre les jambes.

J'en rirais presque de frustration.

En même temps, je l'ai bien cherché…

27

« Hier n'est qu'un rêve et demain une vision.
Mais, bien vécu, l'aujourd'hui fait de chaque hier
un rêve de bonheur et de chaque demain,
une vision d'espoir. Prends donc bien soin
d'aujourd'hui. »
Proverbe sanskrit

Ça fait maintenant un mois que nous sommes allés en week-end chez Ben, dans la maison sur la côte.

Quatre semaines, que nous ne nous voyons qu'en coup de vent, à la dérobée, en espérant ne pas nous faire surprendre.

Cet homme est juste parfait, il n'a jamais tenté quoi que ce soit les trois nuits que nous avons passées ensemble sous son toit. Il a même été d'une tendresse inégalée. Sans le savoir, dormir dans les bras d'un homme m'avait manqué durant toutes ces années. Mais dormir avec un homme qui vous respecte et vous fait ressentir des sentiments forts, reste pour moi le meilleur souvenir de ce séjour.

Nous étions rentrés le lundi après-midi, après avoir

passé un dimanche plage, barbecue, sieste… Que du bonheur, les enfants en redemandent.

En parlant de mes crapules, ils ont fait leur rentrée depuis maintenant deux semaines.

Théo apprécie sa classe de troisième et Emma est entrée en première littéraire.

Moi j'ai vite repris la routine quotidienne qui était la mienne avant les vacances, sauf que maintenant, j'ai Ben qui occupe mes pensées quand je ne le vois pas, et mes soirées, grâce à Internet et au téléphone. Nous avons passé très peu de soirées ensemble depuis les vacances. Deux, pour être exact, le temps nous manquant cruellement, et la distance n'aidant pas vraiment.

Aujourd'hui nous sommes samedi, et justement, il vient ce soir à la maison nous apporter Bonnie, pour le plus grand bonheur de Théo qui ne tenait plus en place depuis des jours.

Ses petits sont enfin sevrés, et certains sont d'ailleurs déjà prêts à être adoptés. C'est dingue comme les gens se bousculent quand il s'agit d'adopter des chiots.

En espérant qu'on ne les retrouve pas abandonnés sur le bord de la route d'ici quelques mois. Ça, c'est une autre histoire…

Je suis donc sur la route pour rentrer chez moi, Théo à mes côtés, Ben nous suivant avec sa voiture. Je lui ai proposé de rester dormir à la maison, une grande première, mais ça me met quand même légèrement mal à l'aise.

Faire venir un autre homme là où Marc et moi avons vécu me laisse un goût amer dans la bouche. Mais pour le bien de tous, j'essaie de faire abstraction.

Les enfants sont super ravis qu'il vienne, moi aussi d'ailleurs, et Bonnie a besoin de se retrouver avec les personnes qu'elle voit le plus afin qu'elle se fasse de nouveaux repères. Donc, tout le monde y gagne.

Moi la première.

Ben ne m'a toujours pas parlé de son passé sentimental. J'en viens donc à me demander si ma tante n'a pas tout inventé, ou si elle ne s'est tout simplement pas trompée de Beckett. Pour ce que ça vaut, un commérage…

Bref, de toute façon, passé ou pas, ça reste le passé. Et ce qui arrive en ce moment entre Ben et moi est tellement idyllique, que je préfère vivre au jour le jour.

Advienne que pourra.

Je ne lui ai toujours pas avoué mes sentiments, quelque chose me bloque encore.

En même temps, ça ne fait que six semaines que nous sommes ensemble, même si parfois j'ai l'impression d'être avec lui depuis toujours, tellement on se comprend et on se complète.

***

– Maman ! Tu as lavé mon slim prune ? J'en ai besoin pour ce soir ! me crie ma fille depuis l'étage.

– Regarde dans ma chambre, sur la table à repasser, ma puce ! J'ai aussi mis sur cintre toutes tes chemises. Tant que tu y es, tu pourras les ranger, s'il te plaît ?

– OK, pas de soucis, merci ! Et tu as mis où mon jean gris ? Je veux le mettre pour le concert de Soprano, jeudi !

– Pareil, ma puce, tout est lavé et repassé, alors ouvre tes yeux et trouve ton bonheur.

– Merci, maman, t'es la meilleure !

– Il paraît, oui…

Je termine de nettoyer mon plan de travail en riant légèrement et enfourne mon gratin. Théo et Ben sont partis promener les chiens dès notre arrivée, ce qui m'a permis de m'enfuir directement dans la cuisine. Emma, quant à elle, est enfermée dans sa chambre depuis tellement longtemps que je me demande si elle arrivera à être prête un jour. Ce soir, Valentin l'emmène au cinéma. Je ne sais même pas ce qu'il y a à l'affiche, c'est pour dire à quel point ma vie est bien remplie.

Je me demande parfois comment j'arrive à tout gérer en restant debout. C'est un mystère, mais rien ne m'arrête !

Une grosse tête poilue vient me secouer la jambe, suivie d'une deuxième.

Je me penche pour les caresser en même temps.

– Salut, mes gros. Oh ! Que c'est bon de se faire papouiller, hein ? Alors, elle était bonne la promenade ?

– Oui, Bonnie s'est comportée comme si elle avait fait ce trajet toute sa vie, me répond Benjamin, chevilles et bras croisés, adossé négligemment contre le mur en face de moi.

Je me redresse en prenant le temps de le détailler de bas en haut. Je n'en manque pas une miette.

Il est si sexy avec son sourire aguicheur et sa langue qui joue avec sa lèvre inférieure, que c'en est indécent pour mes pensées. Je suis prise d'une subite bouffée de chaleur, les yeux fixés sur ces lèvres pleines, qui ne font que m'appeler désespérément. Je monte mon regard jusqu'au sien et suis happée par le désir brûlant qui transperce ses prunelles vertes.

Je me rapproche de lui, comme attirée par un aimant. Il tend le bras et me saisit doucement par la taille, pendant que son autre main s'agrippe à ma nuque. Là, son souffle caressant le mien, il reprend la parole d'une voix basse et rauque.

– Théo est parti à la douche et Emma est toujours en haut. Donne-moi ta bouche, avant que je ne devienne fou, Sam.

Il m'attire doucement vers lui et se penche en avant pour frôler mes lèvres avec le bout de sa langue. Mes poils se hérissent. Le baiser se veut lent, sensuel, tendre. Il prend son temps, fait monter le désir. Mais rapidement nos corps rendent les armes et nous nous mettons à fusionner dans un baiser affamé, ardent, où nos dents prennent le relais de nos langues, où nos souffles peinent à se reprendre.

C'est un baiser qui nous consume tous les deux, et qui nous laisse haletants.

Ben me regarde avec une intensité qui m'est inconnue. Tout son corps est tendu de désir, le mien aussi, je tiens à peine sur mes jambes, et la chaleur entre mes cuisses est cuisante.

– Ce soir, toi, moi… Je m'en fous qu'on nous entende Sam, car là tu me tues, et si je ne peux pas bouffer chaque centimètre carré de ta peau, je vais être bon à enfermer. Je te veux, toi, nue, sous moi. Moi en toi. Toi dans mes bras. Et ce, toute la nuit. C'est non négociable Sam, et je sais que tu en as envie autant que moi.

Je passe lentement mon index sur sa bouche, mes yeux toujours accrochés aux siens et je hoche la tête. Son regard s'allume et ses dents attrapent mon doigt. Le plaisir-douleur de la morsure se répercute immédiatement au creux de mon ventre et un long gémissement incontrôlé m'échappe. Il lâche mon doigt pour coller ses lèvres à mon oreille et dans un murmure, m'achève.

– Ce soir, mon ange, ne prévois pas de dessert pour moi.

***

Je n'arrive pas à me concentrer sur le film qui défile devant mes yeux. Pourtant ce cher Jason Statham mériterait toute mon attention.

Je suis assise sur le canapé, les jambes allongées sur les cuisses de Ben assis à mes côtés, et seule sa main posée sur ma cuisse, dont le pouce trace inlassablement des cercles, me captive.

J'ai été une boule de désir ambulante durant tout le repas, et l'attente ne fait que faire monter cette tension. Heureusement que personne ne semble avoir vu mon état quand on était à table, hormis Benjamin, qui lui, s'en est visiblement délecté puisque ses yeux rivés sur moi ont étincelé d'un désir intense.

Emma est déjà partie depuis plus d'une heure et va rentrer tard puisque Valentin et elle se rendent à une fête après la séance de cinéma. Son couvre-feu est à deux heures du matin.

Et là, complètement affamés l'un de l'autre, nous attendons que mes parents viennent chercher Théo pour la nuit.

Curieux hasard ?

Non.

Après l'interlude dans la cuisine, je me suis empressée d'appeler ma mère pour lui demander s'ils pouvaient prendre leur petit-fils pour la nuit. Je ne suis pas encore prête à vivre librement ma relation avec Ben. Je n'ai pas non plus envie de me retenir et ce serait plutôt gênant que mon fils de 13 ans nous entende. Je n'ai eu droit à aucune question, mais à un sourire dans la voix quand elle m'a répondu qu'un couple qui se construit a besoin d'intimité.

En plus, papa comptait venir prendre Théo demain matin pour aller couper du bois et faire un tour de quad, donc l'excuse parfaite est arrivée au bon moment.

–Maman, papy est là, je te laisse. Bonne soirée à vous deux. Allez, tu viens, Bonnie ? Je vais te présenter ton nouveau papy et ta nouvelle mamie, ils sont super cool et ont une maison immense.

Je n'entends pas la suite, mon fils tout excité a déjà refermé la porte derrière lui. J'ai juste eu le temps de lui dire au revoir.

Je me poste devant la fenêtre et fais un signe de la main à mon père. Il me rend mon sourire et je les regarde s'éloigner.

–Enfin seuls.

Les mains de Ben, qui étaient posées sur mes épaules, descendent entre mes seins et ses doigts ouvrent un à un les boutons de mon corsage, qui tombe au sol en un éclair. J'ai à peine le temps de me retourner qu'il me porte dans ses bras, sa bouche trouvant naturellement la mienne.

Il me dépose sur mon lit, et ses lèvres se déplacent directement vers ma poitrine, qu'il se met à sucer et mordiller à travers la dentelle.

J'arque le dos pour qu'il puisse décrocher mon soutien-gorge, et il en profite pour me mettre complètement nue.

Là, au-dessus de moi, il me domine de toute sa stature et j'aime ça. J'aime le voir comme ça, brûlant, prêt à perdre le contrôle, prêt à tout donner sans retenue. Je suis dans un état d'excitation qui me rend dingue, mais c'est sans compter sur sa main qui se décide à migrer vers le sud, là où ma tension interne est la plus forte. Je pousse mon bassin vers ses doigts, il m'en faut plus. Je veux qu'il me possède, je veux qu'il me fasse jouir, je veux qu'il me libère de cette boule de feu qui ne demande qu'à exploser. Je me redresse et le déshabille avec fougue. Il n'y a rien de tendre ce soir, nous sommes au bord de la rupture. Ben enlève rapidement les dernières barrières de tissus qui nous séparent et je n'ai pas le temps de me rendre compte de quoi que ce soit que son visage vient se perdre dans la chaleur humide entre mes jambes.

Je lâche un gémissement guttural qui ne semble pas vouloir s'arrêter.

Je rejette la tête en arrière sous l'intensité du plaisir que sa langue me procure, et mes mains s'accrochent à ses cheveux pour en réclamer plus. Je suis emportée, littéralement accrochée à lui. Je soulève les hanches, avide d'en recevoir plus, et les doigts qui se mettent à accompagner la douce torture de sa bouche me font définitivement perdre la tête. Sa langue tourne, encore et encore, avant de me sucer plus fortement, ce qui fait exploser la décharge de plaisir qui s'était accumulée au plus profond de mon ventre.

Vidée par l'intensité de l'orgasme qu'il vient de me donner, je ne remarque pas que Ben se tient au-dessus de moi, dans l'attente.

– Sam, je veux te sentir tout entière. Je suis clean et je sais que toi aussi. Tu crois que…

Je prends son visage entre les mains et plonge mon regard dans le sien.

–J'ai un stérilet, mais avant…

Avec toute l'audace dont je suis capable, je le fais se retourner sur le dos et le chevauche. C'est la première fois que c'est moi qui prends l'ascendant, et j'avoue que c'est grisant. Je veux lui donner le même plaisir que celui qu'il vient de me procurer, alors mes mains commencent à le caresser sur toute sa dure longueur pendant que ma bouche visite son corps de rêve. Il halète, il gémit, ses poings serrent les draps, il lâche prise.

Ma langue trace des sillons humides sur tous ses muscles légèrement dessinés et c'est avec une lenteur exagérée que je me dirige vers l'objet de mon désir. Je lèche l'extrémité de son membre puis frotte légèrement avec mon pouce la perle de plaisir qui s'en échappe. Je recommence, et le long grognement qu'il lâche m'indique qu'il apprécie fortement ma douce torture.

D'un coup, je le prends en entier dans ma bouche, jouant de ma langue, tournoyant, léchant, aspirant, tout en le caressant fermement avec ma main. Son bassin se met en mouvement, il accompagne les miens. Je suis récompensée par un long râle, mais une de ses mains vient tirer mes cheveux alors que l'autre vient caresser mes lèvres.

–Arrête. Je veux jouir en toi, et là, si tu continues avec ta bouche de rêve, ce n'est pas ce qui va se passer.

Sa voix est rauque, tendue, excitée.

Il me relève à la force de ses bras et je viens de moi-même m'emboîter sur lui. Nous lâchons le même gémissement au même moment. Mes yeux se ferment, ma tête tombe en arrière et je commence à onduler lentement puis de plus en plus rapidement à mesure que le plaisir augmente. Ses doigts se soudent à mes hanches pour accélérer la cadence et je tombe en avant sous l'orgasme qui me prend par surprise. Je cale mes paumes sur ses pectoraux pour me soutenir mais je suis vidée.

En un mouvement, je me retrouve à nouveau sur le dos, Ben me regarde avec une intensité incroyable alors que son sexe bouge en moi de plus en plus énergiquement. Je ne retiens plus mes cris de plaisirs depuis longtemps et la chambre nous les renvoie en écho.

Je répète son nom inlassablement quand un nouvel orgasme s'abat sur moi.

Je ferme les yeux, incapable de les garder ouverts sous cette nouvelle vague de jouissance.

– Regarde-moi, mon ange.

Ses poussées se font plus puissantes, ses mains soulèvent mes fesses pour entrer encore plus profondément en moi, et c'est sans douceur et sans retenue qu'il se met à jouir avec un profond et long râle, alors que je le suis dans un orgasme plus doux mais d'une longueur inégalée.

Je ne remarque pas qu'il s'éloigne, je le sens juste revenir vers moi avec un gant et une serviette puis m'envelopper de ses bras. Je me laisse emporter par une douce brume de bien-être et mes paroles longtemps retenues sortent dans un souffle avant que le sommeil ne m'emporte.

– Je t'aime.

***

Je ne me souviens pas de m'être endormie, mais je me réveille enveloppée par une douce chaleur apaisante. Je n'ai même pas entendu Emma rentrer, mais je sais qu'elle a respecté le couvre-feu. Je lui fais confiance et elle n'en a jamais abusé jusqu'à présent. La confiance, pour moi, c'est devenu primordial, et si on en abuse, on en assume les conséquences…

Les rayons du soleil filtrent déjà à travers les volets et c'est avec un énorme sourire que je me cale plus près de la source de chaleur qui me colle au dos, une érection matinale contre mes fesses.

Sa main sur mon sein resserre sa prise, tandis que l'autre descend vers mon intimité brûlante. Cet homme fait de moi une nymphomane, j'en veux encore et toujours plus dès que je suis entre ses bras. Je passe ma main derrière nous pour lui attraper la fesse et sa bouche se met à me dévorer le cou. J'ondule contre lui, je suis au paradis.

– Bonjour, toi.

Sans même voir son visage, je devine au son de sa voix qu'il sourit, j'en fais de même contre l'oreiller et lui rends son bonjour.

28

« La vie, cette rivière tumultueuse,
apporte de rares instants de bonheur
dont il faut profiter, car son prix est celui du malheur
qui suivra aussitôt après. »
Alith

L'automne est déjà presque terminé, le trimestre scolaire aussi et l'hiver est dans quatre jours.

Les vacances de Noël approchent à grands pas, moins d'une semaine, et cette année nous ferons les fêtes ensemble. Le réveillon est prévu chez mes parents, et le lendemain midi, nous ferons le repas chez ceux de Ben, avec son frère et sa famille.

Oui, les choses ont évolué naturellement entre Ben et moi. Nous y allons toujours à notre rythme, nous nous voyons les week-ends, mais maintenant j'ai franchi le cap de la « belle-famille ».

J'ai fait la connaissance de ses parents au début des vacances de la Toussaint, lors d'un repas où ils m'ont invitée. Ben leur avait parlé de moi depuis quelque temps, et je ne sais pas pourquoi j'avais repoussé l'échéance jusque-là, peut-être par crainte de trop m'investir et que tout ne s'arrête d'un coup. Toujours ce satané problème de confiance en moi qui ressurgit sans prévenir. Tant d'années à douter laisse des traces indélébiles.

Cette peur de ne jamais être à la hauteur.

Est-ce qu'un jour ça s'arrêtera ?

J'ai pris sur moi ce jour-là, et malgré mes craintes et mes appréhensions, tout s'est finalement bien passé. Ses parents sont des gens simples, comme les miens. Sa mère me fait penser à la mienne, avenante, aimante et protectrice.

Lors de notre première rencontre, elle m'a scrutée et questionnée pour connaître mes intentions et mes sentiments envers son fils cadet. Je ne lui en veux pas, je comprends parfaitement, elle ne cherche que le bonheur de ses enfants. Normal.

Depuis nous avons refait quelques dîners chez eux avec mes enfants. Là aussi, les sourires et la politesse des miens semblent avoir fait leur effet. Pourtant, mon cœur s'est pincé à de multiples reprises et je n'ai toujours pas compris pourquoi.

Peut-être parce que mes enfants n'ont jamais connu leurs grands-parents paternels et que le tableau présenté devant moi était idyllique.

Allez savoir…

J'analyse toujours tout et je cherche encore à les protéger.

Mais les protéger de quoi ?

Les soirées avec son frère et sa femme sont, quant à elles, plus récentes et beaucoup plus détendues. Nous n'en avons fait que deux pour le moment, mais je m'entends bien avec Cathy et je ne doute pas du fait que nous pourrons devenir amies.

Avec son mari, par contre, je pensais que la situation serait gênante, du fait que William connaissait Marc depuis toujours. Ils avaient la même passion pour ce sport qui l'a tué.

Mais non, les discussions se sont faites tout naturellement entre nous et il n'a pour le moment, encore jamais mentionné d'anecdotes sur lui et mon mari, ce dont je lui suis reconnaissante.

Ces deux repas m'ont montré Ben sous de multiples facettes. Je savais qu'il avait toujours préféré les animaux aux filles, ça, Martha me l'avait déjà raconté, mais l'entendre de la bouche de son frère nous a valu de sacrés fous rires. Préférer dormir avec des souris, vers de terre et autres bestioles plutôt qu'avec des « demoiselles » a toujours étonné son grand frère.

– Comment, à l'âge où on a envie de sauter sur tout ce qui bouge, tu as préféré te coltiner des soirées surveillance d'animaux blessés ? Ça me dépasse encore, frangin, lui avait-il demandé un soir.

Ben, imperturbable, avait haussé les épaules et avoué que l'avantage des animaux était qu'ils étaient d'un calme apaisant, contrairement aux filles de son âge, qui piaillaient à la moindre occasion.

Bien sûr, il a eu des copines comme tout le monde, le contraire aurait été inquiétant quand même.

C'est il y a trois semaines, lors de notre second dîner chez eux, que j'ai appris qu'il y avait eu une exception parmi toute la horde de filles qui tentaient de lui mettre le grappin dessus.

Lana…

J'aurais dû me douter qu'un homme aussi beau que Ben avait forcément connu au moins une histoire sérieuse dans sa vie. Jusque-là, rien d'étonnant, mais sa réaction, elle, l'a été. Je m'en souviens trop bien, car elle m'a perturbée plus que je ne l'aurais voulu.

Nous en étions au dessert, Cathy et moi avions débarrassé, et j'avais préparé le café pendant qu'elle sortait ses tartelettes maison du frigo.

C'était William qui avait pris la parole alors que nous dégustions avec plaisir l'excellent dessert de sa femme.

–Hummm, comme toujours, tes desserts sont une tuerie ma chérie, lui avait-il dit en lui faisant un sourire rempli d'amour.

Cathy lui avait alors retourné le même visage.

Qu'ils sont mignons ces deux-là, une complicité pareille, ça donne envie.

William avait poursuivi en se tournant vers moi.

–Et ce café Sam, je t'assure que toi au moins tu sais faire autre chose que la lavasse jus de chaussette que cette chère Lana nous servait ! N'est-ce pas frangin ?

Et là, d'un coup, l'air ambiant était devenu d'un glacial alarmant. Cathy m'avait regardée avec un air désolé qui m'avait fait froncer les sourcils d'incompréhension.

Quant à Ben, il fusillait son frère du regard, les poings serrés de chaque côté de son assiette. Je me souviens avoir regardé les deux frères à tour de rôle sans qu'aucun des deux ne me calcule.

Voyant l'attitude de son frère, William avait levé les mains en signe d'apaisement.

– Hey, frangin, tout doux là ! On dirait que tu vas soit me tordre le cou, soit me découper en rondelles pour me faire dévorer par les bestioles les plus méchantes que tu puisses trouver sur le territoire ! Je n'ai rien dit de mal. Au contraire, je complimentais ta nana !

J'avais pris la parole avec un sourire forcé.

– Merci William, c'est très gentil à toi. Veuillez m'excuser, j'ai besoin d'aller aux toilettes.

À peine m'étais-je éloignée dans le couloir que des éclats de voix m'avaient rattrapée.

– Mais qu'est-ce qui t'a pris, bordel ?

– Quoi, qu'est-ce qui m'a pris ? T'as perdu la boule ou quoi ? Oh putain ! Tu ne lui as pas parlé de Lana, c'est ça ? Mais pourquoi, mec ? C'est fini depuis un bail, alors je ne vois pas où est le problème !

– Y a pas de problème, mais si tu pouvais éviter de mentionner son nom quand Sam est là, ce serait sympa.

– Tu devrais lui dire.

– Ça n'a aucune espèce d'importance, OK ?

– OK, OK… Comme tu voudras.

Je n'avais pas entendu la suite de la conversation, préférant m'enfermer dans la salle de bains, le repas menaçant de remonter d'une seconde à l'autre.

Malgré moi, la conversation avec ma tante Edna était revenue comme une sonnette d'alarme dans mon cerveau.

« Tu savais que ce charmant vétérinaire était fiancé à la fille du maire, il n'y a encore pas si longtemps que ça ? On ne sait pas vraiment pourquoi ça s'est terminé, ni ce qui s'est passé, mais on sait juste qu'elle est partie du jour au lendemain, le laissant seul et désespéré, enfin, c'est ce

qui se dit. Moi je pense qu'il y a une histoire de coucherie là-dessous... »

Alors je me suis mise à douter...

Pourquoi ne m'en avait-il jamais parlé alors que je me suis confiée à lui ?

Pourquoi m'avoir fait croire qu'il n'avait jamais été amoureux, alors que franchement, je n'en avais rien à faire qu'il ait eu une vie avant moi ?

Pourquoi est-ce que ça me touche autant, alors que c'est censé être de l'histoire ancienne ?

La réponse à ma dernière question est devenue plus qu'évidente quand j'ai surpris le regard noir que Ben a lancé à son frère ce soir-là.

Puis cette conversation. Comme s'il ne voulait pas que je sache, comme s'il ne fallait surtout pas que je sache. Et je me suis sentie exclue, mal à l'aise et confuse de me trouver là.

Ce repas a eu lieu le week-end de la Sainte-Catherine, et depuis, Ben fait comme si de rien était. Mais cette discussion a creusé un fossé invisible entre nous. Cathy m'a téléphoné pour tenter de me rassurer et je lui ai bien dit que ce n'était pas grave. même si au fond de moi je sais maintenant que mon bonheur n'est pas aussi parfait qu'il le paraissait.

Pourquoi ne me parle-t-il pas ?

Où est le problème surtout ?

Ben et moi ne sommes jamais revenus sur ce qui s'est passé cette soirée-là, mais en même temps, je ne vois vraiment pas pourquoi il ne m'en a jamais parlé. Mais bon, après tout, il doit bien avoir ses raisons, et il est tout à fait normal qu'il ait eu une vie avant moi.

Je pensais juste être la seule à avoir des problèmes de confiance, mais visiblement, ce n'est pas le cas.

Les vacances de Noël sont vendredi et j'en suis soulagée parce que ces trajets de nuit avec ces routes glissantes m'épuisent de plus en plus. On est dans une période creuse au niveau des abandons, et nous avons pour la première fois depuis que je suis là, trois box vides. Eh oui, en plus de tous les chiots de Bonnie, trois autres chiens ont trouvé une famille. En même temps, comment ne pas craquer devant un cocker, un labrador et une femelle cavalier king charles qui vous font les yeux doux ?

Je me penche vers Bonnie, couchée à mes pieds et la caresse tendrement.

– Hein, ma belle, comment ne pas craquer avec des êtres aussi adorables que vous ?

Eh oui, Bonnie m'accompagne partout. Il n'était pas question de la laisser seule les premiers temps, mais à la longue, elle et moi avons apprécié de nous retrouver ensemble. Elle passe donc ses journées avec moi au Refuge et ses nuits à surveiller Théo, au pied de son lit.

Tout le monde y gagne, cette chienne est un amour.

Au moment où je me relève, une belle et très élégante jeune femme entre et vient jusqu'à moi.

– Bonjour, madame, je peux vous renseigner ?

– Bonjour. Vous êtes nouvelle ? Veuillez m'excuser si je suis directe, mais c'est que je connais bien Martha et je m'attendais à la voir.

– Il n'y a pas de mal. Martha est partie à la retraite au début de l'été et c'est moi qui la remplace. Je suis madame Rivera. Je peux lui laisser un message si vous souhaitiez lui parler et je lui dirai de vous recontacter.

– Oh non, ce ne sera pas la peine. Ce n'est pas elle que je suis venue voir, mais le Dr Beckett. Est-il disponible ?

– Je vais voir s'il n'est pas occupé. C'est de la part de qui ?

– Dr Marchand, me répond-elle, avec un grand sourire.

Sur un signe de tête, je quitte mon bureau pour celui de Ben, et, ne le trouvant pas, me dirige vers la réserve, vu qu'il devait y faire l'inventaire avant les vacances.

Il me tourne le dos quand j'entre et je m'éclaircis la voix pour qu'il remarque ma présence.

– Ben, j'ai le Dr Marchand qui demande à te voir. Par contre je ne sais pas pourquoi, je suis désolée, je n'ai pas pensé à lui demander. Je la fais attendre dans ton bureau ou je lui dis de te rejoindre ici ?

Ben se retourne vers moi, les sourcils froncés.

– Dis-lui de venir, s'il te plaît.

– Pas de soucis. Ça va toi ?

– Oui, pourquoi ça n'irait pas ?

– Oh, pour rien. Je te l'envoie.

Je tourne les talons en lâchant un soupir. Je ne suis pas en grande forme en ce moment, et le fait que Ben soit renfermé n'arrange rien.

Vivement les vacances, nous sommes tous fatigués.

J'ai la chance de pouvoir avoir des congés alors que c'est ma première année ici, et vu que le Refuge ferme pour les fêtes, je compte bien en profiter pour me reposer au maximum.

Je n'ai pas le temps d'arriver à mon bureau que le Dr Marchand vient jusqu'à moi. Visiblement, elle connaît bien les lieux.

–Le Dr Beckett est à la réserve. C'est au fond à…

–Ne vous inquiétez pas, je connais le chemin, merci.

Sur ce, elle me laisse.

–OK. Pas de quoi.

***

Il est dix-huit heures, je peine à rester assise, je me sens de plus en plus mal, ce ventre qui gargouille ne me dit rien de bon.

Vive les enfants scolarisés et les gastros qui traînent.

J'éteins mon PC, et prends mon sac.

–Allez ma belle, encore une bonne journée de faite. Tu viens avec moi dire au revoir au grand chef, qu'on puisse rentrer se caler bien au chaud devant la cheminée ?

Bonnie me suit, comme à son habitude. Les quelques cours de dressage que nous lui avons fait pratiquer avec Théo ont fait d'elle le parfait compagnon. Elle comprend tout, tout de suite, c'est un amour.

Je toque à la porte du bureau de Ben avant de rentrer.

–Salut, je voulais te dire que je… pars.

Il n'est pas là, chose surprenante parce qu'à cette heure-ci, il devrait avoir fini l'inventaire depuis longtemps. Je hausse les épaules pour moi-même et me dirige vers la réserve.

J'en suis à quelques mètres quand des éclats de voix m'interpellent. Fronçant les sourcils, je m'avance vers l'ouverture et ce que je vois manque de me faire défaillir.

Ben…

Cette jolie blonde dans les bras…

Je ne cherche pas à comprendre. D'ailleurs, je ne veux même pas chercher à comprendre.

La nausée qui me prend est à deux doigts de me faire vomir.

Je fais signe à Bonnie de me suivre et pars le plus rapidement possible vers ma voiture.

Installée derrière mon volant, je ne réfléchis même pas à ce que j'ai vu. Je constate juste que Ben ne semble pas être si différent de Marc.

Pourquoi les hommes ne se contentent-ils pas d'une seule femme ?

Pourquoi leur dire qu'ils les aiment si c'est faux ?

Je me prends la tête et c'est la dernière chose dont j'ai envie. Je verrai bien demain, je lui en parlerai… Si j'ose…

Il doit bien y avoir une explication. En tout cas, pour le moment, je dois juste partir d'ici. Je rêve d'un bon bain chaud et de mon lit.

Et ce ventre qui ne se calme pas.

Il fait nuit noire. Ça fait plusieurs jours qu'il gèle et j'ai vraiment hâte d'être au printemps, ce temps m'épuise. Entre le gel et le brouillard.

Et voilà qu'il se met à broussiner.

– Génial, Bonnie, on n'est pas rentrées ma belle.

J'ai à peine le temps d'enclencher les essuie-glaces qu'un renard sort du fossé devant moi, me fichant une trouille bleue. Je tente de l'éviter en freinant brusquement et en donnant un coup de volant.

Mauvais choix, la route est une vraie patinoire. Je tente de redresser la trajectoire de mon véhicule mais c'est peine perdue.

– Bordel de merde…

29

« L’humeur tranche nos indécisions
plus souvent que la raison ne les dénoue. »
Louis Joseph Mabire

Bordel, ce que ça fait mal…

J’ai l’impression d’être enveloppée dans du coton. C’est comme si ma tête allait éclater. Je tente de bouger, mais je suis prise d’une douleur aiguë qui me fait lâcher un cri.

La nausée me reprend soudainement.

Je sens une main se poser délicatement sur la mienne.

– Ne bouge pas, mon ange, tu vas te faire mal.

Je tente d’ouvrir un peu les yeux et regarde difficilement autour de moi.

– Je suis où là ?

– À l’hôpital, tu as eu un accident. Je ne savais même pas que tu étais partie. Heureusement que Bonnie est revenue au Refuge. Quand elle est arrivée seule en aboyant sans s’arrêter, j’ai vite compris que quelque chose clochait.

Je ferme les yeux un instant pour tenter de me rappeler les derniers événements. Il ne me faut que très peu de temps pour remettre mon esprit en ordre.

Bien sûr...

Ben...

La magnifique blonde pendue à son cou...

Le verglas...

Le renard...

Ben continue son récit, tendu.

–Bonnie m'a conduit jusqu'à toi. Tu as glissé sur une sacrée plaque de verglas et ta Ford a fini contre un arbre.

Un arbre... Comme Marc...

Sacré coïncidence.

Je lâche un faible rire qui me fait l'effet d'un coup de poignard. Je relâche doucement mon souffle pour pouvoir à nouveau parler. Ma voix est rauque et mes cordes vocales sèches comme du papier de verre.

–Bonnie va bien ?

–Bordel, Sam, qu'est-ce qui t'a pris ? Pourquoi tu es partie sans un mot ?

–Je ne me sentais pas bien et... Bref, laisse tomber. Comment va Bonnie ?

Ben se frotte le front. Il semble fatigué.

–Bonnie va bien.

–OK.

Je ferme les yeux, la lumière trop intense ne fait qu'accentuer mon mal de crâne. Je ne sens plus mon bras gauche. J'ai du mal à respirer.

Je ne roulais pourtant pas vite.

Comment ai-je pu me faire aussi mal ?

Ah oui, l'arbre...

Je tente de faire refluer la douleur, en expirant longuement.

–Tu as prévenu mes parents ? Il est quelle heure ? Oh ! Les enfants vont rentrer de l'école et ils vont s'inquiéter.

–Chutttt, c'est bon, calme-toi. J'ai appelé tes parents, ils se sont chargés des enfants et ne devraient plus tarder à arriver.

–Il est quelle heure ?

–Vingt heures. Tu es restée dans les vapes un bon moment, mais pas étonnant avec le choc que tu as reçu à la tête.

Écoutant ses paroles, je lève la main vers mon crâne douloureux. J'ai un pansement qui m'arrache les cheveux.

Génial.

Et ces nausées qui ne s'arrêtent pas.

–Ben…

–Oui mon ange…

–Tu peux appeler un médecin, je ne me sens vraiment pas bien, je crois que je vais vomir.

J'ai à peine le temps de terminer ma phrase que mon estomac se vide au-dessus d'un haricot que me tient une infirmière que je n'avais même pas vu entrer dans la chambre.

–Je vais vous demander de sortir, monsieur. Mme Rivera a besoin de repos. Le médecin ne va pas tarder à venir lui faire des examens complémentaires, mais en attendant elle doit se reposer le plus possible.

Je vois Ben hocher la tête, puis plus rien.

***

Quand j'ouvre les yeux pour la seconde fois, c'est le visage en larmes de ma mère qui se tient à mes côtés. Je lui tends la main.

– Maman…

L'état de ma voix ne s'améliore pas et je peine à ouvrir correctement mon œil gauche.

– Oh ! Ma puce !

Je ne dois vraiment pas être bien belle à voir vu le visage décomposé qu'elle arbore.

– Ne t'inquiète pas, maman, ça va aller.

Ma mère serre tendrement ma main dans la sienne, en reniflant. Je ne sais vraiment pas quoi lui dire pour la rassurer, vu que je ne connais pas encore l'étendue de mes blessures. Il n'y a pas un seul endroit qui ne me fasse pas souffrir et mon visage semble si gonflé…

En même temps, je m'en moque un peu.

J'ai juste envie de voir mes enfants et de dormir pour oublier mon corps qui semble être passé sous un rouleau compresseur.

– Comment te sens-tu, ma chérie ?

– Mis à part le fait que j'ai l'impression d'avoir été piétinée par un troupeau de buffles enragés, tout va bien, je réponds avec un léger rire qui me fait lâcher un couinement de douleur.

J'entends ma mère soupirer. Elle sait que si je tente de blaguer, c'est que ça ne va pas si mal au fond. Mais elle sait aussi que je ne veux pas l'inquiéter et que je ferais tout pour la rassurer.

Je reprends lentement mon souffle pour tenter de me soulager.

– Où sont les enfants ?

– Dans la salle d'attente, avec ton père et Benjamin. Le médecin a dit que tu ne devais recevoir qu'une seule visite à la fois. Tu as perdu connaissance tout à l'heure, alors ils te surveillent de près ma chérie.

– J'ai vomi.

– Oui, ma chérie. Tu as subi un traumatisme crânien quand ta tête a heurté la vitre.

– Non j'étais déjà malade avant, je crois que j'ai chopé la gastro qui traîne dans la classe de Théo.

– On t'a fait des prises de sang, c'est normal lors d'un accident de la route. Ils veulent s'assurer que tu n'étais pas sous l'emprise de l'alcool en plus des routes verglaçantes. Les médecins t'en diront plus dès qu'ils auront reçu les résultats. En attendant, tu te reposes. Nous ne sommes pas loin.

Je cligne des yeux et lui fais un léger sourire. Même hocher la tête m'est devenu impossible ce soir.

– Je peux voir les enfants avant que tu ne les ramènes chez toi avec papa ? Il est quelle heure ?

– Il est vingt-deux heures, ma chérie. Je leur dis de venir chacun leur tour et après, on les ramène, ne t'inquiète pas pour eux. De toute façon, demain il n'y a pas de transports scolaires à cause de l'état des routes.

– Et vous ? Vous allez rentrer comment ?

– Ton père a pris la Megane, elle est équipée, ne t'inquiète pas, je t'ai dit, d'accord ?

– D'accord…

De toute façon je suis trop épuisée pour protester.

Mon fils est le premier à venir me voir. Il se retient de pleurer, mais ses lèvres tremblent tellement que je m'en veux de le voir dans cet état-là. Je dois lui rappeler son père. Et à une semaine de Noël, il n'a pas vraiment besoin de ça.

Il ne reste pas longtemps, me raconte sa journée avec un

sourire timide, puis m'embrasse en me disant qu'il repassera demain, si le verglas est parti.

Ma fille entre juste après lui, et, contrairement à son frère, s'effondre en larmes contre moi. Je ne peux retenir les miennes, et nous restons là, collées l'une à l'autre autant qu'on le peut sur mon côté valide, jusqu'à ce qu'elle m'embrasse à son tour et quitte la chambre.

Je n'ai pas vu mon père, du moins, je crois.

À peine mes yeux s'étaient fermés après la visite de ma fille, que les ténèbres m'emportaient de nouveau.

***

La nuit a été courte et compliquée. Entre les infirmières qui sont venues me réveiller régulièrement pour vérifier mon traumatisme et mes constantes, je suis encore plus fatiguée que la veille.

J'ai la bouche sèche, j'ai soif, mais mon mal de ventre et mes nausées sont toujours présents et je ne sais pas si je dois avaler quoi que ce soit, au risque de tout vomir comme hier.

Je n'ai pas le temps de continuer mon introspection qu'une femme d'une cinquantaine d'années, à l'air jovial, entre dans ma chambre.

–Bonjour, madame Rivera, je suis Laurette, votre infirmière pour la journée. Comment vous sentez-vous ce matin ?

–Bonne question. J'ai soif. Oh… bonjour. Pardon…

Je lui offre un sourire penaud.

–Je vous apporte un verre d'eau tout de suite, mais buvez-le lentement d'accord ? Votre estomac fait des siennes et on va le réhabituer tout doucement, me dit-elle, en me pressant doucement mon épaule valide.

Je hoche légèrement la tête.

L'eau me fait un bien fou, j'ai l'impression de retrouver l'usage de mes cordes vocales asséchées.

– Le médecin va bientôt venir ?

– Il fait la tournée des chambres et viendra tout vous dire d'ici quelques minutes. En attendant, ne vous inquiétez pas. Vous avez tout ce qu'il vous faut dans vos perfusions d'accord ?

– D'accord. Merci.

Je suis perdue dans mes pensées, au bord du sommeil, quand un homme d'âge moyen entre dans ma chambre.

– Bonjour, madame Rivera, je suis le Dr Philippot. C'est moi qui me suis occupé de vous à votre arrivée. Comment vous sentez-vous ce matin ? Des nausées ? Des vertiges ?

– Bonjour docteur. Oui j'ai toujours autant de nausées mais je pense que j'ai attrapé le microbe qui traîne dans la classe de mon fils. Par contre non, je n'ai pas de vertiges. Du moins je ne crois pas, je ne me suis pas encore levée. D'ailleurs il va falloir que j'aille aux toilettes, ajouté-je avec une grimace. Je suis désolée.

– Ne vous excusez pas, c'est tout à fait normal. Votre corps réagit normalement et c'est tout ce qu'on lui demande. Je vais appeler une infirmière pour qu'elle vous aide et on continuera cette discussion après d'accord ?

Aller aux toilettes avec un bras dans le plâtre, des douleurs aux côtes et une tête pesant cinq tonnes, c'est un jeu d'enfant.

Par contre, l'image que m'a rendue le miroir, elle, a plutôt été digne d'un film d'horreur pour adultes.

C'est avec difficulté que je remonte dans mon lit en remerciant Laurette.

Le médecin revient aussitôt me voir.

–Alors, des vertiges ?

–Non, mais j'aurais pu en voyant ma tête, je lui réponds avec une moue dégoûtée.

–Ne vous inquiétez pas, tout reviendra à la normale. Je vais vous dire exactement l'étendue de vos blessures. Nous avons également reçu les résultats de vos examens et j'aurais voulu en parler avec vous dès maintenant. Vous vous sentez assez en forme ?

–Oui allez-y.

–Donc, comme vous l'avez constaté, vous avez un plâtre de l'épaule à votre coude. Il s'agit dans votre cas d'une fracture de l'humérus, ce qui est assez rare, mais votre bras ayant été projeté contre le plastique de votre portière et votre épaule contre la vitre, votre os qui relie l'épaule au coude a cédé. On aurait pu opter pour une immobilisation à base de bandes élastiques renforcées, mais compte tenu de votre état général, le plus simple a été de choisir de vous faire un plâtre. Vous reviendrez d'ici à six semaines pour que l'on voie où ça en est. Vous garderez votre bras en écharpe d'ici là, et si dans six semaines, la consolidation est parfaite, vous entamerez une rééducation pour une récupération totale de l'extension du coude et la remusculation du biceps et du triceps.

–D'accord…

–En ce qui concerne le reste, vous avez subi un choc important à la tempe gauche, lors de l'impact contre la vitre. Vous avez saigné mais aucun point de suture était nécessaire. Vous avez également deux côtes froissées, toujours du même côté. Nous faisons ce que nous pouvons pour soulager au mieux vos douleurs, mais compte tenu de votre état, nous ne pouvons pas vous administrer de puissants antalgiques.

Je le regarde, interrogative. Je ne comprends pas vraiment ce qu'il veut dire par là, et mon cerveau embrumé par toutes les informations qu'il vient de recevoir est limite hors service.

–Vous êtes enceinte, madame Rivera, et compte tenu de vos analyses, je dirai, de très peu. Cela peut expliquer vos nausées et vos vomissements. Nous allons toute de même vous garder encore en observation quelques jours, afin de voir l'évolution de votre commotion cérébrale, mais je suis optimiste.

–Mais… C'est impossible… dis-je dans un murmure.

–Nous avons prévu une échographie de contrôle d'ici quelques jours, mais si vous sentez des crampes ou des douleurs quelconques, prévenez-nous. En attendant, vous devez rester allongée le plus possible, autant pour le fœtus que pour le reste d'ailleurs. Vous avez d'autres questions ?

Je suis tellement sous le choc que je suis incapable de sortir le moindre son. Ma vie est devenue un vrai cirque ces derniers temps et je suis en train de perdre totalement le contrôle. J'ai besoin de réfléchir. De voir ma mère et de réfléchir.

***

C'est le début d'après-midi quand on frappe doucement à ma porte avant d'entrer.

–Coucou, maman.

Je lui offre un sourire qui semble la rassurer puisqu'elle me le rend en relâchant son souffle. Ma mère s'approche de moi, m'embrasse sur la joue et s'installe, ne me lâchant pas la main.

– Comment vas-tu, ma chérie ? Tu sais que tu m'as fichu une peur bleue ce matin quand tu m'as appelée. Qu'est-ce qu'il se passe, bon sang ? Pourquoi est-ce que j'ai dû appeler Benjamin pour lui dire de ne pas venir te voir ? J'ai inventé un prétexte improbable et ça m'étonnerait qu'il m'ait crue ! Il était dans tous ses états, tu sais ? Il s'inquiète beaucoup, il a passé la nuit dans la salle d'attente et toi tu le rejettes ? Il va falloir m'expliquer ma fille, car là je ne comprends plus rien.

Je me redresse difficilement dans mon lit et décide de tout lui expliquer.

L'ex-fiancée dont il ne faut pas me parler, le comportement distant de Ben ces trois dernières semaines, la mystérieuse femme dans ses bras la veille. Est-ce vraiment un médecin d'ailleurs ?

Dr Marchand...

Bref, je suis perdue et je ne sais plus où j'en suis vis-à-vis de lui. Mais le plus gros du problème ne se situe plus vraiment là maintenant, et je ne lui laisse pas le temps de me répondre ou de me donner des conseils que je lui lâche ma bombe.

– Je suis enceinte, maman.

Ma mère lâche aussitôt ma main, les yeux écarquillés, la bouche grande ouverte.

– Mais... comment ?

– Euuuh...

– Ce n'est pas le moment de blaguer, ma fille, je sais encore comment on fait des bébés.

L'image de ma mère s'impose à moi.

Houlaaaa...

– Maman... Je suis tout autant choquée que toi, je t'assure. C'est à n'y rien comprendre, j'ai pourtant toujours pris mes précautions, enfin Ben et moi… Bref. Je vais avoir 40 ans et je ne comptais plus avoir d'enfants ! Surtout pas avec un homme qui, semble-t-il, me cache des choses ! Alors, excuse-moi de vouloir relâcher un peu la pression d'accord ?

Je suis sur les nerfs, complètement perdue dans cette situation de dingue, et je ne peux retenir les larmes qui coulent désormais sur mon visage.

– Calme-toi, ma chérie. Qu'est-ce que tu comptes faire ? me demande-t-elle doucement, en serrant de nouveau ma main.

– Je n'en sais rien, maman. Tout ça est arrivé trop vite. Je voulais enfin pouvoir contrôler ma vie pour une fois, et là, je vois que ça recommence, encore et encore. Je suis perdue, je ne sais même pas s'il y a encore un « nous » avec Ben. Je sais juste que je dois réfléchir avant de lui parler. Et me calmer un peu aussi.

Ma mère hoche la tête et rive son regard au mien.

– Ne décide rien que tu puisses regretter un jour, ma fille…

30

« On passe toute sa vie à chercher
une vérité qui nous torture,
sans savoir qu'une fois confronté à sa lumière,
la route ne fait que s'ouvrir à soi. »
Hafid Aggoune

Je sais que l'heure de la discussion approche. Pourtant, je ne me sens pas encore prête pour ça.

Voir Emma, Théo et mes parents hier m'a fait un bien fou, mais ce matin, je suis plus indécise que jamais.

Je n'ai pas parlé du bébé aux enfants, je n'ai pas pu, pas avant d'en parler au premier concerné. De toute façon il n'est pas question qu'ils se réjouissent d'une chose qui risque de changer. Je suis contre l'avortement, mais entre mon âge et le reste… Si jamais Ben s'avère être un menteur et qu'il y a quelqu'un d'autre dans sa vie, je n'aurai pas vraiment d'autres options.

Quoique…

Ce petit être qui pousse dans mon ventre n'a rien demandé à personne après tout.

Je suis suffisamment forte et indépendante pour m'occuper de lui en plus des miens qui sont déjà grands. Ça risque juste de compliquer un peu les choses. Mais rien n'est impossible, il suffit de le vouloir.

Il faut que je voie Ben.

On doit parler.

Il doit m'expliquer pourquoi il a pris ses distances ces derniers temps.

Sur les trois week-ends que nous avons eus depuis le repas chez son frère, il en a passé deux dans sa maison du littoral et le dernier, il n'est pas resté à la maison pour dormir, prétextant devoir être de très bonne heure le lendemain au Refuge pour des soins sur un terre-neuve qui venait d'arriver. Il m'a bien entendu proposé de venir avec lui dans sa maison de Colleville, même s'il savait bien qu'avec les enfants et leur tonne de devoirs, ce serait impossible pour moi de me déplacer. Mais il devait y aller rapidement pour effectuer des travaux de rénovation sur sa toiture suite aux gros coups de vent que nous avions eus dernièrement.

Je l'ai cru, tout simplement parce que je n'avais aucune raison de douter de lui. Mais maintenant, l'incertitude s'immisce en moi. Je n'y peux rien, plus je cogite, plus mon esprit part dans tous les sens et je m'invente des théories dignes d'une romance dramatique.

Il doit y avoir une explication…

Il y a forcément une explication, et il va me la donner…

Ce midi, j'ai enfin pu avaler quelque chose sans que ça n'ait envie de ressortir aussitôt. Ça fait du bien à vrai dire, car j'ai vraiment besoin de reprendre des forces, et vite.

Je pose une main sur mon ventre.

Oui, ma décision est prise. On verra bien ce que Ben en pense, mais moi je sais ce que je dois faire.

J'y ai réfléchi toute la matinée, et maintenant il s'apprête à entrer dans cette chambre d'une minute à l'autre.

J'ai demandé à ma mère de le prévenir que je souhaitais le voir. Je n'ai pas pu me résoudre à l'appeler, j'avais encore trop d'indécisions dans ma tête tourmentée, et je voulais avoir les idées claires avant d'entendre à nouveau sa voix.

Je me lève pour me rendre à la salle de bains et regarder où en est l'étendue des dégâts.

Je ne peux pas faire grand-chose avec un seul bras, à part brosser ma tignasse brune, qui part dans tous les sens. Aujourd'hui ma tête me fait moins mal, le pansement m'a été retiré ce matin et mon œil commence à dégonfler. Par contre, niveau couleur…

Deux coups à la porte arrachent mon regard de mon reflet démoralisant.

– Sam ?

J'ai le palpitant qui s'affole. J'ouvre le robinet et tente de me passer le visage sous l'eau avec la main qu'il me reste.

Se laver, se coiffer, s'habiller durant six semaines minimum va être un vrai bonheur…

– Dans la salle d'eau, j'arrive.

Je regarde une dernière fois mon reflet déformé dans le miroir en prenant une inspiration qui me rappelle l'état de mes côtes et je me dis à moi-même.

– C'est parti, ma grande.

Ben vient me rejoindre dans le petit espace et m'aide à retourner dans mon lit. Je lui offre un léger sourire et le vois tendu, les mâchoires crispées.

– Merci.

– Je crois qu'il faut qu'on parle, Sam.

– Moi aussi, je crois bien.

– Tu as l'air d'aller mieux, ça fait plaisir à voir.

– Oui, plus de peur que de mal en fin de compte. Ça aurait pu être pire, alors je positive.

Le regard vert hypnotique de Ben ne me lâche pas. Il est toujours aussi beau, mais les cernes qui entourent ses yeux me montrent à quel point ces derniers jours n'ont pas été simples pour lui non plus.

Il est assis à mes côtés, les coudes sur les genoux, les mains jointes formant un poing devant sa bouche.

J'aime cet homme...

Je l'aime plus que j'aurais pensé pouvoir aimer un jour et ça me fait mal de penser que tout peut s'arrêter d'une minute à l'autre.

Il m'a plus offert en quelques mois que Marc en quatorze ans.

Je m'éclaircis la voix et décide de reprendre.

– Je suis désolée de t'avoir écarté, mais j'avais besoin de réfléchir.

Ses sourcils se froncent, il est plus tendu qu'il y a encore cinq minutes.

– Réfléchir à quoi Sam ? Je t'avoue que là, je suis complètement paumé, car du jour au lendemain tout a dérapé, et je ne sais toujours pas pourquoi.

– La femme qui est venue te voir lundi après-midi...

Le regard que Ben me lance ne me trompe pas. Il est surpris que je lui parle d'elle. Il ne s'y attendait finalement pas et je pense qu'il commence à assembler certaines pièces du puzzle.

Il se renfonce dans son siège et se passe plusieurs fois les mains dans ses cheveux déjà décoiffés.

–Je vous ai surpris dans les bras l'un de l'autre… C'était Lana, n'est-ce pas ?

–Oui c'était Lana…

–OK.

–Non, Sam ! Il n'y a plus rien entre Lana et moi. C'est fini depuis longtemps, je peux te le jurer. Ce que tu as vu ce n'est pas ce que tu crois, je peux tout t'expliquer.

Ben me regarde et doit voir le désespoir et la résignation dans mes yeux car d'un coup, il se lève et se met à arpenter la chambre de long en large. Il s'arrête soudainement et me fixe sous ses sourcils froncés.

–Oh bordel! Tu as cru que... ? Et c'est pour ça que tu es partie sans me dire un mot ? C'est à cause de moi que tu as foncé dans cet arbre ?

Je ferme les yeux et rassemble tout mon courage pour lui dire ce qui suit.

–Si tu l'aimes encore, je peux comprendre tu sais…

–Quoi ? Mais non ce…

–Tu n'as pas à te justifier tu sais, je le coupe. J'ai bien remarqué que ces derniers temps, tu étais absent mentalement. Oh oui, tu étais là physiquement. Enfin sauf les week-ends. Enfin bref, tu as changé depuis le repas chez ton frère en fait. J'ai entendu votre conversation sur elle bien malgré moi, je te l'assure. J'aurais préféré que ce soit toi qui m'en parles mais vu que tu n'en as rien fait... Et puis lundi, j'ai bien vu que vous étiez toujours liés elle et toi… Alors si tu veux qu'on se sépare, je suis d'ac…

–Quoi ? !

Son ton virulent me fait sursauter et un cri de douleur me coupe le souffle.

– Pardon, mon ange. Mais comment peux-tu croire une chose pareille ?

Ben me fixe, complètement hagard. Il attrape ma main et la serre entre les siennes.

– Je t'aime, Sam. Je sais que j'aurais dû te parler de Lana bien avant, mais je ne voulais pas t'inquiéter pour rien.

Je hausse mon épaule valide et baisse le regard sur nos mains jointes.

– Tu sais Ben, je peux comprendre tout et n'importe quoi. Je suis vieille, bourrée de défauts, mon corps est loin d'être comme quand j'avais 20 ans et je suis peut-être trop compliquée, mais je ne suis plus ce quelqu'un à qui on peut mentir et manipuler à sa guise… Elle est belle et a l'air très intelligente, alors si vous avez renoué, je mérite de connaître la vérité, tu ne crois pas ?

Je relève mes yeux vers Ben, qui lui ne m'a pas lâchée du regard.

Son visage ne reflète que stupeur et… colère ?

– Tu crois qu'entre Lana et moi… ? T'es sérieuse là ? Après tout ce que je t'ai dit ? Je vais te le répéter une nouvelle fois, Sam, je m'en fous de ton âge, je m'en fous de tes soi-disant défauts, je m'en fous de tes démons ! C'est toi et toi seule que je veux, tu ne l'as pas encore compris, depuis le temps ? Je vais tout te dire sur Lana, mais laisse-moi juste rajouter une dernière chose avant. C'est toi qui m'as troublé, tu as su me séduire seulement avec ton sourire, ta joie et ta volonté. Tu as une âme pure, Sam, et même si tu cherches encore à t'éloigner de moi, sache que mes sentiments pour toi ne changeront pas. Je t'aime merde !

Je tends ma main vers lui pour qu'il se rapproche. Mes doigts glissent sur ses bras pour aller caresser sa nuque et approcher son front contre le mien.

Ce contact plein de tendresse me réconforte. Je sens mes larmes couler sur mon visage et je ne fais rien pour les retenir.

Moi aussi, j'aime cet homme plus que de raison. Je ne sais pas de quoi demain sera fait mais une chose est sûre, je dois lui dire pour le bébé, et ce dès maintenant.

– Je t'aime aussi, Ben, mais je dois te dire quelque chose…

Il m'embrasse sur le front et ses pouces viennent effacer les traces humides qui roulent sur mon visage.

– Attends, Sam. Je vais tout t'expliquer, qu'on en finisse avec cette histoire avant, d'accord ?

Je déglutis difficilement et hoche la tête en lui souriant légèrement.

Ben se recule sans rompre le contact de nos yeux.

– J'ai rencontré Lana quand j'ai fait mes études à Paris. Ça fait un petit bout de temps, déjà. On avait une colocation à six et elle en faisait partie. On était une bande de potes de la campagne exilés dans la capitale. Pour moi, tout ça, c'était vraiment nouveau. Moi qui n'avais jamais vraiment eu de vie sociale avant ça, j'étais servi. Bref, il ne s'est jamais rien passé avec elle quand on était là-bas. Je n'étais pas du genre à faire la fête, j'avais le nez dans mes bouquins et ça me suffisait. J'avais des copines de temps à autre, je ne suis pas un moine non plus… Je ne savais pas que Lana éprouvait des sentiments pour moi jusqu'à ce qu'elle vienne bosser avec moi au Refuge, il y a cinq ans.

Je garde mes pupilles fondues dans les siennes, attendant la suite sans oser l'interrompre.

– On s'est rapprochés par la force des choses. Elle était la seule personne avec qui je pouvais parler travail et je pensais qu'elle me comprenait. On a été plusieurs fois boire quelques verres ensemble et un jour, elle m'a avoué ses sentiments pour moi. Le problème est que de mon côté, je ne l'avais jamais considérée autrement que comme une très bonne amie.

Ben rompt le contact et se lève pour aller se poster devant la fenêtre, les mains dans les poches, lâchant un long soupir.

– Mes parents ont pensé que ce serait une bonne idée si elle et moi on se mettait ensemble, et au bout de plusieurs mois, je me suis dit pourquoi pas après tout, ajoute-t-il en secouant la tête et en riant doucement. Ça a été la plus belle erreur de ma vie, tu vois. Je croyais au grand amour depuis toujours, au coup de foudre, mais à force d'attendre, je m'étais résigné. En même temps, on s'entendait bien, Lana et moi, même au lit, donc je me suis fait une raison. Jusqu'à il y a deux ans.

Ben s'interrompt, perdu dans ses pensées. Je ne sais pas quoi lui dire car jusqu'à présent il me raconte une histoire somme toute assez banale.

– On ne vivait même pas ensemble, on se voyait régulièrement mais c'est tout et ça me convenait bien. Mais pas elle… Elle est arrivée un matin au bureau en pleurant et m'a avoué qu'elle était enceinte.

À ses mots, mon cœur rate un battement. Ben est toujours dos à moi, mais je peux voir à ses épaules qu'il retient une énorme tension. Je n'ouvre toujours pas la bouche, attendant qu'il poursuive son histoire. En même temps, que pourrais-je bien lui dire ?

Ben a un enfant ?

– Je vais peut-être te choquer, mais pour moi, Lana n'était qu'un plan cul régulier. Je ne me voyais pas faire ma vie avec elle et encore moins avoir des enfants. Alors autant te dire que sa déclaration m'a fait l'effet d'une douche froide.

Ma bouche s'ouvre toute seule sans que je n'aie le temps de ravaler les mots qui en sortent dans un murmure.

– Tu ne voulais pas d'enfant ?

Ben se retourne vers moi et s'adosse à la fenêtre, tout en me regardant avec un air déterminé.

– Il faut que je t'explique, Sam, que Lana était, et est toujours, quelqu'un qui ferait n'importe quoi pour arriver à ses fins et ça, je l'avais compris dès qu'on avait partagé cette colocation plus jeune.

J'ai l'impression de ne pas tout comprendre, mais Ben coupe court à mes réflexions en poursuivant.

– Dès qu'elle m'a appris la nouvelle, elle s'est empressée de le dire à ma mère, avec qui elle s'entendait bien, pour en faire une alliée. Et quelle alliée ! Sans le comprendre je me suis retrouvé embarqué dans une mascarade de fiançailles dont je ne voulais pas. Je ne l'ai même jamais demandée en mariage, tu te rends compte ? Bref, je n'avais pas vraiment le choix selon ma mère, alors j'ai laissé couler.

Il n'avait pas vraiment le choix ?

Pour lui un bébé ne laisse pas vraiment de choix ?

Oh mon Dieu...

– Tu sais, heureusement qu'une part de moi pensait toujours que c'était la pire erreur de ma vie, sinon à cette heure-ci je ne sais pas vraiment où j'en serais.

Toujours complètement perdue, je le fixe, des questions plein les yeux que je ne lui pose pas.

– On n'a jamais vécu à deux, mais on bossait ensemble donc on se côtoyait beaucoup. On se voyait tous les jours même, et je la connaissais par cœur. Et un jour pas fait comme un autre, j'ai vu des tampons dépasser de son sac à main. Rien d'anormal, tu vas me dire, mais moi, j'ai trouvé ça louche qu'une nana soi-disant enceinte de trois mois se balade encore avec des tampons dans son sac. On ne couchait pas si souvent que ça ensemble, alors elle pouvait largement me cacher ce qu'elle voulait. Je n'ai rien dit, mais j'ai eu l'opportunité de savoir si mes soupçons étaient fondés et j'ai sauté sur l'occasion. Ce jour-là, elle était partie aux toilettes depuis un petit bout de temps et quand elle en est sortie, j'ai prétexté une envie pressante, si tu vois ce que je veux dire.

Ben me regarde, l'air gêné, et vient se rasseoir près de moi, sans toutefois trop s'approcher. Il se passe encore plusieurs fois la main sur le visage et reprend.

– Bref, je lui ai sauté dessus et comme par hasard, elle m'a sorti qu'elle ne pouvait pas car elle ne se sentait soi-disant pas bien. J'avais des doutes, ne me demande pas pourquoi, mais son comportement portait à croire qu'elle me cachait quelque chose, alors je l'ai chauffée, poussée à bout, et quand j'ai réussi à glisser la main dans sa culotte, j'ai compris pourquoi elle ne se sentait pas bien avant qu'elle n'enlève précipitamment mes doigts de là.

– Elle t'avait menti…

Ben lâche un rire de dégoût.

– Ouais… Lana est très forte à ce jeu. Elle avait inventé

toute cette merde pour me coincer, voyant que rien n'évoluait entre nous. Je te laisse imaginer la suite. Grosse engueulade, on a rompu et elle s'est barrée en larmes.

Je me décide à reprendre la parole d'une voix douce.

–OK… Mais ça ne me dit pas pourquoi elle était là lundi.

Ben part d'un éclat de rire sans joie.

–Mademoiselle m'a recontacté il y a quelques semaines pour qu'on se voie et j'ai refusé. William était au courant, c'est ça la discussion que tu as surpris l'autre soir. Tu n'as pas le monopole des problèmes de confiance, Sam. Je sais que j'aurais dû t'en parler plus tôt mais c'était compliqué pour moi, tu comprends ?

–Je comprends, mais mets-toi à ma place deux secondes d'accord ? Ça fait des semaines que tu es bizarre. Maintenant je sais pourquoi, mais au lieu de m'écarter, tu aurais dû me faire confiance et m'en parler. Je ne suis pas elle, Ben.

Ses mains reviennent doucement envelopper les miennes.

–Je sais bien que tu n'es pas Lana, ça crève les yeux, je ne suis pas fou. J'aurais dû tout te dire, mais j'ai eu peur que tu me quittes. Lana sait être tellement persuasive, je pensais que si elle ignorait ton existence, elle n'essaierait pas de te convaincre d'une chose qui n'existe pas.

–Tu pensais qu'elle laisserait tomber.

–Ouais, j'aurais dû me douter qu'elle reviendrait à la charge et qu'elle passerait au boulot. Je suis tellement désolé, mon ange, si tu savais. Je ne pensais pas que tu nous verrais ensemble, encore moins quand elle m'a sauté dessus en pleurant comme la comédienne qu'elle est.

–Ça m'a fait mal…

–Je me doute bien, mais si tu étais restée deux secondes

de plus, tu m'aurais vu la repousser et lui dire de me foutre définitivement la paix, que j'avais trouvé la femme de ma vie et que je voulais qu'elle sorte de la mienne à tout jamais, ajoute-t-il avec un sourire timide.

– Je t'aime, Ben. J'ai été déchirée quand je vous ai vus ensemble. Je n'ai jamais eu aussi mal de toute ma vie. Et c'est vrai, je n'ai pas réfléchi, je suis partie. En plus j'étais malade, alors j'ai préféré rentrer. Pour ce que ça a servi, je rajoute en marmonnant.

– Viens là…

Ben me tire délicatement contre lui et mon visage vient se nicher tout naturellement dans son cou.

C'est là qu'est ma place…

– Tu m'as posé une question à laquelle je n'ai pas répondu tout à l'heure, continue-t-il en me caressant les cheveux. Je rêve d'avoir un enfant, Sam, tu vois ? Mais un enfant de la femme que j'aime, un enfant de la femme qui partagera ma vie jusqu'à ma mort. Je rêve d'être père.

Il s'arrête quelques instants et recule légèrement son visage pour me regarder intensément.

– Et non pas parce que les autres en auront décidé à ma place, mais parce que moi, je l'aurai voulu corps et âme. Et cette femme avec qui je veux une famille, c'est toi, Sam. Je t'aime plus que ma propre vie et j'ai bien cru te perdre, mon ange. Ne me refais plus jamais une peur pareille, d'accord ?

Ben me serre à nouveau contre lui en prenant garde de ne pas me faire mal. Je sens son souffle chaud dans mon cou et toute la tension qui emprisonne son corps.

Je me détache de lui pour renouer le contact de nos prunelles. Mes yeux embués sont happés par les siens qui sont tout aussi humides. Mon corps et mon cœur me crient de lui dire ce qui va bouleverser sa vie.

Alors c'est avec des sanglots dans la voix que je me lance.

– Je suis enceinte Ben…

31

« Quand j'étais petit, ma mère m'a dit
que le bonheur était la clé de la vie.
À l'école, quand on m'a demandé d'écrire
ce que je voulais être plus tard,
j'ai répondu "heureux".
Ils m'ont dit que je n'avais pas compris la question,
je leur ai répondu qu'ils n'avaient pas compris la vie. »
John Lennon

L'homme de ma vie est immobile depuis plusieurs minutes déjà, et à voir sa tête, les yeux globuleux, la bouche ouverte qui forme un O parfait, je suis à deux doigts d'exploser de rire. Je me retiens, mais c'est assez difficile.

Le yoyo émotionnel commence...

– Mais... Comment ?

– Toi aussi, tu vas me poser la même question que ma mère maintenant ? Tu veux que je te fasse un dessin ou je te montre en live ?

Je le regarde et me mets à glousser autant que je le peux avec mes côtes blessées.

– Rectification, j'opte plutôt pour le dessin, lui dis-je en lui faisant mon plus beau sourire.

Ben fond sur moi en faisant attention à mon côté blessé et enfouit sa tête dans mon cou. Je sens ses larmes mouiller ma peau. Après sa déclaration, je n'avais pas de doute sur sa réaction, mais là, je sais réellement qu'il est aux anges. Je me mets à jouer avec ses mèches rebelles que j'adore, avant de reprendre la parole.

– Je l'ai appris hier, il va bien, ne t'inquiète pas. C'est juste que je n'ai pas voulu t'en parler avant parce que j'étais perdue, pardonne-moi…

– Tout ce que tu voudras, mon ange, me répond-il d'une voix étouffée par mes cheveux.

Je glousse de plus en plus, ce qui le secoue, et me fait encore plus rire. Même si mes douleurs me rappellent à l'ordre, je n'échangerais ce moment-là pour rien au monde.

– Tu sais la meilleure ? Je crois que, même si le destin s'en est mêlé, c'est quand même un peu de ma faute.

Ben s'écarte légèrement de moi après m'avoir tendrement embrassé le cou puis mes lèvres.

– Qu'est-ce que tu veux dire par là ?

– Tu te souviens mon rendez-vous gynéco pendant les vacances de la Toussaint ?

Il opine doucement de la tête.

– Oui tu voulais changer de moyen de contraception, c'est ça ?

– Une pure réussite… Bref. Oui, avec les problèmes de ces derniers temps liés aux stérilets, j'ai préféré le faire retirer pour prendre la pilule. Mais je pense qu'on a été un petit peu trop actif avant que celle-ci ne fonctionne.

Je le regarde en me mordant l'intérieur de la lèvre inférieure avec mes canines.

– On s'en fout du pourquoi du comment ! Tu es enceinte ! Putain, tu es enceinte, c'est le plus beau jour de ma vie ! PUTAIN, JE VAIS ÊTRE PAPA ! se met-il à hurler dans la chambre en levant les bras en l'air en guise de victoire.

Je me mets à éclater de rire en me tenant les côtes.

Bordel, ça pique !

– Chuttt, calme-toi, t'es fou ! Les infirmières vont rappliquer.

Bingo ! Seulement quelques secondes séparent le cri de joie de Ben de l'ouverture de la porte sur Laurette, mes parents, mes enfants, les parents de Ben, ainsi que son frère, sa femme et leurs enfants… Tout le monde est là, quoi !

Seule ma mère arbore un sourire rayonnant alors que tous les autres sont dubitatifs devant cet éclat de bonne humeur.

– Euuuh, je crois qu'on a de la visite mon chéri…

Laurette s'approche de nous, un sourire contagieux cloué sur son beau visage avenant.

– Eh bien, on dirait que tout va bien par ici. C'est une bonne nouvelle, mais vous allez devoir éviter de trop malmener vos côtes, si vous voulez guérir plus vite, me dit-elle avec un clin d'œil en vérifiant ma dernière perfusion.

Avant de partir, elle me regarde avec un air satisfait et un sourire qui veut tout dire.

– Allez, je vous laisse avec toute votre famille. Ils ont hâte de savoir pourquoi ce jeune homme a fait entendre sa voix jusqu'au service gériatrique.

Sur ce, elle se sauve en me faisant un nouveau clin d'œil. Je lui mime un merci silencieux avec mes lèvres souriantes.

Ben entrelace ses doigts avec les miens et ne me lâche

toujours pas de ses beaux yeux verts. Ils me liquéfient, tellement ils me renvoient une image pleine d'amour et d'adoration.

Il ne se rend pas compte que tout le monde est entré dans ce petit espace, en attendant silencieusement des réponses à leurs questions muettes.

Je lui fais signe de la tête et il tend la main vers mes enfants pour les inviter à venir nous rejoindre sur mon lit.

– Venez, les enfants, votre mère et moi avons quelque chose d'important à vous annoncer.

Il les embrasse tour à tour avant que mes amours ne viennent me faire un câlin, que je leur rends comme je peux. Mes larmes inondent mon visage. Emma vient s'allonger près de moi, alors que Théo reste collé à Ben qui s'éclaircit la voix pour pouvoir reprendre.

– On va former une famille, alors j'espère que vous m'aimez bien parce que vous allez devoir me supporter un sacré bout de temps. J'aime votre mère, et je vous aime aussi. Vous avoir rencontrés a été le plus grand bonheur de ma vie jusqu'à aujourd'hui.

J'entends renifler derrière Ben, je n'ai pas besoin de lever les yeux pour savoir qu'il s'agit de ma mère. Je détourne quand même mon regard de l'homme que j'aime, pour montrer à celle qui a toujours cru en mon bonheur à quel point je suis heureuse. Elle est blottie dans les bras de mon père dont les yeux rivés sur moi pétillent de soulagement.

Je fais le tour de la chambre. Les parents de Ben ainsi que William et sa femme arborent un sourire timide que je leur rends en hochant la tête.

Je reviens sur mon homme pour qu'il puisse poursuivre. Le bonheur pur se lit sur son visage. Il ressemble à un ange.

Un ange brun, ténébreux, sexy avec des prunelles vertes et un sourire éclatant qui me rendent dingue.

Ma libido est toujours intacte ! Youpi !

Ben ne m'a toujours pas lâchée du regard. Il reste fixé sur moi comme un aimant, et c'est ses yeux dans les miens qu'il reprend la parole.

– Papa, maman, enfin tout le monde, quoi. Je vous annonce que… Putain, ce que je t'aime, toi, se met-il à me dire avant de m'embrasser en encadrant mon visage de ses grandes mains.

Il s'est coupé lui-même dans son élan, ce qui fait éclater de rire son frère et glousser ma mère.

Il arrache ses lèvres des miennes pour dire une des plus belles phrases qui puisse exister avec une voix rauque pleine d'émotion.

– Sam et moi allons avoir un bébé.

***

J'ai pu sortir de l'hôpital deux jours après cette annonce, qui a déclenché un torrent de larmes collectif.

Démarrer ma convalescence le jour des vacances de tout le monde a été une coïncidence plus qu'appréciable, comme ça, j'ai pu dès le départ profiter de tous les gens que j'aime autour de moi.

Ben a décidé de s'installer à la maison le temps que je me rétablisse un peu plus, mais je soupçonne un brin de possessivité en ce qui le concerne.

Je ne peux pas le lui reprocher après tout, et c'est vraiment agréable d'être chouchoutée ainsi. En tout cas, savoir que quelqu'un vous aime à ce point et se dévoue pour exaucer le moindre de vos désirs est une grande première pour moi.

Je ne veux pas en abuser au quotidien, il ne mérite vraiment pas ça. Par contre, quand il s'agit de caprices d'ordre privé…

J'avais oublié à quel point une libido peut être exacerbée quand les hormones de grossesse s'en mêlent.

Ben ne s'en plaint pas, bien au contraire. Et ce n'est que le début !

En tout cas, nous sommes dimanche et ce soir nous fêtons le réveillon de Noël. J'ai été contrainte de garder ma petite personne dans le salon. Interdiction pour moi de faire quoi que ce soit, vu que ça ne fait pas tout à fait une semaine que j'ai eu mon accident.

Je suis au repos forcé, ce qui me convient très bien étant donné que je me fatigue déjà assez, rien que pour les gestes du quotidien.

Tout est devenu acrobatique pour moi, et il me faudra encore plusieurs jours avant que mes côtes et mon visage ne redeviennent normaux.

Un Noël unique en son genre…

Je ferme les yeux et pose ma main valide sur mon ventre.

Avant de quitter l'hôpital avant-hier, j'ai eu droit à ma première échographie pour voir si tout se passait bien. Ben n'a jamais lâché l'écran des yeux, même si je dois avouer que les quelques taches brunâtres sur le moniteur ne m'ont rien montré de concret, à part des membranes et des formes biscornues.

Ils sont quand même forts, ces médecins, pour savoir à

quoi correspondent toutes ces petites choses...

Bref, il est encore trop tôt pour distinguer quoi que ce soit.

L'embryon est trop petit. Selon l'échographie, je dois en être à un mois de grossesse, mais d'après les analyses, ça pourrait être plus. Enfin, ce n'est pas le plus important. Le principal est que petit bout se porte bien malgré la cascade que je lui ai imposée.

On aura une date plus précise de l'accouchement d'ici quelques semaines.

J'ai hâte d'entendre ce petit cœur battre...

En attendant, je me repose et j'attends que mon corps récupère.

Mon visage a dégonflé, mais un bleu est apparu sur ma tempe dès le lendemain de l'accident. À l'hôpital je m'en fichais un peu, mais là, il vire au verdâtre caca d'oie, pour mon plus grand bonheur de femme qui ne met jamais de fond de teint.

Je vais devoir faire exception pour une fois, et piquer celui d'Emma si je veux arrêter de faire concurrence à un Hulk couleur vomi. C'est sympa, mais pas très glamour.

Bref, je n'ai que ça à penser alors...

Me voilà, un soir de réveillon à attendre gentiment sur mon petit fauteuil en humant les bonnes odeurs qui proviennent de ma cuisine.

Après l'accident, nos plans ont quelque peu changé. Ben a décidé que nous recevrions tout le monde, pour m'éviter des déplacements douloureux. Donc ce soir, nous allons accueillir tout le monde ici, et demain nous nous reposerons tous les cinq devant la cheminée et des DVD.

Super programme, moi je dis !

***

Nous en sommes au dessert, Ben a fait un travail formidable, même si les femmes de cette famille ont aussi amplement participé au festin du soir.

Il a fait des merveilles et je l'en aime que plus encore pour ça.

Merci d'avoir mis cet homme parfait sur mon chemin.

Nous sommes tous retournés au salon, avec une part de la succulente bûche à la crème pâtissière que ma mère me fait tous les ans, ainsi qu'une flûte de champagne pour l'accompagner.

Assise dans mon fauteuil, je regarde autour de moi, mon verre d'eau gazeuse à la main.

Des bulles restent des bulles après tout !

Les enfants sont sur le tapis à papouiller Bonnie et Booth, avec les jumeaux de William et Cathy. Les parents de Ben et les miens sont confortablement installés sur le canapé. Tout le monde s'entend bien, malgré la manière dont tous ont fait connaissance.

Le sourire aux lèvres, savourant cette vision d'une famille heureuse, je ne remarque pas Ben s'approcher de moi. Le silence s'est fait dans la maison et il me faut cligner des yeux pour comprendre pourquoi.

Ben se trouve devant moi, un genou à terre, un écrin dans la main qu'il me tend.

Malgré moi, je me mets à sangloter en déglutissant difficilement. Je n'arrive pas à décrocher mes yeux de cet homme si beau, si gentil, si parfait pour moi.

Mon miracle…

– Sam, mon ange. La première fois que je t'ai vue, avec ce visage unique et tes cheveux magnifiques, je me suis dit que tu étais la plus belle vision qui m'ait été donnée de voir en ce monde. J'ai cru apercevoir un ange. Un magnifique ange. C'est pour ça que je ne peux pas t'appeler autrement. Tu es mon ange, Sam, celle qui m'a sauvé de moi-même, celle qui a enfin su donner un sens au terme « coup de foudre », celle qui m'a fait découvrir l'amour véritable, le pur, celui qui vous torture de l'intérieur, tellement il est puissant et ravageur. Te voir il y a huit mois m'a terrassé, et depuis tu vis dans ma tête et dans mon cœur, et ce, pour toujours…

Il s'arrête pour déglutir. Ses yeux sont brillants et les miens laissent déjà ressortir l'émotion qui m'a envahi. Il poursuit, la voix chevrotante.

– Tu es la femme la plus courageuse, la plus belle, la plus tendre et la plus aimante que je connaisse.

Il se retourne vers sa mère qui tient un mouchoir devant son nez, les yeux humides.

– À part toi maman, bien évidemment.

Sa réplique a le don de faire jaillir quelques gloussements, dont les miens, qui se mélangent à des geignements, vu que je pleure en même temps.

Ben reporte son attention sur moi en penchant la tête avec une moue penaude, avant de reprendre une grande inspiration et de poursuivre.

– La vie ne t'a pas épargnée mais malgré tout ça, tu as su te relever et avancer. Tu es une maman géniale et je suis fier et honoré que tu portes mon enfant. Il sera heureux, je n'en doute pas. Ça fait maintenant bientôt cinq mois que nous sommes ensemble, mais tu sais mieux que personne que ce n'est pas la durée qui compte, mais bien l'intensité des sentiments qu'on éprouve l'un pour l'autre. Tu m'as donné ta confiance en échange de la mienne. On partage tout, on est complémentaires. Alors ne crois surtout pas que le petit bout, comme tu l'appelles, qui pousse dans ton ventre, soit la raison pour laquelle je suis devant toi en ce moment, car tu sais bien que c'est faux. J'ai passé ces derniers week-ends à chercher la bague idéale pour la femme idéale. Je suis désolé si tu as cru que je t'évitais alors qu'au contraire, tu étais dans mes pensées du matin au soir. Tu es dans ma tête, mon cœur et mon âme pour toujours Sam, je t'aime.

Le temps semble suspendu, comme en écho au souffle que je retiens.

– Veux-tu m'épouser, mon ange ?

Je sens les regards focalisés sur moi, je distingue quelques reniflements, mais je n'ai d'yeux que pour l'homme qui se trouve face à moi, attendant ma réponse.

J'arrive à le voir, malgré les larmes qui coulent sans discontinuer sur mes joues et cette vision que j'ai de lui à ce moment même fait de moi la plus heureuse des femmes.

Je rassemble le peu de force mentale et de courage qu'il me reste pour lui donner ma réponse avant de me jeter dans ses bras et de lui crier que je l'aime.

– Oui, je veux devenir ta femme, Ben, et t'aimer pour le restant de mes jours.

ÉPILOGUE

Samantha

Quatre heures du matin…

Qu'est-ce qui a bien pu me réveiller si tôt ?

Je vais avoir du mal à me rendormir avec la rumba qui se danse dans mon ventre. Et une nouvelle envie d'aller aux toilettes ! Encore !

Je me lève avec autant de grâce qu'un pingouin sur la banquise et là…

– Oh non, merde, merde, merde !! Voilà que je me fais pipi dessus ! C'est nouveau, ça !

Sauf que ça ne s'arrête pas, j'ai droit aux grandes eaux, au débarquement, le barrage a lâché quoi !

– Qu'est-ce qui t'arrive ma chérie ? grogne Ben, à moitié dans les vapes.

– Euuuuh, je crois que c'est le moment là en fait !

– Tu crois quoi ? Hein ? Maintenant ? OK, pas de problème ! OK, OK ! Donne-moi deux minutes !

Là pour le coup il a l'air bien réveillé, un peu trop d'ailleurs. Je marche en mode canard alors que lui court partout dans tous les sens. Je me retiens d'éclater de rire, c'est franchement trop mignon.

Pendant qu'il s'habille à vitesse grand V, je vais dans la salle de bains me nettoyer, endiguer la marée et enfiler un legging, chose devenue acrobatique depuis quelque temps vu que j'ai gonflé à la vitesse de la lumière.

– Tu peux nettoyer le sol avant qu'on s'en aille, s'il te plaît ?

Ben arrive à mes côtés, les yeux pleins de stupeur.

– Tu crois qu'on a le temps pour le ménage alors que tu viens de perdre les eaux ?

– Mais oui, ça prendra deux secondes, j'ai joué au petit poucet. S'il te plaît ?

Je lui offre mon plus beau sourire et bats des cils. Je l'entends marmonner comme quoi je suis complètement folle et ça me fait glousser. Mais il le fait quand même.

Cet homme est un miracle… mon miracle.

– Ben ?

– Oui, mon ange ? me demande-t-il, en levant des yeux stressés sur moi, alors qu'il est toujours accroupi, la serpillière à la main.

– Tu peux aussi appeler mes parents et aller réveiller Emma pour la prévenir que c'est le grand jour, mon chéri ? Tu lui dis aussi de ne pas s'inquiéter et de veiller sur son frère en attendant que papy et mamie arrivent ?

Benjamin acquiesce en m'offrant un sourire qui se veut rassurant, même si je sens bien que c'est lui qui a besoin d'être tranquillisé.

Il se hâte de terminer sa tâche et file comme une flèche vers la chambre de mon aînée.

Nous avons emménagé ensemble deux mois après mon accident. J'ai vendu rapidement ma maison et nous avons décidé avec Ben de démarrer notre vie ensemble dans un nouveau lieu rien qu'à nous. Il a donc mis la sienne en location et nous avons trouvé notre bonheur à cinq minutes à peine du Refuge.

Il n'était plus question que je fasse autant de route tous les jours. Et avec la grossesse, Ben était devenu complètement parano.

Cinq minutes plus tard, nous voilà parés à monter en voiture. Il la sort du garage sans même m'attendre. Je lui fais signe de la main.

– Tu comptes aller loin comme ça ? Ce n'est pas que je refuse que tu fasses une petite balade, mais si je pouvais faire partie du voyage, ce serait cool !!

Ben s'arrête en marmonnant des choses incompréhensibles pour ma petite personne légèrement indisposée, et m'aide à monter côté passager. Heureusement que sa fenêtre était ouverte !

Le trajet, qui devrait normalement durer quarante minutes, va se faire plus rapidement, vu que mon homme tente une reconversion en Sébastien Loeb. C'est très réussi, soit dit en passant !

– Ahhhhhhh ! Bordel, j'avais oublié à quel point ça fait mal !

Je souffle comme si ma vie en dépendait.

– Et j'ai chaud !

Satanées hormones !

– Tu peux ouvrir un peu plus la fenêtre, s'il te plaît ?

Les contractions ont débuté à peine cinq minutes après qu'on est partis de la maison.

– Tout ce que tu voudras, mon ange.

– Si tu peux prendre ma douleur et prier, je suis preneuse.

J'ai un mauvais pressentiment, je sens bien que quelque chose ne va pas. Je n'en suis pas à ma première grossesse et je suis en plein travail…

Mais c'est trop tôt… C'est bien trop tôt…

Et c'est maintenant que tu t'en rends compte ?

Ben a les mains crispées sur le volant et il est déjà tellement stressé que je n'ose pas lui parler.

Je serre les dents en sentant la prochaine arriver.

– Encore ?

Ben a les yeux qui oscillent entre la route et moi.

– Calme-toi, d'accord ? Regarde la route, Schumacher, ça va aller.

– Comment veux-tu que je me calme ? Je vois bien que tu souffres, et je sais bien que tu es entrée en plein travail et que c'est trop tôt !

Bordel de crotte, ça fait mal !

– Me stresse pas, tu veux ? J'ai suffisamment la trouille comme ça ! Non mais sérieusement ! Qui fait des gosses à mon âge ? Hein ? Tu pouvais pas garder ta queue dans ton futal et dire à tes super spermatozoïdes bouffeurs de pilule de se calmer ? Bin non, hein ? Franchement ! Je vais avoir 41 ans, je suis une vieille peau qui va être la putain de doyenne de cette maternitééé ! Ahhhhhhhh ! Merde, de merde, de merde, de bordel de merde !

Ben éclate de rire et moi, je vide mes poumons de tout l'air qu'ils contiennent, profitant d'une accalmie bienvenue.

Il se tourne vers moi en continuant de rire et en jouant des sourcils.

– Je t'aime, mon ange. J'adore quand t'es vulgaire, c'est tellement sexy.

C'est à mon tour de me mettre à rire comme une démente.

– T'es sérieux, là ? Je suis pire qu'une baleine échouée, j'ai connu plus sexy !

– T'es magnifique, mon ange… surtout tes…

– Stop ! J'ai compris ! Bordel, les hommes et les nibaaaaaaaaaaaaards ! Oh ça pique ! Dépêche-toi !

– On est arrivés c'est bon, je vais chercher quelqu'un.

J'ai à peine le temps de voir partir Ben, qu'il est déjà de retour, un brancard et une infirmière à ses côtés.

On m'emmène rapidement en salle d'examen où un gynécologue obstétricien me dit ce que je savais déjà depuis un petit bout de temps : JE SUIS EN TRAIN D'ACCOUCHER ! Youpi !

On me déplace jusqu'en salle de travail, on me prépare, on me branche, on me place les pieds dans les étriers et là, je sens la panique monter. Je n'en suis qu'à à peine huit mois de grossesse et malgré le fait qu'il n'y ait eu aucune complication, je sais que c'est beaucoup trop tôt. L'obstétricien présent et les sages-femmes sont optimistes quant à l'issue de ce marathon, et font tout pour me rassurer. Les risques de complication sont minimes, et dans tous les cas la prise en charge sera rapide au cas où…

Quand je pense à mes deux précédents accouchements, on m'avait dit que j'aurais pu accoucher plus tôt sans aucune conséquence. Mes deux premiers bébés n'étaient pas de petites choses, presque quatre kilos chacun. Ouille !

Je sais que là aussi, niveau poids c'est encore plus gros que la normale, mais ça ne me rassure qu'à moitié.

Ben arrive à mes côtés, vêtu d'une de ces affreuses blouses bleues quand une nouvelle contraction puissance mille me coupe le souffle.

Il me tend la main que j'attrape avec plaisir.

– Voilà le papa qui arrive pile à l'heure. Vous voulez regarder ? On voit déjà une belle petite touffe de cheveux, lui dit la sage-femme avec un grand sourire.

Tout doux, la nana, il est à moi, ce beau spécimen, je souffre assez pour te le prouver !

La tête que fait Ben à cet instant vaut son pesant d'or. Une photo aurait été la bienvenue tellement il a l'air perdu. Je ne pensais pas que quelque chose pouvait faire perdre sa belle assurance à mon homme, mais il faut croire que si en fait. Devenir papa, ça peut perturber même les plus grands gaillards !

– Mon chéri ? Cesse de faire le poisson et va dire bonjour à la progéniture qui a décidé de sortir de mon corps, tu veux ?

– Voici une nouvelle contraction madame, quand je vous le dirai vous pousserez de toutes vos forces.

***

Dix minutes plus tard, c'est un cri perçant qui nous tient compagnie. Ben me regarde avec amour, les yeux pétillants de larmes, alors que moi je ne retiens pas les miennes.

– Mais c'est qu'elle a de la voix, cette petite puce. Comment vous allez l'appeler ? nous demande la sage-femme en déposant notre précieuse petite poupée dans mes bras.

– Louise, répondons-nous en même temps, les yeux dans les yeux.

– C’est très beau.

– Merci. C’était le prénom de mon arrière-grand-mère… Et je lui dois tellement, lui répond Ben ému, son front collé à ma joue alors qu’il embrasse tendrement le petit crâne brun.

– C’est vraiment magnifique. Par contre, je vais devoir vous la prendre, parce que même si elle semble en parfaite santé, le pédiatre attend pour la voir et la mettre un peu en couveuse d’accord ?

La sage-femme emporte notre merveille sous nos regards attendris.

Ben m’embrasse tendrement, repoussant les mèches de mes cheveux qui se sont collées à mon front.

– Merci… Elle est magnifique, mon ange. Comme toi. Je t’aime tellement.

Il m’embrasse à nouveau quand une nouvelle contraction me reprend.

– Moi aussi, je t’aime, mon cœur, mais je crois que ton fils ne veut plus attendre lui non plus pour sortir.

***

Vingt minutes plus tard, eh bien oui, les garçons sont toujours plus longs à la détente, c’est Andrew qui pointe le bout de son petit nez.

Pour Ben comme pour moi, il était devenu logique que notre fils devait porter le nom du fruit de l’amour qu’ont connu Louise et William. Le prénom Andrew s’est alors imposé comme une évidence à nos yeux.

Comme pour Louise, Ben coupe le cordon.

Il a retrouvé son assurance, il est tout fier et je le comprends.

Notre fils hurle, mais moi, je ne fais que sourire.

Voilà c'est terminé, on n'en parle plus. Mes bébés sont en pleine forme, mais moi, je suis complètement lessivée.

Après un câlin à mon fils, lui aussi est mis en couveuse. Et ce n'est que plusieurs minutes plus tard, qu'une des sages-femmes revient pour nous donner de leurs nouvelles.

Ils respirent seuls tous les deux. Ça on l'avait quand même bien remarqué, vu le concert qu'ils nous ont donné.

Ils ont été mis en couveuse ensemble pour réguler leur température.

Notre fille a respiré notre air à cinq heures quarante-cinq et pèse deux kilos quatre cent dix pour quarante-quatre centimètres.

Notre fils, lui, a montré sa jolie frimousse à six heures cinq et pèse deux kilos six cent vingt pour quarante-six centimètres.

– Comme toujours, tu as fait un travail formidable, mon ange.

Ben m'embrasse et colle son front contre le mien.

– Si tu savais comme je t'aime…

Je suis en larmes…

J'aime cet homme…

J'aime cet homme plus que ma vie…

– Je crois savoir. J'en ai deux preuves vivantes juste à côté. Je t'aime aussi, mon amour, dis-je entre deux hoquets.

Le baiser qu'il me donne ensuite est plein de tendresse, de promesse, d'amour et d'éternité.

Il me caresse les cheveux et m'hypnotise plusieurs secondes de son regard vert avant de reprendre la parole.

– Je vais devoir t'abandonner quelques minutes pour

aller prévenir tout le monde, mon ange, en commençant d'abord par appeler tes parents, pour que les grands sachent que leur petit frère et leur petite sœur sont là, en pleine forme, et que leur maman est la femme la plus extraordinaire qui puisse exister.

***

Benjamin

Je suis nerveux…

Deux ans, ça fait deux ans maintenant que je suis avec cette femme magnifique qui a bouleversé ma vie, et qui enflamme mes nuits. C'est elle que j'attendais, je l'ai toujours su. Certains hommes disent qu'ils ne sont pas romantiques, moi si. J'ai mes côtés machos comme tout le monde je crois, enfin, surtout dans la chambre à coucher. Mais je n'ai pas honte d'avouer que je suis un putain de romantique qui a toujours cru au grand amour. Et j'ai bien fait d'y croire.

Merci, Louise Beckett…

Mon arrière-grand-mère avait raison, le coup de foudre existe bel et bien et je fais partie des sacrés veinards qui y ont eu droit.

Je me souviendrai toute ma vie de ce jour où elle est apparue devant les grilles du Refuge, toute confuse de s'être trompée dans les horaires d'ouverture.

Une apparition…

Ça a été mon putain de jour de chance ! Elle était si belle, naturelle comme jamais, son sourire gêné étant la chose la plus sexy que j'ai pu voir au monde.

Elle est ma vie, mon oxygène et je suis incapable d'imaginer vivre sans elle. Jamais je ne le pourrai d'ailleurs, je l'aime de plus en plus chaque jour qui passe et ça ne changera pas.

Cette femme est tout pour moi...

Si je ne pouvais faire qu'une seule chose du matin au soir, ce serait de la regarder. J'ai l'impression d'être sur une autre planète depuis que je la connais, et parfois je me demande si je ne rêve pas. Alors je la regarde... Je grave son image parfaite dans ma mémoire jour après jour, et même si elle me dit détester ça, je sais qu'au fond, elle apprécie. Je n'ai qu'à remarquer ses joues prendre une belle teinte rosée à chaque fois, pour en être persuadé.

Elle me rend fou, dans tous les sens du terme, car cette nana a un sacré caractère ! On ne s'ennuie jamais avec elle, c'est une tornade.

Surtout au lit...

Il lui a fallu du temps pour ne plus avoir peur du lendemain et être complètement naturelle avec moi. Plusieurs fois j'ai cru la perdre, quand elle bataillait avec son passé.

J'ai longtemps pris sur moi, car l'entendre me raconter ce que Marc lui avait fait subir me rendait malade. Elle a longtemps cru que tout était de sa faute, elle s'en était tellement persuadée. Marc avait tellement bien réussi sa manipulation complète, qu'il avait fait en sorte qu'elle se sente totalement responsable de sa situation.

J'ai failli en exploser des murs tellement j'avais la haine. Mais je n'ai jamais rien fait qui puisse faire peur à la femme de ma vie. Je ne voulais en aucun cas la perdre. Lui faire comprendre qu'elle n'était qu'une victime a pris du temps, car selon elle, les abus mentaux n'avaient pas la même importance que les abus physiques.

Une telle emprise peut vraiment détruire...

Le harcèlement moral est un fléau qui fait des dégâts invisibles.

Elle dit que je l'ai sauvée, mais en réalité c'est elle qui m'a sauvé. Elle m'a fait découvrir l'amour, le vrai, celui qui vous bouffe de l'intérieur et qui vous met les tripes à nue. J'étais un solitaire et elle m'a donné la famille dont j'ai toujours rêvé. Une belle et grande famille dont je suis fier.

Ses enfants sont comme les miens. Ils comptent sur moi, et je suis là.

Et je serai toujours là pour eux parce que je les aime…

Emma a fêté ses 18 ans il y a deux jours. Elle vient d'obtenir son bac avec mention bien et va entrer dans une école de journalisme à la rentrée prochaine. Elle est toujours avec Valentin. Je ne sais pas vraiment si c'est une bonne chose, vu que j'ai dû le menacer de lui botter le cul après avoir récupéré Emma en pleurs devant la maison plus d'une fois. Je ne suis pas son père, mais j'aime cette gamine comme si c'était la mienne, j'ai donc ce petit con à l'œil.

Théo et moi sommes toujours aussi complices. Il vient d'avoir son brevet et entre au lycée en septembre. Son envie de devenir vétérinaire est devenue une obsession, et je dois dire que j'en suis sacrément fier. Là, c'est mon ego qui parle, mais c'est génial de se dire qu'il veut prendre exemple sur moi. Je peux toujours compter sur lui au Refuge et ça, c'est un cadeau inestimable à mes yeux. Ce gamin ira loin et je l'aiderai à accéder à ses rêves.

Si c'est vraiment ce qu'il veut faire, je sais que le Refuge sera entre de bonnes mains plus tard.

Et puis il y a les jumeaux…

Si un jour on m'avait dit que je pourrai être encore plus heureux que lorsque j'étais dans les bras de Sam, je ne l'aurais pas cru. Et pourtant…

Quand elle m'a appris qu'elle était enceinte, mon cœur s'est tellement emballé que j'ai cru faire une crise cardiaque.

Non c'est la séance de sexe à l'hôpital qui a suivi qui m'a tué.

Bin quoi ? On n'est sûrement pas les premiers.

Bordel, cette femme veut ma mort en fait.

Quand on a appris à la seconde échographie qu'il y en avait deux, j'ai pleuré.

Ouais, j'ai pleuré et je n'ai aucune honte à l'avouer.

Entendre ces deux petits cœurs battre en harmonie…

Quand ils sont nés avec plus d'un mois d'avance, j'ai eu à nouveau la peur de ma vie, celle de tous les perdre. Mais quand je les ai vus, si petits, là, mon monde a fini par être définitivement parfait.

Andrew et Louise ont eu un an le mois dernier.

Si Louise a mon caractère, Andrew, lui, a celui de sa mère.

En résumé, ma fille est calme, mon fils est une pile.

Mais physiquement, il y a un mini-moi avec les yeux chocolat de sa maman, et j'ai une mini-Sam aux yeux verts.

Je suis un putain de chanceux !

Rien que d'y penser, je souris niaisement. Ces gamins ont illuminé ma vie, encore plus qu'elle ne l'était.

C'est mouvementé à la maison, mais question organisation, Sam est une pro, et j'adore lui filer des coups de main.

On forme une équipe, comme je dis.

Et aujourd'hui cette équipe aura définitivement le même nom…

Ouais… Aujourd'hui la femme que j'aime depuis maintenant deux ans, mais qui m'a fait craquer il y a très exactement vingt-sept mois, va enfin devenir MA femme.

On s'appartient…

On s'est appartenu, dès que nos corps se sont trouvés…

On s'est appartenu, dès que nos âmes se sont liées…

Une tape énergique dans mon dos me ramène à la réalité.

– Alors mon garçon, nerveux ? me demande sournoisement Charles, mon futur beau-père.

Je me frotte le visage et me passe la main plusieurs fois dans les cheveux. Ça le fait rire.

Par la fenêtre, je regarde les tables et les chaises, toutes décorées pour l'occasion. L'extérieur de la maison est méconnaissable.

On a décidé de faire simple avec Sam.

Famille, collègues et amis proches. Nous serons une petite trentaine, à nous réunir à la mairie, puis à l'église de Colleville.

Et la fête qui suivra se fera chez nous, tout simplement, à notre image.

– Ouais, on peut dire ça…

– Elle ne va pas s'enfuir, tu sais. Aujourd'hui ce n'est qu'une formalité. Vous êtes déjà plus liés l'un à l'autre que beaucoup de couples.

– Je sais…

– Mais ?

– Je suis juste pressé. J'attends ce moment depuis trop longtemps. Elle m'a fait patienter comme un fou, en retardant la date à chaque occasion. Ça fait quand même un moment que je lui ai demandé de m'épouser. J'aime votre fille plus que ma vie, vous savez.

– Oh oui, je le sais fiston. J'ai des yeux, je vois bien que tu la rends plus heureuse qu'elle ne l'a jamais été, et je t'en remercie…

Il m'offre un sourire reconnaissant, que je lui retourne.

– Elle a changé ma vie…

– Et toi, tu as changé la sienne, et la nôtre. Tu nous as rendu notre fille. Grâce à toi, elle est redevenue celle qu'elle aurait toujours dû demeurer. Tu as ma gratitude éternelle Benjamin.

Charles me prend dans ses bras pour une accolade virile.

– Allez, dépêche-toi, tout le monde t'attend en bas ! On doit vite y aller, sinon on va être en retard, et tu risquerais de te faire botter les fesses !

– Oh ça oui, avec votre fille, je dois régulièrement faire attention à mes arrières, je lui rétorque en riant.

Je sors de la chambre, rejoins ceux qui seront présents à nos côtés et pars me lier à jamais avec la femme de ma vie…

FIN

REMERCIEMENTS

Chers lecteurs,

Vous voici arrivés au bout de ma première grande aventure, et je vous en remercie.

J'espère que cette histoire vous a autant tenus en haleine que j'ai pris plaisir à l'écrire.

Au bout de mes rêves pourrait, avec ces cinq petits mots, résumer ce que je ressens au plus profond de moi, au moment même où je couche ces quelques phrases sur le papier.

En effet, ce livre est l'accomplissement d'un doux espoir que j'ai depuis plusieurs années déjà.

Comme quoi, il n'est jamais trop tard pour oser faire de sa passion une réalité.

Et sans mes premières (et depuis, fidèles !) lectrices (Gaëlle, Ghislaine, Cathy) et leurs fougueux encouragements, ce songe aurait pu rester à jamais dans sa boîte… Alors, merci les filles !

Je tiens également à remercier mon entourage, mon mari, ainsi que mes enfants, qui supportent au quotidien mes fantaisies « livresques », sans avoir honte d'en parler autour d'eux.

Merci aussi à mes parents, qui ont toujours vu en moi un potentiel, dont je ne soupçonnais même pas l'existence.

Je vous aime.

Enfin, je souhaite remercier ma maison d'édition pour son soutien sans faille tout au long de cette aventure : Maud, assistante d'édition, et Sophie, directrice des rédactions, ainsi que toute la merveilleuse équipe qui se cache derrière.

Voilà, j'en ai terminé. À bientôt, j'espère. Bises.

Pilou, Tricky, à jamais dans nos cœurs…

Extrait

La vie est trop courte pour être triste

FRÉDÉRIQUE HESPEL

1

MATTHIEU

Cette année, j'avais pourtant tout prévu assez tôt. Tout bien anticipé. J'avais posé mes congés à temps, réservé les meilleurs billets d'avion et déniché la sublime petite robe qui se mariait à merveille avec mon bikini à petits pois rouges et jaunes. J'en étais convaincue, Matthieu allait en perdre son latin, sa langue et sa salive… Nos premières vacances ensemble. Nos toutes premières vacances en amoureux. Notre premier voyage en avion côte à côte après quatorze mois, deux semaines, trois jours, deux heures et quinze secondes. Seize, dix-sept. Quand soudain : BOUM ! Tout avait volé en éclat avant la dix-huitième seconde. Bon, pour être tout à fait honnête, ça avait commencé à dérailler un peu avant, c'est vrai. Mais là, c'était la goutte d'eau qui faisait déborder le vase. Enfin, plutôt la tempête qui faisait fléchir le roseau, la tornade qui se mettait à tourbillonner dangereusement au bout de ma destinée, le tremblement de terre dans ma vie qui commençait depuis peu, ou encore un incroyable tsunami dans mon petit cœur blessé et meurtri.

Matthieu m'a quittée.

Comme ça.

Par ce beau début d'après-midi ensoleillé de la mi-juillet.

Matthieu est parti.

C'était pourtant un splendide vendredi d'été. Il était arrivé, sans crier gare, au milieu de mes vêtements parsemés entre le lit, le parquet, dégringolant des flancs des tiroirs ouverts et du capharnaüm de la penderie – préparation de The Valise oblige. Il s'était planté droit comme un « I », les pieds bien ancrés dans le sol, les mains bien serrées sur les hanches et il m'a dit comme ça, sans le moindre détour :

– Je pars.

Ce à quoi j'ai répondu en riant pour la première fois depuis douze jours :

– Moi aussi !

Mais lui n'a pas ri. Mais alors, pas du tout. Pas le moindre rictus. Rien.

Seul son regard noir a balayé lentement notre chambre d'un mouvement circulaire. Cette chambre que l'on avait aménagée quelques semaines plus tôt, petit à petit, ensemble, avec soin, et à notre goût. Enfin, pour être tout à fait sincère, plus précisément à mon goût, vu que cet appartement était le sien avant que je ne débarque avec fracas dans sa vie. Honnêtement, je ne me sentais pas capable de trouver ma place sans y mettre un peu de ma touche personnelle, enfin plutôt une touche féminine. Matthieu vivait dans cet appartement d'homme célibataire depuis de nombreuses années déjà. Et son style bien particulier s'était emparé de chaque recoin de son *home sweet home*. En plus de la décoration, de l'organisation et du ménage, et grâce à ma force de persuasion obstinée, j'avais réussi à obtenir son approbation pour que O'Malley cohabite un peu avec nous. Une victoire pour moi. Une concession – de plus ? de trop ? – pour lui.

D'ailleurs, son regard froid et vide avait fini sa course en se posant sur l'urne funéraire qui trônait royalement au beau milieu de ma table de nuit et où O'Malley reposait en paix.

Malgré cet événement tragique, mon ami félin n'avait donc cessé de cohabiter avec nous.

Je n'arrivais pas à m'en détacher. Mon chat de gouttière. Mon confident. Ma boule de poils. Mon tout. O'Malley et moi formions une équipe depuis de longues et solides années. Une relation de plus de douze ans. Lui et moi avions pris notre envol ensemble du nid familial. O'Malley était présent à chaque moment important de ma vie. Toujours fidèle à mes côtés. Pendant plus de quatre ans, nous avions vécu en tête-à-tête, juste lui et moi, dans notre tout premier appartement d'enfants « coupeurs de cordon ». Il était présent quand j'avais décroché mon premier stage dans cette agence de mannequins – en tant qu'assistante, d'assistante, d'assistante d'agent, si tant est qu'il fut nécessaire de le préciser, bien évidemment. O'Malley était encore là quand j'avais finalement obtenu, au bout de trois longues années de bons et loyaux services, mon contrat à durée indéterminée. Bon, a priori, pas si indéterminée que cela, la durée… J'avais été mise à la porte depuis cinq jours. Ça, O'Malley ne l'aura jamais su. Lui-même était parti douze jours avant. PAF ! En une seconde. Une seule petite seconde.

Une fenêtre restée ouverte. Un oubli de la part de Matthieu. Un oubli que je ne voulais surtout pas interpréter comme un acte manqué. Et ma petite boule de poils s'était écrasée sur le toit de la voiture de la charmante famille du septième étage, que j'avais rencontrée une seule et unique fois, à cette occasion.

C'était aussi avec O'Malley que j'avais rencontré Matthieu. Là non plus, mon fidèle compagnon n'aura jamais su que Matthieu me quittait.

Oui, parce que Matthieu me quittait.

Comme ça.

D'un coup. D'un seul.

– Non, June. Tu n'as pas compris. Je pars. Vraiment. Sans toi. À l'étranger. Pour y vivre. Je te quitte. C'est fini. Toi et moi, c'est mort.

Là, je n'ai plus ri du tout. Je n'ai plus respiré non plus d'ailleurs. J'ai même perdu connaissance en fait. Comme ça, en un quart de seconde. POUF ! Plus de June. Kaput June. Dans les pommes June.

***

Quand je me suis réveillée, je n'étais plus dans notre chambre, plus dans notre appartement, plus dans notre immeuble, plus dans notre rue, notre quartier, ni notre arrondissement. J'étais sur un lit d'hôpital. Marie, mon amie de toujours, toujours fidèle au poste elle aussi, me serrait fort la main. Un peu trop fort d'ailleurs, son geste avait fini par me réveiller. J'avais ouvert un œil. Puis deux. Je n'avais même pas croisé le regard de Marie car elle s'était endormie la tête sur ma jambe gauche endolorie. Mon regard s'est promené dans la pièce. J'ai cherché. Je ne cherchais qu'une seule chose. Et je l'ai trouvé.

– T'inquiète. Il est là.

Marie s'était réveillée et pointait son doigt en direction de l'urne. Matthieu avait eu la décence de ne pas oublier O'Malley dans mes bagages. Quelle délicate attention…

– Matthieu ?

– Parti.

– Pour de bon ?

– Oui.

Mais quand ? Mais où ? Et surtout, avec qui ??

Le souffle me manqua à nouveau. Marie me reprit la main et me serra encore plus fort. Ce qui eut le mérite de me calmer sur le champ ! Depuis combien de temps étais-je ici ? Depuis combien de temps avait-il prévu son coup ? Qu'allais-je devenir ? Où aller ? Avec qui ? Que faire ? Plus de mec, plus d'appartement, plus de boulot, plus de O'Malley.

Je n'avais pas assez de force pour formuler tous ces mots, ni pour assumer seule tous ces maux. Alors, je me tus. Silence radio. Et je regardai une fois de plus cette chambre sordide aux murs sales, décrépis, au mobilier et à l'éclairage carrément glauque. Et mes yeux se posèrent finalement sur ma valise. Ma petite valise. Toute seule. Toute neuve. Toute rose. Et tout ouverte. Au fond, gisait ma petite robe qui aurait dû se marier à merveille avec mon bikini, mais qui avait subitement perdu, elle aussi, toute sa splendeur. Et ce dernier, qui me plantait effrontément droit dans les yeux ses petits pois rouges et jaunes. Quand soudain un éclair de génie me transperça à son tour ! Je n'avais peut-être plus rien, mais j'avais deux billets d'avion pour des vacances de rêve !

–Les billets ?

Devant la mine déconfite de Marie, je réussis à préciser :

–Les vacances ?

Mais là, sa mine s'était carrément cramoisie…

–Il est parti avec.

–Quoi ?

–Et il a laissé ça pour toi.

Sa mine apoplectique et elle me tendirent un Post-it. Un simple petit Post-it. Jaune. Moche. Rêche. Hideux.

Comme tu ne m'as pas laissé le temps de finir,
tu trouveras une partie de tes affaires dans ta valise,
le reste sera déposé chez tes parents. Adieu. M.

Il n'y avait bien qu'une petite écriture serrée, en pattes de mouche, qui soit capable de faire entrer autant de mots sur un Post-it. Petit. Jaune. Moche. Rêche et hideux.

Matthieu était parti. Les vacances venaient de s'envoler. Je n'avais plus de projets. Plus d'envie. Plus rien. Juste une valise rose, une robe et un petit bikini. Et mon urne.

–Je suis là, moi.

Et Marie.

2

MADELEINE

Oui, Marie était là. Elle l'avait toujours été. Une rencontre en maternelle. Une scolarité à se suivre sans jamais se quitter. Les années passaient mais nous restions les mêmes, proches, fraternelles. Elle et moi, c'était pour la vie. Comme cela aurait dû l'être avec O'Malley, et accessoirement avec Matthieu. Mais il était parti. Sans moi. Avec mes billets d'avion. Enfin… les nôtres… ou plutôt, pour être tout à fait honnête, les siens. Certes. Mais était-ce ma faute à moi si je m'étais fait virer quelques petits jours à peine avant de devoir confirmer la réservation ?

Oui, Marie était là. Mais elle venait tout juste de s'installer avec Marin – son double à une lettre près, autant dire que ça ne s'invente pas. Et ils filaient le parfait amour, eux. Celui sans nuages, sans encombres, sans concessions, juste l'évidence avec un grand É. Alors, autant dire que je ne me voyais pas débarquer dans leur univers avec ma valise rose et mon urne, manger, dormir, vivre entre eux deux ! Non… Impossible. Je me devais de refuser son invitation. Pour elle. Pour eux. Pour moi, aussi. Mais pour faire accepter cette idée à Marie, et surtout celle que je n'allais pas finir dans la rue, il fallait que je lui prouve que j'avais un plan B. Certes, j'aurais pu retourner chez mes parents. Mais c'était plutôt le plan C, ça. Retourner chez mes parents signifiait perdre mon indépendance, mon autonomie, mon libre arbitre et subsidiairement O'Malley. Oui, bien sûr, ma mère était une maman aimante. Rien à dire là-dessus. Mais comment dire… Elle l'était peut-être un petit peu trop justement ? Voire même carrément trop ? Ce qui lui conférait une position quelque peu… envahissante ? Autoritaire ? Directive ? Têtue ? Obtuse ? Et un tantinet allergique aux chats, paraît-il. Bon, à vrai dire, je n'avais jamais vraiment pu vérifier cette dernière information – contrairement à toutes les autres – son allergie étant apparue au moment même de la disparition de O'Malley…

–Mais ma chérie, *darling* ? Ne me dis pas que tu as épuisé toutes tes économies dans l'enterrement d'un chat ?

–Bah si…

–Mais non…

–Mais si…

–Et Matthieu ? Qu'en dit-il ?

–Rien. Matthieu ne dit plus grand-chose en ce moment…

–…

– Et je n'ai pas épuisé TOUTES mes économies. Et ce n'était pas un enterrement mais une crémation… Je ne pouvais accepter l'idée de le mettre en terre, lui qui n'a jamais supporté d'avoir les pattes sales… Et puis, ce n'était pas un chat, maman. Mais O'Malley.

–Je te passe ton père.

Voilà. Bien évidemment, cette conversation ayant eu lieu quelques semaines plus tôt, je ne pouvais prévoir que ma mère allait avoir une fois de plus raison, que j'allais être virée quelques jours plus tard et que TOUTES mes économies étaient finalement bel et bien parties dans mon dernier au revoir à mon ami félin…

–Allô, ma fille ?

–Oui papa…

–N'écoute pas ta mère. Ce n'est pas grave. On trouvera une solution.

–Oui, papa…

Mon père. Il a toujours aimé croire qu'il pourrait trouver des solutions sans jamais oser affronter ma mère. Donc plan C. Plan C comme « ça Craint », comme « pas Cool », comme « je Coule ».

***

Et c'était là qu'un éclair de lucidité m'avait transpercée ! Quelques jours avant mon départ annoncé – et avorté – en allant faire mes petites emplettes, j'avais lu une annonce plutôt anodine de prime abord, mais qui m'avait fait sourire. Bon, à cette époque-là, tout me faisait sourire. C'était le bon vieux temps. Celui de l'insouciance et de la joie de vivre.

Madeleine – 95 ans – recherche colocataire – étudiante de préférence – pour partager ses frais, mais aussi son quotidien.

Je ne savais pas sur le moment ce qui était le plus incroyable. Qu'une femme de 95 ans recherche une colocataire ou que cette formidable ère dans laquelle nous vivions, obligeait une femme de 95 ans à vivre avec une parfaite inconnue pour partager ses frais ? ? Je m'étais longuement posé la question, mais je n'avais pas pris le numéro. Ni une ni deux, ma valise rose, mon urne et moi nous voilà en route vers ce supermarché de quartier. Mais qui dit quartier, dit revenir dans le « nôtre ». Pas le choix. Il fallait ce qu'il fallait. Pour continuer à respirer, je me concentrai sur le point qui aurait pu contrarier mon plan : je n'étais plus étudiante depuis belle lurette. Mais, après tout, ma chère et tendre mère ne qualifiait-elle pas mon comportement et encore plus mon look « d'étudiante retardée » ? De toute manière, je n'avais guère le choix. Je devais trouver une solution et vite, afin de voir s'éloigner et disparaître à tout jamais le plan C.

Arrivée à l'entrée du magasin, l'agent de sécurité me regarda avec perplexité. Oui, je sais, une fille avec une valise rose et une urne, cela pouvait en surprendre plus d'un. Mais désolée, je me devais de rester absolument concentrée sur mon objectif premier. Une fois devant le panneau d'affichage, je le scrutai avec ferveur. Des affichettes pour des voitures à vendre, des machines à laver au prix à débattre, des locations de vacances – là clairement, ce n'était pas l'envie qui me manquait, mais les circonstances ne jouaient pas en ma faveur… Mais, plus aucune trace de l'annonce de Madeleine. Impossible. Elle devait être encore là. Je le sentais. Je posai alors ma valise à terre, y déposai doucement O'Malley et soulevai frénétiquement l'ensemble des papiers qui recouvraient le panneau. Et là, BINGO ! Madeleine était de retour ! Il ne restait plus que deux seuls petits papillons avec ses coordonnées. Donc, je fis ce que je n'aurais jamais fait en temps « normal » : je détachai discrètement l'annonce dans sa globalité. Puis, avec des gestes très mesurés, je la pliai et la fourrai rapidement dans la poche arrière de mon jean, avant de reprendre mes affaires – ma vie résumée en deux simples contenants – et de filer à pas de loups. Enfin… autant que faire se peut.

Après quelques mètres, je réalisai qu'un nouveau problème à résoudre pointait le petit bout de son museau: je n'avais plus de téléphone portable! Matthieu avait gentiment omis de le mettre dans ma valise. Je ne savais même pas s'il faisait partie des cartons qui étaient arrivés ce matin même chez mes parents.

– Ma chérie *darling*, quelle ne fut pas ma surprise d'ouvrir la porte à huit heures précises à un gentil déménageur qui venait déposer des cartons pour toi. Qu'est-ce donc? Que se passe-t-il?

– Matthieu m'a quittée.

– Quoi?

– Matthieu m'a quittée.

– Oui, merci, j'avais compris… Je te passe ton père.

Pas le choix. Il me fallait trouver rapidement un moyen d'appeler cette chère Madeleine. Mais où trouver une cabine téléphonique de nos jours? Emprunter le portable de quelqu'un? Mais, si la conversation durait? Si cette femme de 95 ans était un peu dure d'oreille? Retourner chez Marie et lui emprunter son téléphone? Non. Impossible. Se poser et réfléchir… Un square se trouvait à deux pas. Je décidai donc de m'y rendre, de m'asseoir un peu, histoire de reprendre mes esprits et, j'en étais sûre et certaine, la solution viendrait à moi. Ou pas.

Déliées

La Fille de Bretagne
Morgan Bars

Un bijou de finesse et d'émotions

Maëlle mène une vie paisible dans sa Bretagne natale jusqu'à ce que son ami d'enfance, Ronan, lui fasse une proposition inattendue : celle de se faire passer pour sa fiancée pour cacher son homosexualité à ses parents et garder sa place dans l'entreprise familiale. Face à la détresse de son ami, qui risque de tout perdre, la jeune femme accepte. Après tout, ce n'est pas un gros mensonge et une « rupture » rapide est prévue. Mais lorsque Maëlle rencontre Virgile Kerleo, le cousin de Ronan, rien ne va plus ! Virgile est le mouton noir de la famille : celui qui ne fait rien comme les autres et marche en dehors des sentiers battus. Maëlle ne peut résister au charme de Virgile, à sa beauté insolente, mais est emprisonnée dans sa mascarade. Comment lui faire comprendre qu'elle est disponible sans trahir le secret de Ronan ?

Nos rendez-vous manqués
Elsa Carat

Une belle leçon de bonheur !

Laëtitia a tout réussi : sa carrière, sa fille… son divorce. Conseillère en gestion du stress et véritable control freak, elle voue une passion aux agendas et se satisfait de l'existence bien rangée qu'elle mène.
Mais le recrutement d'un nouveau collègue vient bouleverser son monde. Combien de (mal)chances avait-elle de tomber sur Maxime, son ancien amour de vacances, celui qui a brisé son cœur quinze ans plus tôt après l'avoir lâchement abandonnée sur le quai d'une gare ?
Une seule chance…
Et si c'était celle d'un nouveau départ ? Celle d'un nouvel amour ?

Tout commence aujourd'hui.
Le journal de Léa Jaune
Frédérique Hespel

Une véritable bouffée d'optimisme !
Léa a tout pour être heureuse : un job créatif, trois enfants sympas, un super-héros de mari, des copines aux petits soins... Mais, dans sa vie qu'elle croyait si bien rangée, un petit grain de sable va venir enrayer la machine... Et là, tout s'emballe !

La vie est trop courte pour être triste
Frédérique Hespel

Vous croyez peut-être que tout est fini...
Et si c'était, en fait, un nouveau départ ?
June a tout perdu : son chat, son mec, son logement, son boulot. Quand elle répond à une petite annonce de colocation, elle ne s'attend pas à devoir partager son appart avec Madeleine, une vieille dame de 96 ans !
Contre toute attente, c'est cette dernière qui va lui faire retrouver le sourire, avec sa fantaisie, son humour... et son voisin, Martin : yeux bleu profond, petite gueule d'amour... mais fiancé avec « Maguy la dragonne » !

Auteure : Marie Meyer

Édisource - Éditions Déliées

100, rue Petit, 75019 Paris

Imprimé par FINIDR – Lipova cp. 1965 – 73701 Cesky Tesin, République tchèque

Dépôt légal : mai 2018 – Achevé d'imprimer : avril 2018

ISBN : 979-10-340-0005-0

Réf. contrat : ZTHA_001